Gabriella Wollenhaupt

Grappa lässt die Puppen tanzen

Kriminalroman

grafit

Die Autorin

Gabriella Wollenhaupt, Jahrgang 1952, arbeitet als Fernsehredakteurin in Dortmund. Ihre freche Polizeireporterin Maria Grappa hatte 1993 in *Grappas Versuchung* ihren ersten Auftritt. Seitdem stellte sie ihre Schlagfertigkeit mehr als zwanzig Mal unter Beweis. Zuletzt erschienen *Grappa und die keusche Braut* (2010) und *Grappa und die Seelenfänger* (2011).

Zwischendurch wagte die Autorin einen Ausflug in die Historie: *Leichentuch und Lumpengeld* spielt im Vormärz und steht den Grappa-Krimis in Sachen Witz und Ironie in nichts nach.

www.gabriella-wollenhaupt.de

Die Personen

Zita und Mala Adonay	machen Furore als Bulga-Twins
Carsten »Bärchen« Biber	stellt sich schlau an
Maria Grappa	taucht tief ins Milieu
Simon Harras	gibt oft gute Tipps
Bernd Hohlkötter	liebt mehr als seinen Kleingarten
Friedemann Kleist	löst verwirrte Fäden
POM Lothar Krüger	erleidet einen herben Verlust
Dimitar Milev	kassiert voll ab
Mobby	leidet unter seinem Namen
Wayne Pöppelbaum	hat Liebeskummer
Ivana Rose	versteht alles und sagt nichts
Sarah, Stella, Susi	sind ein eingeschworenes Team
Anneliese Schmitz	will endlich aufs Sofa
Dr. Berthold Schnack	ist scharf auf Seeblick
Phil Sikowitz	hat eine zündende Geschäftsidee
Maxi Singer	liebt Mobby und hilft Mädchen
Dr. Margarete Wurbel-Simonis	packt ihre Sachen
Donka Zima	bekommt doch noch die Kurve

He, Zigeuner

He, Zigeuner, greife in die Saiten ein!
Spiel das Lied vom ungetreuen Mägdelein!
Lass die Saiten weinen, klagen, traurig bange,
Bis die heiße Träne netzet diese Wange!

Johannes Brahms, Zigeunerlieder op. 103

Überraschung in der Verrichtungsbox

Das Kind schaute uns mit großen, dunklen Augen an. Pöppelbaum drückte den Auslöser seiner Kamera, während ich den Jungen stumm anstarrte. Es war gerade erst hell geworden, die Uhr zeigte noch keine sechs. Um uns herum waren massenhaft Polizisten und Ordnungshüter der Stadt zu einem Sondereinsatz zusammengezogen worden.

Die angekündigte Polizeiaktion hieß: Schließung des Bierstädter Straßenstriches. Und genau auf dem befanden wir uns. Noch genauer gesagt: Wir standen in einer sogenannten ›Verrichtungsbox‹, in der die Straßenmädchen ihre Freier zu bedienen pflegten.

Ich ging auf das Kind zu. »Was machst du denn hier?«

Der Junge war sechs oder sieben Jahre alt.

»Guck dir mal seine Sachen an«, raunte mir der Fotograf zu. »Das sieht ja aus wie …« Er stockte.

»Blut!«, vervollständigte ich den Satz. Drei Meter trennten mich noch von dem Kind. Die Schlafanzugjacke des Kleinen war wild gemustert, sodass die Verfärbung nicht auf den ersten Blick auffiel.

Plötzlich rannte der Kleine an uns vorbei auf die Straße und verschwand im Grau des Morgens.

»Merkwürdig. Was macht ein Kind allein in einer Verrichtungsbox?«, wunderte ich mich. »Und warum um diese Uhrzeit? Irgendwas stimmt hier nicht.«

»Messerscharfe Analyse, Grappa«, bestätigte Wayne. Er ging zu der Stelle, an der der Junge gestanden hatte, und inspizierte den Boden.

»Hier ist kein Blut«, stellte er fest.

»Bleib du hier«, bat ich. »Ich geh den Jungen suchen.«

»Du kannst mich doch hier nicht allein lassen!«, protestierte Pöppelbaum.

»Wenn du Angst hast, wende dich an die Bullen. Sind ja

genug da«, rief ich und lief in die Richtung, in die der Junge verschwunden war.

Die Juliusstraße wurde abends von Mädchen, Freiern und Neugierigen bevölkert. In den frühen Morgenstunden lag sie gewöhnlich grau, verlassen und ein wenig traurig da. An diesem Morgen aber wimmelte es von Polizei und Einsatzkräften des Ordnungsamtes. Auch die Mitarbeiterinnen der Sozialdienste waren angerückt, um die Schließung des Straßenstriches zu beobachten.

»Haben Sie einen kleinen Jungen gesehen?«, fragte ich auf gut Glück einen Polizisten.

»Nee, das ist doch hier kein Kinderstrich!«, meinte er unfreundlich. »Oder suchst du 'nen Freier?«

»Wie bitte?«

Er musterte mich. »Entschuldigung. Dazu biste zu alt. Obwohl ... manche Freier stehen auf Gerontosex.«

Er lachte dreckig und schaffte es ohne Verzögerung auf meine schwarze Liste. Und zwar gleich in die Ehrenloge.

»Zeigen Sie mir Ihren Ausweis«, forderte ich. »Ich möchte gern wissen, mit welchem Spaßvogel ich es zu tun habe.«

Ein Beamter von der Polizeipressestelle näherte sich.

»Lass ma, Kollege. Das ist Frau Grappa vom *Tageblatt.* Die kennt hier jeder. Außer dir, weil du erst zwei Wochen hier bist. Tach auch, Frau Grappa.«

Der Charmebolzen bekam einen roten Kopf.

»Ihren Ausweis bitte«, wiederholte ich lächelnd. »Oder muss ich den Präsidenten anrufen?«

Brav zeigte der Mann sein Papier. *Lothar Krüger. Polizeiobermeister.*

»Sie sollten an Ihren Umgangsformen arbeiten, Herr Krüger«, riet ich ihm. »Sonst ist es ganz schnell vorbei mit Ihrer Karriere bei der Polizei. Ich werde Ihr Wirken ganz sicher im Auge behalten.«

Krüger wollte etwas entgegnen, doch der Beamte von der Pressestelle hielt ihn davon ab: »Danke, Kollege, du kannst jetzt gehen.«

»Ein echtes Schätzchen.« Ich sah ihm nach.

»Krüger ist gar nicht so übel. Rau, aber herzlich.« Dem Pressepolizisten fiel es sichtlich schwer, seinen Kollegen zu verteidigen.

»Ja, er hat eine geschliffene Ausdrucksweise. Aber egal. Ich suche ein Kind. Einen Jungen«, kam ich zur Sache. »Sechs oder sieben Jahre alt. Er muss in diese Richtung gelaufen sein.«

»Um die Zeit läuft hier kein Kind rum. Das wäre mir aufgefallen.«

»Ich hab den Jungen eben bei den Verrichtungsboxen bemerkt. Mir schien er etwas verwirrt oder vernachlässigt«, antwortete ich. »Vielleicht braucht er Hilfe.« Den großen Blutfleck auf der Kleidung erwähnte ich nicht.

»Ich werde die Kollegen bitten, die Augen offen zu halten«, versprach er. »Vielleicht ist der Junge ein Romakind. Davon lungern hier viele rum.«

An der Juliusstraße standen an beiden Seiten mittelhohe Bäume, die in vollem Grün sprossen. Die Straße führte zu einem Gelände, auf dem sich Gewerbebetriebe angesiedelt hatten. Wohnungen gab es hier schon lange nicht mehr. Die Huren und die Freier, die hier jeden Abend nach Büroschluss den Einstieg in einen entspannten Feierabend suchten, hatten die alteingesessenen Nordstadtbewohner vertrieben.

Jede Großstadt hat ihren Straßenstrich. Doch in Bierstadt hatten sich die Dimensionen der Sache in den letzten zwei Jahren stark verändert. Statt der vierzig Frauen, die früher ihre Dienste angeboten hatten, waren es zuletzt angeblich siebenhundert gewesen – hauptsächlich Romafrauen aus der bulgarischen Stadt Plovdiv. Seit Bulgarien in die Europäische Union aufgenommen worden war, konnten ihre Bürger nicht mehr einfach abgeschoben werden. Ihnen kamen alle Rechte der Bewohner von EU-Staaten zugute.

Siebenhundert neue Strichmädchen – das katapultierte die Tarife nach unten. So war Bierstadt zur Billigpreis-Sexmeile der Region »aufgestiegen«.

Die alteingesessenen Huren waren natürlich sauer. Sie hatten ihre festen Preise und machten nur Safer Sex. Nur die wenigsten hatten Zuhälter, sodass sich die Kriminalität im Umfeld des roten Geschäfts in Grenzen gehalten hatte. Die Bulgarinnen brachten ihre Männer, Brüder oder Väter mit, die in Bierstadt ebenfalls ihr zweifelhaftes Glück versuchten – mit Gelegenheitsjobs. Und wenn es die nicht gab, mit Taschendiebstahl, Einbruch oder anderen kriminellen Delikten.

Muttergefühle zu früher Stunde

Die Bagger rückten an. Sie sollten die Verrichtungsboxen niederreißen, die erst vor zwei Jahren zum Schutz der Straßendirnen errichtet worden waren. Der charmante Name ›Verrichtungsbox‹ entsprang der Fantasie der Amtssprache. Die Gevierte ähnelten Carports ohne Dach. Der Freier fuhr mit seinem Auto in ein Karree und ließ sich dort bedienen. Bei Bedrohungen konnte die Frau einen Alarmknopf drücken, der in der Box angebracht war. Eine sinnvolle Angelegenheit, die in vielen Großstädten die Gewaltverbrechen an Straßenhuren reduziert hatte.

Die schweren Maschinen hebelten die Holzverschläge aus den Verankerungen. Mit einigem Lärm knickten sie zusammen. Blitzlichtgewitter. Pöppelbaum wieselte zwischen den Holzgattern hin und her, kniete sich sogar hin, um die Zerstörung durch die Bagger aus der subjektiven Sicht zu fotografieren.

Dann war alles platt. Das war's dann wohl.

»Wollen wir?«, fragte Wayne.

Ich blickte über seine Schulter und sah eine kleine Gestalt zwischen zwei Häusern verschwinden. Diese Häuser schienen nicht bewohnt. Eins grenzte an das Gelände eines Holz-Großhandels namens *Holz-Elend,* das durch einen hohen Bretterzaun geschützt war.

»Grappa, was ist?«

»Ich hab den Jungen gerade noch mal gesehen. Er ist zwischen die beiden Häuser dort gelaufen.«

»Grappa! Hier treiben sich viele Leute rum, auch Kinder.«

»Irgendwas ist mit diesem Kind. Und ich will wissen, was.«

Pöppelbaum verzog das Gesicht. »Bisschen spät für Muttergefühle, oder? Und dann noch um diese Uhrzeit.«

»Komm einfach mit und lass mich machen.«

Er folgte mir. Der Weg lag voller Plastiktüten, alter Möbel und sonstigem Unrat. Es roch nach Moder und vergammelten Speiseresten. Ich bemühte mich, nicht auf einen gebrauchten Präservativ zu treten.

»So eine verdammte Sauerei«, jammerte Wayne. »Und ich hab meine neuen Schuhe an. Bugatti-Sneakers.«

»Dein Problem. Wir sind hier nicht in der Oper, sondern auf dem Strich«, meinte ich ungerührt. »Da – ein Hinterhof – mit einem Tor davor.«

Ich versuchte, das mannshohe Gatter aufzuschieben. Es ruckelte zwar, ließ sich aber nicht öffnen. Ein Vorhängeschloss verhinderte das.

»Weißt du, was eine Räuberleiter ist, Wayne?«

»Klar.« In seinem Gesicht stand die nackte Angst. »Ich bin aber nicht die Leiter und du nicht der Räuber.«

Ich grinste. »Keine Sorge.«

Ich trug einen leeren Bierkasten heran, der mir zuvor in einer Nische aufgefallen war. »Stell dich hier drauf, nimm deine Kamera und knips ein Mal über das Gatter. Oder auch zwei Mal. Dann wissen wir, was sich dahinter befindet.«

»Gute Idee.« Langsam zeigte Pöppelbaum so etwas wie professionelles Engagement.

Er kletterte auf den Kasten, streckte die Arme und schoss eine Reihe von Fotos.

Wir schauten uns die Ausbeute an.

Schon beim zweiten Foto bekamen wir große Augen, beim dritten und vierten zückte ich mein Handy. Als die Diaschau zu Ende war, stöhnte Wayne leise und übergab sich an die Hauswand.

Die weggeworfene Frau

Zehn Minuten später hatte die Polizei den Weg zwischen den Häusern abgesperrt. Noch mehr Beamte rückten an. Sie gehörten zur Mordkommission.

»Geht es wieder?«, fragte ich Wayne. Er war immer noch bleich im Gesicht.

»Ich hab schon lange keine Leiche mehr gesehen«, versuchte er, seine partielle Schwäche zu erklären. »Und noch nie eine, die so schrecklich zugerichtet war. Meinst du, dass der Junge damit was zu tun hat?«

»Er hat uns in diese Gasse gelockt.«

Ganz in der Nähe hielt ein schwarzer Wagen.

»Der Chef persönlich«, meinte Pöppelbaum. »Weiß er, dass du hier bist?«

Ich antwortete nicht. Dr. Friedemann Kleist, der oberste Kriminalbeamte der Stadt, kam auf uns zu.

»Hallo, Maria. Ihr zwei habt die Leiche gefunden?«, vergewisserte er sich. Sein dichtes Haar war zu lang, sein Kinn unrasiert und das Hemd zerknittert. Wir hatten uns einige Wochen nicht gesehen, weil er in einer Polizeischule einen Kurs gegeben hatte. Er hätte sich ja mal zurückmelden können, dachte ich.

»Ein Junge hat mich in diesen Gang zwischen den Häusern geführt.«

»Ein Junge?«

Pöppelbaum startete seine Kamera. »Hier!«, sagte er und reichte Kleist den Apparat. »Dieser Junge. Er tauchte in einer der Verrichtungsboxen auf. Grappa ist ihm gefolgt.«

Kleist sah sich die anderen Fotos an, gab die Kamera zurück und begab sich dann zu seinen Leuten.

»Bringen können wir diese Fotos nicht«, meinte Pöppelbaum. »Das ist Hardcore für unsere Abonnenten. Drei Viertel sind über fünfundsechzig und gucken samstags Musikantenstadl. Und Kinder sollten so was gar nicht zu Gesicht bekommen.«

»Es gehört sich auch nicht, einen Menschen so zu zeigen«, stimmte ich zu. »Selbst Tote haben Menschenwürde.«

»Wer tut so schreckliche Dinge, Grappa? Wie kann man einen Menschen so zurichten?« Der Anblick der Frauenleiche hatte den hartgesottenen Bluthund wohl sehr beeindruckt.

»Du hast doch schon reichlich Leichen gesehen«, wunderte ich mich. »Warum nimmt dich das hier so mit? Wirst du alt und arbeitsmüde?«

»Schau dir die Frau doch genau an, Grappa«, brauste er auf und reichte mir erneut die Kamera.

Er hatte recht. Der Anblick war grässlich. Die Frau war sehr jung, hatte dichtes schwarzes Haar, hohe Wangenknochen und einen zarten Körperbau. Sie war nackt. Ihre Arme waren auf dem Rücken gefesselt. Der rechte Unterarm war gebrochen. Knochen ragten aus der verdreckten und blutverkrusteten Haut. Mit der linken Gesichtshälfte lag die Tote auf dem schmutzigen Boden. Der verdrehte Körper wirkte wie weggeworfen.

Ich zoomte auf den Kopf. Die geschlossenen Augen ließen das Gesicht friedvoll erscheinen, fast erleichtert.

»Ja, es ist schwer zu ertragen«, meinte ich leise. »Sie war noch so jung. Kleist wird den Täter kriegen. Und den Jungen finden wir auch noch. Immerhin haben wir ein Foto von dem Kleinen. Er ist unsere erste Spur.«

Der Mörder hatte Zeit

Der Kaffee war, wie ich ihn mochte: heiß, mit viel Milch und einer Schicht Schaum obendrauf. Wayne hatte sich einen Kakao bestellt und löffelte das Sahnehäubchen.

»Ob ein Freier das Mädchen umgebracht hat?«, fragte Wayne.

Ich schüttelte den Kopf. »Die Freier auf dem Straßenstrich haben es in der Regel eilig.«

»Wie meinst du das?«

»Die Leiche sah so ...«, ich suchte nach dem passenden Begriff, »... zerschunden aus. Als ob sich jemand beim Töten viel Zeit gelassen hat. Vielleicht hat die Frau mit dem Straßenstrich gar nichts zu tun und der Mörder hat die Tote dort nur abgelegt, um eine falsche Fährte zu legen. Aber das werden die Ermittler herausfinden.«

»Wer ist ermordet worden?«, fragte Anneliese Schmitz, in der Hand einen Teller mit unseren Brötchen darauf.

»Das wirst du morgen in der Zeitung lesen, Frau Schmitz«, antwortete ich – wohl wissend, dass im nächsten Moment die Fragestunde beginnen würde.

»Ich kann auch das Lokalradio einschalten, Frau Grappa«, muffelte sie. »Die sind ja sowieso schneller als ihr Zeitungsleute.«

»Dafür kann ich nichts. Elektronische Medien haben eben einen naturgegebenen Zeitvorsprung. Aber die besseren Geschichten haben wir.«

»Eine junge Frau – ermordet und weggeworfen«, erklärte Wayne. »So sieht es jedenfalls aus. Möchten Sie das Foto sehen, Frau Schmitz?«

Die Bäckerin stellte den Teller ab. »Isses schlimm?«

»Ziemlich schlimm.«

»Dann lassen Se ma lieba«, sagte sie.

So, so, auch Frau Schmitz schwächelte. Sonst interessierte sie sich für jede blutige Einzelheit meiner Geschichten. Aber ich verstand sie. Bilder von wirklichen Toten berührten anders als gut geschriebene Krimistorys.

Wir frühstückten und hingen unseren Gedanken nach. In einer Stunde würde die Redaktionskonferenz stattfinden. Ein Tag mit viel Arbeit wartete auf mich.

Tatsächlich war der Mord an einer unbekannten jungen Frau im Radio gemeldet worden. In der Redaktion wusste man

Bescheid. »Hat der Mord etwas mit der Schließung des … Straßenstrichs zu tun?«, fragte Chefredakteur Dr. Berthold Schnack. Er sprach das Wort *Straßenstrich* aus, als habe er es erst vor zwei Minuten in seinen Wortschatz aufgenommen.

»Wir haben die Frau entdeckt«, stellte ich klar. »Sie lag in einem Hinterhof in der Juliusstraße. Sie war nackt, die Hände gefesselt. Mehr wissen wir nicht.«

»Und wie kommt es dazu, dass ausgerechnet Sie, Frau Grappa, den Leichnam aufspürten?« Schnacks Tonfall klang sehr nach Missbilligung.

»Wir haben nichts aufgespürt, sondern zufällig entdeckt. Da war ein kleiner Junge, der weglief. Er wirkte, als würde er Hilfe brauchen. Also bin ich ihm gefolgt.«

»Grappa und ihr berühmtes Mutterherz«, flachste Sportreporter Simon Harras.

»Gibt es Fotos?«, fragte Schnack knapp.

Wayne zog eine Mappe hervor und legte einen Stapel Fotos auf den Konferenztisch. »Kein schöner Anblick«, warnte er.

Niemand wollte zugreifen. Doch Schnack musste – er hatte schließlich nach ihnen gefragt. Er blätterte die Bilder durch. Die Kollegen fixierten ihn.

»Ziemlich übel. Und auf keinen Fall etwas für unsere Leser. Überlassen wir der Polizei das Aufklärungsgeschäft. Wir beschränken uns auf dic Fakten.«

Pöppelbaum schaute zu mir herüber und sein Gesichtsausdruck entsprach dem, was ich dachte: dass mich Schnack mal konnte!

»Mal abwarten, wie sich die Sache noch entwickelt«, sagte ich. »Wir können unsere Leser doch nicht von Informationen abschneiden, die sie sich dann bei der Konkurrenz holen.«

»Ich bitte nur um Zurückhaltung.« Schnack deutete auf die Fotos. »Diese Fotos veröffentlichen wir nicht. Wir sind ja nicht die Blöd-Zeitung.«

In diesem Punkt konnte ich meinem Chef uneingeschränkt zustimmen.

Am Nachmittag erfolgte die erste gemeinsame Presseerklärung von Polizeipräsidium und Staatsanwaltschaft. Sie hatten sogar ein Foto der Leiche mitgeschickt, mit der Bitte, es zwecks Identifizierung zu veröffentlichen. Natürlich war nur das Gesicht abgebildet und offensichtlich hatte man mit einem Bildbearbeitungsprogramm ganze Arbeit geleistet. Die Tote sah aus, als schliefe sie.

Wer kennt diese Frau?
Unbekannte weibliche Leiche in einem Hinterhof der Juliusstraße aufgefunden. Polizei und Staatsanwaltschaft gehen von einem Gewaltverbrechen aus. Die Bürger werden um Mithilfe gebeten.
Die Unbekannte ist zwischen zwanzig und dreißig Jahre alt, 1,68 m groß und schlank. Es könnte sich um eine bulgarische Staatsangehörige handeln, die der Ethnie der Roma zuzuordnen ist. Vorbehaltlich der Ergebnisse der Obduktion wird festgestellt, dass die Frau Opfer eines Gewaltverbrechens wurde. Ihr Körper weist Spuren von erheblichen Misshandlungen und zahlreiche Messerstiche auf. Nach ersten Ermittlungen wurde die Tote auf dem Gelände abgelegt. Der Fundort ist also nicht der Tatort. Zeugen werden gebeten, sich mit den Behörden in Verbindung zu setzen.

Das war mager. Ich rief Kleist an.

»Wäre es nicht sinnvoll, auch nach dem Jungen zu fragen? Vielleicht kennt ihn jemand«, fragte ich.

»Liebe Maria, das werden wir so schnell wie möglich tun. Flugblätter sind in Vorbereitung. Es hat aber wohl wenig Sinn, sie nur auf Deutsch zu verbreiten. Wir denken, Bulgarisch reicht auch nicht. Wir brauchen den türkisch angehauchten Dialekt der bulgarischen Roma. Ich habe Kontakt zur Botschaft aufgenommen. Aber die haben niemanden und sind auch sonst nicht besonders hilfsbereit.«

»Das ist nicht verwunderlich«, stellte ich fest. »Die Roma

werden in Bulgarien total unterdrückt. Deshalb kommen sie ja ins Wolkenkuckucksheim namens Bierstadt.«

»Um sich hier umbringen zu lassen«, seufzte Kleist. »Die Mission schickt uns eine Dolmetscherin. Und zwar eine, die sich in der Szene auskennt.«

Eine Rose im Fenster und Sex-to-go

Das Thema war nicht neu. Mein Artikel über die Situation der Romaminderheit in Bulgarien war schon vor zwei Wochen erschienen. Da hatte der Rat der Stadt das Thema ›Schließung des Straßenstrichs‹ diskutiert.

Die Roma stammten aus Plovdiv, der zweitgrößten Stadt Bulgariens. Vordergründig eine interessante Touristenstadt mit alter Geschichte. Doch kaum ein Reisender verirrte sich in die Romagettos – die Mahalas. Dort standen verwahrloste Hochhäuser, oft ohne Wasser und Elektrizität. Die meisten Roma hatten keine Arbeit, keinen Schulabschluss und wenig Aussichten, ihrer desolaten Situation zu entkommen.

In den Fünfzigerjahren hatte die kommunistische Regierung sie gezwungen, sesshaft zu werden. Sie mussten ihre arabisch klingenden Namen ablegen. Ehen zwischen Roma und Bulgaren wurden verboten. Nach dem Sturz des Kommunismus wurden die bürgerlichen und politischen Rechte der Roma zwar formell wiederhergestellt, aber es gab weiterhin erhebliche gesellschaftliche Ressentiments. Weil die Roma keine Arbeit fanden, schlugen sie sich mit Kleinkriminalität durch, was die Aggressionen ihnen gegenüber noch verstärkte.

Irgendwann sprach sich in Plovdiv herum, dass es sich in Bierstadt gut leben ließ. Im Norden der Stadt gab es preiswerten Wohnraum und einen Straßenstrich, der nicht überfüllt war. Schlepper, welche die Roma gegen Geld in klapprigen Bussen von Plovdiv nach Bierstadt brachten, waren schnell zur Stelle.

Dass allerdings Ehemänner, Brüder und Väter die Frauen ihres Familienverbandes zur Prostitution zwangen, wollte nicht in meinen Kopf. Aber das lag wohl an mir und meiner feministischen Vergangenheit. Heutzutage trat die Kritik am Zwang zurück hinter die konkreten Hilfen – sogar der katholische Sozialdienst hatte einen Container am Strich bezogen und stellte einen Aufenthaltsraum zur Verfügung. Dort konnten die Huren zwischen zwei Nummern einen schnellen *Coffee to go* bekommen.

Bierstadt war innerhalb von zwei Jahren zum Mekka der Discountficks geworden. Im Internet gab es Foren, in denen Freier die billigsten Sexangebote posteten, die Mädchen und ihre »Begabungen« beschrieben und sich darüber austauschten, wie die Preise noch weiter gedrückt werden konnten.

Schnack hatte mir vierzig Zeilen zugeteilt. Das war nicht viel. Wayne präsentierte mir nun alle Fotos, die er am Morgen gemacht hatte. Der enge Weg zwischen den Häusern, hinter denen die Leiche gefunden worden war, das verriegelte Gatter, davor der Abfall und die Gebäude selbst, die unbewohnt schienen. Manche Fensterscheiben waren zerbrochen, der Putz blätterte und die Farbe war keine Farbe mehr, sondern nur ein stumpf geflecktes Grau-Schwarz. In der Regenrinne hatten sich Birkenpollen zu kleinen Pflanzen entwickelt.

»So lange kann das Haus noch nicht leer stehen«, fiel Wayne auf. »Hier hat jemand eine Blume ins Fenster gestellt. Guck mal!«

»Stimmt. Es könnte eine Rose sein. Eine langstielige Rose in einer Bierflasche. Fast schon romantisch.« Ich dachte nach. »Wir müssen rauskriegen, wem die Häuser gehören. Der Mörder hat die Leiche im Hinterhof abgelegt und das Gatter wieder verschlossen. Mit einem Schlüssel, der in das Vorhängeschloss passt. Es gibt keinen anderen Zugang.«

»Da ist was dran, Grappa.«

»Grundbuchamt«, nickte ich.

Leichenfund am Straßenstrich – tote Frau im Hinterhof

Das vom Rat beschlossene Aus für den Bierstädter Straßenstrich wird von einer grausamen Bluttat überschattet. Während Polizei und Ordnungskräfte gestern in den frühen Morgenstunden Huren und Freier kontrollierten und die Verrichtungsboxen niederrissen, fanden Reporter unserer Zeitung im Hinterhof eines heruntergekommenen Hauses eine nackte Frauenleiche. Noch weiß niemand, wer die Tote ist. Deshalb sucht die Polizei dringend Zeugen. Was bisher bekannt ist: Die Unbekannte ist zwischen 20 und 30 Jahre alt, 1,68 m groß und schlank. Die Polizei glaubt, dass es sich um eine Romafrau aus Bulgarien handelt. Ihre Hände waren gefesselt. Sie wurde vermutlich erstochen und zuvor gefoltert.

Ich beschrieb die Polizeiaktion und schilderte erneut die menschenunwürdigen Umstände, unter denen die Roma in ihrem Land leben mussten.

Mir war klar, dass viele Bierstädter kein Mitleid mit den ›Zigeunern‹ haben würden. Allzu oft kam es im Norden der Stadt zu Zusammenstößen, Streitereien und Gewalttaten. Das Skurrile an der Sache war, dass sich nun die alteingesessenen Deutschen mit den Türken gegen die Roma verbündeten. Die gleichen Deutschen, für die die Türken bis dahin der letzte Dreck gewesen waren.

Drei Fotos zierten den Artikel – auch das geschönte Foto der toten Frau. Ob sich jemand melden würde, der die Frau vermisste? Ich rechnete nicht damit.

Die beiden Häuser gehörten einer Wohnungsbaugesellschaft in den USA mit dem Namen *Whitehall*, die als ›Heuschrecke‹ bekannt war. *Whitehall* hatte Billigwohnraum aufgekauft – ausgerechnet von der staatlichen Landesentwicklungsgesellschaft während der kurzen CDU/FDP-Regierungsphase. Anschließend steckten die sozial schwachen Mieter mittendrin im Kapitalistenspiel. Viele Wohnungen wurden nicht mehr saniert, die Mieten trotzdem erhöht. Funktionierte das Spielchen nicht so einfach, ließ man die Häuser leer stehen und verkommen oder verkaufte sie weiter. Die Menschen, die zum Teil seit Generationen in den Wohnungen gelebt hatten, spielten dabei keine Rolle.

Die Gesellschaft hatte ein Büro in Bierstadt, doch ich erhielt keinerlei Auskunft darüber, wer zuletzt in den beiden Immobilien in der Juliusstraße gewohnt hatte. Also musste ich doch wieder Hauptkommissar Friedemann Kleist anrufen.

»Dass die Häuser *Whitehall* gehören, weiß ich schon«, kam ich gleich zur Sache. »Aber wer hat den Schlüssel zum Hinterhof?«

»Maria, dir ist doch klar, dass ich dich genauso behandeln muss wie andere Medienvertreter«, antwortete er leicht genervt. »Die Frage hat mir deine Kollegin von der Boulevard-Zeitung auch gestellt.«

»Huch! Die war schneller als ich?«, wunderte ich mich.

»Nur wenige Minuten«, räumte Kleist ein. »Also gut: *Whitehall* hat keine Ahnung. Das Haus steht seit fast einem Jahr leer. Die Mieter sind in alle Winde verstreut. Und der Schlüssel zum Hinterhof hing früher im Flur an einem Nagel und war damit jedem zugänglich. Vielleicht hat die Leiche mit den Häusern gar nichts zu tun. Der Täter hat wohl einfach eine Stelle gesucht, wo er den Körper ablegen konnte, ohne dass er zu schnell entdeckt wurde.«

»Ist die Frau missbraucht worden?«, nutzte ich die Zugänglichkeit des Hauptkommissars aus.

»Ja. Und nicht nur einmal. Wir haben Gen-Material von mindestens fünf Männern gefunden. Weitere Spuren belegen, dass die Frau sich heftig gewehrt hat.«

Am Abend berichteten auch die Fernsehsender über die Tote im Müll. Es wurden die wildesten Spekulationen angestellt – bis hin zu dem Verdacht, dass die junge Frau aus der Szene aussteigen wollte und deshalb von ihren eigenen Leuten bestraft worden sei. Aber auch von durchgeknallten Freiern war die Rede, die den Billig-Sex auf Bierstadts Straßenstrich und die Rechtlosigkeit der Frauen für ihre perversen Gelüste nutzten.

Romakinder oder ein Tänzer aus der Ukraine

Ich wollte mehr über die bulgarische Nordstadt-Szene erfahren. »Machst du mit?«, fragte ich Wayne Pöppelbaum.

»Bei was?«

Ich erklärte es ihm.

»Und wie willst du das Schnack verkaufen?«, fragte er. »Der hat es noch nicht aufgegeben, das *Tageblatt* zu einer Heimatzeitung mit Herz umzugestalten. Auch, wenn er von den Ereignissen regelmäßig überrollt wird.«

»Ich verkauf ihm das über die Kinder«, kündigte ich an.

»Welche Kinder?«

»Warte ab.«

In der Konferenz machten wir alle unsere Themenvorschläge und besprachen das Pflichtprogramm.

Kulturredakteurin Wurbel-Simonis entzog sich dem schnöden Tagesgeschäft mit dem Vorschlag, während einer längerfristigen Beobachtung über die Entwicklung eines jungen Ballett-Tänzers aus der Ukraine zu berichten. Sie trug ihre Idee mit einer Leichenbittermiene vor, als wüsste sie schon vor ihrem letzten Wort von der Ablehnung.

»Eine Homestory?«, fragte der Chef.

»Ja, wenn Sie es lieber auf Englisch ausdrücken, Herr Schnack«, muffelte sie.

»Sieht er gut aus?«, fragte ich.

Wurbel-Simonis warf mir einen ›Du-schon-wieder‹-Blick zu. Doch sie war bestens vorbereitet und legte ein paar Fotos auf den Tisch. Sarah und Stella griffen schneller danach als ich.

»Tänzer sind doch alle schwul«, warf Pöppelbaum ein. »Auf so eine Homestory verzichte ich gerne.«

»Höre ich hier homophobe Töne?«, fragte Schnack mit Eisaugen.

»Homo…, was?« Wayne war auf Krawall gebürstet.

»Homophobie ist Angst vor homosexuellen Menschen und ihrer Lebensweise«, dozierte ich. »Gehört in die gleiche Kiste wie Rassismus und Sexismus.« Endlich wurden die Fotos frei. Ich schnappte mir eins. »He, der ist ja richtig niedlich!«, entfuhr es mir. »So treue Hundeaugen. Und der Hintern ist auch nicht von schlechten Eltern.«

»Ich muss doch sehr bitten, Frau Kollegin«, schnarrte Schnack, selbst die Rückseite des Ukrainers fixierend. »Wir sind doch hier nicht auf dem Fleischmarkt.«

»Ich finde solche Äußerungen empörend«, schnappte Wurbelchen. »Es geht darum, wie sich ein junger Künstler in ein Ensemble integriert, wie er mit der deutschen Mentalität klarkommt, um Probleme wie Wohnungssuche und das Erlernen der deutschen Sprache. Also um alles, was er hier erlebt an Positivem, aber auch an Negativem.«

»Und wenn er tot überm Zaun hängt, kriegt Grappa die Story«, mischte sich Harras ein.

»Darauf bestehe ich«, grinste ich.

»Haben Sie sonst noch etwas zur täglichen Unterhaltung beizutragen, Frau Grappa?«, fragte Schnack ungnädig.

»Allerdings. Vernachlässigte bulgarische Kinder, Romakinder. Das Jugendamt befreit jede Woche mehrere von ihnen aus den vermüllten Häusern im Norden. Die Stadt hat an den Grundschulen Auffangklassen für die schulpflichtigen Kinder eingerichtet. Ich würde gern mehrere Reportagen über diese armen Kinder machen. Das wäre dann ein weiterer Meilenstein auf unserem Weg zur Familienzeitung und würde das Profil unseres sozialen Engagements schärfen.«

Schnack nickte. »Einverstanden!«

Er konnte sich nicht gegen Homophobie aussprechen und gleichzeitig meinen Vorschlag aus xenophoben Gründen ablehnen.

Wayne zog kurz den Mundwinkel hoch und sagte dann: »Ich möchte die Recherchen mit der Kamera begleiten. Frau Grappa und ich sind ein eingespieltes Team.«

»Das ist mir bekannt«, meinte Schnack. »Und Ihre Idee gefällt mir. Aber nur, wenn Ihnen noch Zeit für die aktuelle Berichterstattung bleibt, Frau Grappa.«

Ich versicherte ihm, dass das kein Problem sei.

»Und was ist mit meinem Ballett-Tänzer?«, brachte sich Wurbel-Simonis in Erinnerung.

»Keine Langzeitbeobachtung des Tänzers«, entschied Schnack. »Vernachlässigte Zigeunerkinder aus Bulgarien bedienen die Emotionen unserer Leser wesentlich stärker als das Porträt eines klassischen Tänzers aus der Ukraine. Sie können den Vorschlag ja in einem Jahr noch einmal machen, Frau Dr. Wurbel-Simonis. Dann hat der junge Mann bestimmt noch mehr zu erzählen als jetzt.«

Das Gift in Wurbelchens Blick machte keinen Eindruck auf mich.

Am Nachmittag erhielt ich eine neue Pressemitteilung von Polizei und Staatsanwaltschaft zum Fall der Frauenleiche neben dem Straßenstrich. Es gab detailliertere Angaben zur Todesursache, denn die Obduktion war inzwischen abgeschlossen. Aber noch immer war die Tote nicht identifiziert. Der Verdacht, dass es sich um eine Romafrau handelte, hatte sich jedoch bestätigt. Die Pathologen hatten auf der Schulter der jungen Frau eine Tätowierung entdeckt: *Me tut kamaf, Timocin.*

Die Übersetzung bedeutet: Ich liebe dich, Timocin. Nach Auskunft eines Dolmetschers handelt es sich um den Dialekt bulgarischer Roma. Timocin ist ein männlicher Vorname.

In der Pressemitteilung hieß es weiter:

Die Frau ist schwer misshandelt und mehrfach sexuell missbraucht worden. DNA-Material von mindestens fünf unterschiedlichen Männern wurde sichergestellt – sowohl

im Genitalbereich als auch im Magen und unter den Fingernägeln. Es wurden weiterhin Fesselspuren an Armen und Beinen und innere Verletzungen festgestellt. Todesursächlich waren zwanzig mit großer Wucht ausgeführte Messerstiche.
Die Frau hat ein oder mehrere Kinder geboren. Ihre Identität ist nicht geklärt. Es werden dringend Zeugen und Menschen gesucht, die Angaben zur Person der Frau und ggf. ihres Kindes machen können. Die Unbekannte war zwischen 20 und 30 Jahre alt, 1,68 m groß und schlank.

Für die Ausgabe am nächsten Tag schrieb ich eine kleine Notiz über die Tätowierung. Für zartbesaitete Seelen waren die Einzelheiten zu heftig. Und den anderen wollte ich keine Gelegenheit geben, ihren kranken Fantasien nachzuhängen.

Mobby mag Grappa

Der Norden begann hinter dem Hauptbahnhof. Drei vierspurige Straßen führten direkt in die Viertel, die noch vor dreißig Jahren wegen heruntergekommener Bauten, viel schmutzerzeugender Industrie und eines hohen Ausländeranteils verrufen waren.

Die Stadt hatte eine Menge getan – durch ein Nordstadtkonzept, millionenschwere Investitionen und konsequente Sozialarbeit. Natürlich war der Norden noch immer nicht mit der kuscheligen Gartenstadt, dem bei Intellektuellen beliebten Kreuzviertel oder dem grünen Süden der Stadt zu vergleichen. Die Problemviertel mit ihren Problemmenschen existierten weiterhin. Und die Problemmenschen waren keineswegs nur Ausländer.

Es war fast Abend geworden. Ein schöner Sommertag ging langsam zu Ende.

»Hier ist es wie im Süden«, behauptete Wayne. »Ich liebe diese Atmosphäre. Schau dir diese Lebensfreude an.«

Ich schaute, sah aber nur Kebabbuden, türkische Caféhäuser, in die Frauen nicht hineindurften, Internetshops, Spielhallen, Wettbüros, eine Moschee und ein Sozialkaufhaus, in dem gebrauchte Waren für kleines Geld feilgeboten wurden.

Halt die Fresse, Sarrazin – hatte ein Graffitikünstler auf eine Mauer gesprüht.

»Ich seh keine Lebensfreude«, stellte ich fest. »Bist du nicht ein bisschen zu romantisch?«

»Wieso? Mir gefällt es eben.«

»Aber wohnen möchtest du auch nicht hier, oder?« Ich wusste, dass der Bluthund eine kleine, schnuckelige Kreuzviertelwohnung mit Stuck unter der Decke und Einbauküche gemietet hatte.

»Stell doch nicht solche Fragen, Grappa«, wehrte er sich. »Du weißt doch, dass ich gerade erst umgezogen bin.«

»Ja. Im Kreuzviertel gibt es kaum Kriminalität, keine Prostitution, keine Frauen- und Mädchenunterdrückung. Noch nicht mal eine Schlägerei. Und alle können Deutsch.«

»Was bist du denn so biestig?«

»Ich kann Sozialromantik nicht ausstehen«, grummelte ich. »Guck mal, da vorne. Ein Bulle bei der Ermittlungsarbeit. Mit Flugblättern. Und Maxi Singer von der *Mission* ist auch da. Das werden genau die Fotos, die wir brauchen. Sozial- und Ordnungskräfte bei der Arbeit.«

»Und was ist mit den Kindern?«

»Kinderfotos finden wir auch noch.«

Wir klemmten uns zwischen zwei Klapperkisten mit bulgarischen Kennzeichen. Die Autos waren genauso herunterkommen wie die Häuser links und rechts der Straße. Das EU-geförderte Nordstadtprogramm hatte hier noch nicht gegriffen. Viele der Häuser befanden sich in Privatbesitz und niemand konnte verpflichtet werden, sein Eigentum zu verschönern, wenn nicht gerade die öffentliche Sicherheit gefährdet war.

Ich schnappte mir ein Flugblatt, das unter dem Scheibenwischer eines Autos klemmte. Es zeigte das Porträt der Toten. Den Text verstand ich nicht, weil ich die Sprache nicht kannte.

»Hallo, Frau Singer«, rief ich.

Seit Jahrzehnten betreute Maxi Singer die Huren der Stadt – egal, ob sie in festen Häusern, auf dem Straßenstrich, in Saunaklubs oder in Privatwohnungen anschaffen gingen. Singers Spezialgebiet waren die Opfer von Menschenhandel. Also Frauen, die unter falschen Versprechungen nach Deutschland gelockt worden waren und mit brutaler Gewalt gezwungen wurden, sich zu prostituieren. Maxi Singer kannte jeden Zuhälter mit seinem Kosenamen und die harten Jungs fraßen ihr aus der Hand.

Sie winkte mir zu. Sie war gerade im Gespräch mit einer jungen Frau, die ebenfalls eins der Flugblätter in den Händen hielt und den Text überflog. Neben den beiden stand noch eine dritte Frau – sie schien zu dolmetschen. Auch Mobby durfte nicht fehlen. Die englische Bulldogge war Maxi Singers Ein und Alles. Kein Wunder – wenn man die Männer so kannte wie sie, konnte man sich nur noch in ein Tier verlieben.

Dass er den Vornamen eines SPD-Parteivorsitzenden trug, machte den Hund nicht gerade sympathisch. Aber für den Namen konnte Maxi Singer nichts. Sie hatte das Tier aus dem Asyl geholt, in das es nach dem Selbstmord einer Stadtkämmerin geraten war.

Mobby hatte sich zu Maxis Füßen niedergelassen und keuchte. Die rote lange Zunge hing seitlich aus dem Maul und die Augen hatten ihr Innerstes nach außen gekehrt. Stehen und Laufen machten ihm zu schaffen, Atmen und Gucken aber auch. Der Ausdruck seiner Mimik schwankte zwischen skurril und gefährlich. Maxi behauptete steif und fest, den Hund zu ihrem Schutz mit zur Arbeit zu nehmen. Doch ein Schutzhund sah irgendwie anders aus.

Ich beschloss, mir heute jeden Kommentar zu Mobby zu verkneifen. Doch leider rappelte er sich hoch und robbte auf mich zu. Sein Bauch fegte die Straße.

»Da ist er ja, der liebe kleine Mobby!«, lächelte ich scheinheilig und streckte meine Hand nach ihm aus.

Mobby schnupperte, zog seine lange Zunge einmal quer über meine Hand, drehte ab und ließ sich schwer atmend wieder zu Maxis Füßen fallen. Sie sah ihn an wie eine Mutter, die auch ihr hässlichstes Kind liebt.

»Er mag Sie, Frau Grappa«, stellte Maxi fest.

»Das hab ich befürchtet«, entgegnete ich und rieb meine Hand trocken. »Gibt es schon etwas zu berichten? Kennt hier jemand die Tote?«

»Die meisten sind sehr verschlossen. Aber das ist ja nichts Neues. Oder hat die Frau dir was erzählt, Ivana?«

Die junge Frau wandte sich uns zu. »Nichts wissen«, sagte sie.

»Ivana ist unsere Dolmetscherin«, erklärte Maxi. »Sie kommt aus Plovdiv und kennt viele der Roma, die in Bierstadt sind. Und sie spricht schon ganz gut Deutsch. Stimmt es, dass Sie die Leiche entdeckt haben?«

»Ja. Ein Kind hat mich zu der Toten geführt.«

»Ein Kind?«

»Ein Junge. Aber später war er weg.«

»Wir sollten uns mal ausführlich unterhalten, Frau Grappa«, schlug Maxi Singer vor. »Ich hab sowieso eine Pause verdient. Wir stehen seit drei Stunden hier und quatschen die Leute an.«

Pöppelbaum schoss Fotos von dem Polizisten beim Verteilen der Flugblätter.

»Ich treib mich noch ein bisschen hier rum«, kündigte der Bluthund an. Sein Blick streifte Ivana.

»Verstehe«, griente ich. »In einer Stunde am Auto. Okay?«

Er brummelte etwas, was ich als Zustimmung deutete. Das Objektiv seiner Kamera war auf die hübsche Dolmetscherin gerichtet.

Vierzig Euro pro Tag für eine Matratze

Ein kleines Café eine Straße weiter bot frischen türkischen Kaffee und eine Auswahl türkischer Snacks für kleines Geld. Maxi und Mobby waren hier offenbar bekannt. Der Wirt brachte gleich eine Schüssel mit Wasser und eine Handvoll Trockenfutter.

Mobby wackelte zu dem Napf, schlabberte und setzte dabei die halbe Kaffeebude unter Wasser. Anschließend steckte er seine Zunge ins Trockenfutter und schüttelte ab, was nicht kleben blieb. Das Zeug verteilte sich auf den Fliesen. Ich schüttelte mich innerlich und wandte mich Maxi zu.

»Ivana ist ein Lichtblick für uns«, erklärte sie. »Wenn wir sie nicht hätten, wäre der Kontakt zu den Roma unmöglich. Sie spricht Xoraxane-Romani, Bulgarisch, Türkisch und ein wenig Deutsch.«

»Ich hab mal gehört, dass es ganz viele Zigeunersprachen gibt«, fiel mir ein.

»Unendlich viele. Die Roma sprechen indo-arische Zigeunersprachen, die sich wiederum unterscheiden. In der Türkei ist die Sprache anders als in Rumänien oder Bulgarien. Fragen Sie mich nicht, wo die Unterschiede genau liegen. Es ist jedenfalls sehr kompliziert, Kontakt zu den Menschen zu bekommen. Polizei bedeutet für sie Unterdrückung und Gewalt, und uns trauen sie auch nicht über den Weg. Unser erster Erfolg ist Ivana. Sie kam vor zwei Jahren nach Bierstadt, da war sie zwanzig. Ihre Familie hatte beschlossen, dass sie hier anschaffen sollte.«

»Ivana war eine Hure?« Ich dachte an Waynes interessierten Blick.

»Ja, gezwungenermaßen. Ein Verwandter, der bereits in Bierstadt lebte, besorgte ihr ein Zimmer in einem der Müllhäuser. Eine große Matratze, einen Zwei-Platten-Kocher und einen Topf. Dafür nahm der Kerl vierzig Euro pro Tag von dem Mädchen. Und dann ging es Ivana wie so vielen anderen: Ein Freier nach dem anderen, keine Kondome. Kein Arzt, als ein Mann sie quälte und verletzte. Dafür Vorwürfe von der Familie, weil sie nicht genug Geld nach Hause schickte.«

»Was ist das für eine Kultur, die die eigenen Kinder so behandelt?«, fragte ich. »Lieben die ihre Kinder denn nicht? Wollen sie sie nicht beschützen?«

»Kultur?« Maxi Singer lachte bitter. »Für Kultur ist Zeit, wenn man genug zu essen hat. Der Mensch will überleben. Das ist sein erstes Ziel. Ist er satt, dann denkt er vielleicht mal über Kultur nach. Im Übrigen gelten Frauen in manchen Völkern immer noch nicht besonders viel. Sie sind Besitz der Männer – wie Hühner oder Kühe.«

»Ich kann mir das nur schwer vorstellen«, murmelte ich. »Ich habe gelesen, dass man die kleinen Mädchen schon mit elf oder zwölf Jahren verheiratet ...«

»Ja, oder auf den Strich schickt – nach Bierstadt«, vervollständigte Maxi Singer.

»Wie ist Ivana da rausgekommen?«

»Das hat sie einem ihrer Freier zu verdanken. Der hat gemerkt, dass Ivana ihn nicht freiwillig bediente. Sie war apathisch und weinte. Er hat uns informiert und wir haben sie aus dem Haus befreit. Aber das ist die Ausnahme. Den meisten Männern ist es egal, wie die Huren drauf sind.«

»Sind es wirklich siebenhundert?«

Maxi Singer schüttelte den Kopf. »Quatsch! Das ist eine Zahl, die von den Politikern erfunden worden ist, um die Schließung des Straßenstrichs bei der Bezirksregierung durchzudrücken. Siebenhundert Frauen! Wie das klingt! Als ob ein böser Wespenschwarm unsere Moral gefährdet. Was überhaupt nicht diskutiert wird, ist, dass es die hiesigen Männer sind, die sich bedienen lassen. Gucken Sie sich mal die Internetseite *www.billig-ficken-in-bierstadt.de* an.«

Der Wirt brachte eine nette Kollektion türkischer Leckereien. Für einige hätte ich sogar meine geliebten Mandelhörnchen liegen lassen.

»Was wird nun aus Ivana?«

»Zurück nach Plovdiv kann sie nicht mehr«, antwortete Maxi Singer. »Sie bekommt ein kleines Honorar für die Übersetzungsarbeiten. Und wir finanzieren ihr einen Deutschkurs. Was dann kommt, werden wir sehen. Irgendwas fällt uns schon noch ein. Und jetzt erzählen Sie mir von dem Kind.«

Ich schilderte ihr die Begegnung und fragte zum Schluss: »Wie kann man diesen Jungen finden?«

»Das wird nicht einfach«, meinte sie. »Wie Sie ihn beschreiben, müsste der Kleine schulpflichtig sein. Er könnte also in einer der Auffangklassen gelandet sein. Aber in diese geht wiederum nur ein Bruchteil der Romakinder. Sie haben doch ein Foto! Das könnten wir in den Klassen herumzeigen. Vielleicht ist der Zufall auf unserer Seite.«

Jetzt hatte ich eine Verbündete und durch Ivana einen Fuß in der Tür zu den Roma. Sie verteilte immer noch emsig Flugblätter. Pöppelbaum fotografierte sie, aber sie zeigte sich davon wenig beeindruckt.

Dem Polizisten schienen Waynes Aktivitäten nicht zu gefallen, denn er steuerte nun den Bluthund an.

»Die hatten wohl Schichtwechsel«, bemerkte Maxi.

Tatsächlich! Der Beamte von vorhin war nicht mehr da. Ihn hatte der charmante POM Krüger abgelöst. Meine Nackenhaare stellten sich auf.

»Na, hast du alles?«, fragte ich Wayne, ohne den Polizisten eines Blickes zu würdigen. Ich ahnte, dass der das nicht hinnehmen würde. Er hatte mich genauso wiedererkannt wie ich ihn.

»Was soll das?«, stieß er hervor. »Sie behindern die polizeiliche Arbeit.«

Wayne, der Krüger ja noch nicht kannte, erklärte ihm, wer wir seien.

Prompt verlangte der Bulle die Presseausweise. Brav präsentierten wir sie.

Maxi Singer und Ivana verfolgten den Dialog sichtlich erstaunt.

»Ich mache das Recht am eigenen Bild geltend«, sagte POM Krüger nach eingehender Prüfung unserer Dokumente. »Wenn mein Bild in Ihrer Provinzzeitung erscheint, hat das Konsequenzen für Sie.«

Ich überlegte, ob ich ihm meinen Standard-Vortrag über die Gewaltenteilung in einem demokratischen Staat und die Aufgabe einer freiheitlichen Presse halten sollte, entschied mich aber dagegen. Perlen vor die Säue zu werfen, war nicht mein Ding.

»Kann ich Sie mal unter vier Augen sprechen, Herr Polizeiobermeister Krüger?«, fragte ich stattdessen, freundlich lächelnd.

Er grinste leicht, rechnete wohl mit einem beruhigenden Appell meinerseits. Wir gingen zur Seite – von den Blicken der anderen verfolgt. Ich tackerte das Lächeln in meinem Gesicht fest.

»Pass mal auf, du Hackfresse«, sagte ich leise und deutlich. »Wenn du kleiner Polizistenarsch glaubst, mich hier rumkommandieren zu können, dann versuch das ruhig. Aber dann hab ich dich auf dem Kieker. Und glaub mir, ich hab sehr viel Fantasie und kann dir dein kleines Leben zur Hölle machen. Denn Typen wie du haben immer was auf dem Kerbholz oder machen grobe Fehler. Hast du das verstanden, du Opfer?«

Ich lächelte noch immer. POM Krüger war bleich vor Wut. Ob er mich sofort oder erst später mit seiner Dienstwaffe erschießen würde?

»Das ist Beamtenbeleidigung«, zischte er. Seine Zähme malmten.

»Zeig mich an«, schlug ich vor.

Maxi, Ivana und Pöppelbaum schauten mir neugierig entgegen.

»Alles geklärt«, strahlte ich und drehte POM Krüger den Rücken zu. »Der Polizeiobermeister hatte in den letzten

Tagen einfach zu viel Stress. Und jetzt los, Wayne. Das Material über die Schließung des Strichs haben wir zusammen.«

Ich versprach Maxi Singer, das Foto des Jungen zu mailen. Wayne verabschiedete sich auffallend herzlich von Ivana, der aber nicht anzumerken war, ob ihr das gefiel. Immerhin nahm sie seine Karte an. Doch als er sich abwandte, ließ sie das Papier in einen Busch fallen, der am Straßenrand nach Sonne und Wasser schrie. Mobby, der wie ich das Geschehen verfolgt hatte, steuerte genau auf diesen Busch zu und hob mühsam das Bein. Der Urin tröpfelte auf die Pflanze. Und auf die Karte.

Es ist, was es ist

Ivana war schön und die Kamera liebte sie. Wayne legte mir eine Kollektion seiner Fotos auf den Schreibtisch. Die junge Frau hatte ein fein geschnittenes Gesicht mit einer klassischen Nase und hohen Wangenknochen. Es ging etwas Unschuldiges und Melancholisches von ihr aus.

»Hat Maxi Singer dir etwas über sie erzählt?«, wollte er wissen.

»Nicht viel. Nur, dass sie als Dolmetscherin jobbt und eng mit der *Mission* zusammenarbeitet«, log ich. »Sag bloß, du bist an ihr interessiert?«

»Ich hatte schon lange keine feste Freundin mehr.«

»Und jetzt muss es ausgerechnet ein Romamädchen sein?«

»Kannst du dir aussuchen, in wen du dich verliebst?«, fragte er.

»Nein, so was passiert und man kann nichts dagegen tun – auch, wenn man will«, seufzte ich.

»Siehst du!« Er nahm eines der Fotos. »Wie alt sie wohl ist?«

»Um die zwanzig. Bisschen jung für so einen alten Knacker wie dich, meinst du nicht?«

»Es gibt doch dieses Gedicht von der Liebe«, sinnierte der

Bluthund. »In dem der Verstand immer sagt, dass es nicht geht, und die Liebe behauptet, dass es doch geht.«

»Ja, von Erich Fried. *Was es ist.* So heißt es. Ziemlich kitschiges Teil.«

»Kannst du mal eben googeln und es mir ausdrucken, Grappa?«, bat er.

Es hatte ihn voll erwischt. Ob es ihn wohl stören würde, wenn er wüsste, dass Ivana auf den Strich gegangen war? Ich überlegte nicht weiter, es würde sich ohnehin entwickeln – in welche Richtung auch immer.

»Hier ist es«, sagte ich und reichte ihm den Zettel.

»Hör mal zu, Grappa. Was ist daran kitschig?

Es ist Unsinn
sagt die Vernunft
Es ist was es ist
sagt die Liebe

Es ist Unglück
sagt die Berechnung
Es ist nichts als Schmerz
sagt die Angst
Es ist aussichtslos
sagt die Einsicht
Es ist was es ist
sagt die Liebe

Es ist lächerlich
sagt der Stolz
Es ist leichtsinnig
sagt die Vorsicht
Es ist unmöglich
sagt die Erfahrung
Es ist was es ist
sagt die Liebe.«

»Ein Gedicht, das nur unglücklich Verliebte mögen«, stellte ich fest. »Darf ich dir einen Rat geben?«

»Na, klar, Grappa.«

»Versuch, deinen Verstand nicht ganz auszuknipsen. Du kennst das Mädchen nicht, weißt nichts über ihr Leben. Vielleicht ist sie längst verheiratet und hat Kinder. Bei den Roma werden die Mädchen schon mit vierzehn in Ehen getrieben. Nicht, dass du dir eine blutige Nase holst oder Schlimmeres.«

»Vielleicht mag sie mich ja gar nicht. Dann hat sich das Thema sowieso erledigt.«

Das wäre das Beste, dachte ich insgeheim.

Mein Artikel war schnell geschrieben und ich krönte ihn mit einem gelungenen Foto des POM Krüger bei der Arbeit. Die Bildunterzeile lautete: *Immer im Dienst der Wahrheit: Ein engagierter Polizist verteilt Flugblätter, um die Identität der ermordeten Romafrau zu klären.* Und dann noch ein Foto von Maxi Singer, Ivana und Mobby. *Gegen die Mauer des Schweigens: Missionsleiterin Maxi Singer versucht mithilfe einer Dolmetscherin, Kontakt zu den bulgarischen Roma zu bekommen.*

Dazu ein paar Zeilen zum Fall selbst und erneut die Aufforderung, dass sich Zeugen melden sollten. Fertig. Ich packte meine Sachen.

Auch auf dem Verlagsparkplatz hatte jemand Flugblätter hinter die Scheibenwischer einiger Fahrzeuge geklemmt. Ich dachte zunächst an die Suchmeldung der Kripo, doch ich täuschte mich. *Zigeunerinvasion in der Nordstadt,* las ich. Es war klar, aus welcher politischen Ecke diese Töne kamen. Auf dem Flugblatt war eine Internetadresse angegeben. Zu Hause würde ich der Sache auf den Grund gehen.

Zigeunerliebe – Zigeunerhass

Ich öffnete eine Flasche Wein, stellte ein paar Leckereien zusammen und verzog mich in den Garten. Es war ein wunderschöner Sommerabend. Winzige Fliegen tanzten im letzten Licht. Nach einem Glas war ich so weit, mich mit den Neonazis befassen zu können. Dank WLAN konnte ich auch im Garten im Internet surfen.

Unter der Internetadresse fand sich als erster Eintrag der Text des Flugblatts:

> **Zigeunerinvasion: Sie klauen, brechen ein und schicken ihre Frauen auf den Strich**
>
> Ganze Straßenzüge in der Nordstadt werden derzeit von einer regelrechten Invasion bulgarischer Zigeuner heimgesucht. Die Eingereisten bieten sich als billige Arbeitskräfte an. Die Frauen prostituieren sich.
>
> Die Zigeuner hausen unter widrigsten Umständen in Wohnungen, die sie einfach besetzen. Müll und Speisereste werden durch das Fenster entsorgt.
>
> Die Fakten: Seit 2007 sind über 3.000 Männer und Frauen aus Bulgarien mit einem Touristenvisum nach Bierstadt gekommen. Durch die 3.000 Personen werden 3.000 Arbeitsplätze vernichtet, die durch Deutsche besetzt werden könnten.
>
> Nur durch die konsequente Rückführung von Ausländern in ihre Heimatländer kann die ausufernde Überfremdung gestoppt und dem Niedergang ganzer Stadtteile entgegengewirkt werden.

Noch schlimmer als diese Töne waren die Leser-Einträge:

> Wir müssen etwas gegen diese Art von Menschen unternehmen. Bald werden sie auch in euren Gärten sein und eure Keller aufbrechen, euch bedrängen und bedrohen! Wir müssen handeln, so lange es noch geht. Ich bin kein Rassist und habe selbst einen türkischen Migrationshintergrund. Aber die Zigeuner sind das dreckigste Volk auf Erden. Deutschland wird untergehen und wir mit unserem Staat!

> Wie asozial ist ein System, das unserem Volk die Zukunft nimmt, die Menschen in die Armut, Arbeitslosigkeit und in den Drogen-

sumpf treibt?! Wie kann es sein, dass Zigeuner als Kulturbereicherer mit offenen Armen empfangen werden und gleichzeitig die Deutschen in ihrem eigenen Land verrotten und oft am Existenzminimum leben und keine Perspektive haben? In den Hauseingängen stinkt es nach Pisse, weil sie anscheinend das Klo nicht finden oder es mit Müll verstopft haben. Sie benutzen leer stehende Wohnungen als Müllhalde, weil sie zu faul sind, ihren Unrat in die Tonne zu kloppen. Die Zustände sind ekelerregend und diese Vögel sollten dazu verdonnert werden, ihren Scheiß vor den Augen der Nachbarn selbst zu entsorgen. Danach ab nach Hause. Bulgarien freut sich schon.

Diese Bulgaren werden niemals einer geregelten Arbeit nachgehen, sie haben alles in der Hand, was das Kriminelle angeht. Es kommen jede Woche drei bis vier volle Transporter aus Bulgarien und bringen neue Zigeuner. Die Frauen gehen natürlich anschaffen. Als ich einen Bulgaren gefragt habe, warum der seine eigene Tochter auf den Strich schickt, sagte er mir: Ich habe sie bis heute ernährt, jetzt ist sie dran. Und wenn ich das nicht mache, wird sie der Mann, den sie bekommt, auf den Strich schicken. Das war wohl das Wort zum Sonntag!

Diese Mischung aus Fremdenhass, Faktenferne und Angst war mir nicht neu und sie war auch kein rein deutsches Problem. Frankreich war vor ein paar Monaten hart gegen Roma und Sinti vorgegangen und hatte sich allerhand Kritik anhören müssen.

Im Norden Bierstadts hatte es schon immer soziale Probleme gegeben. Als der Bergbau boomte, störten die eingewanderten Polen. Jahrzehnte später waren es die türkischen Gastarbeiter. Die jeweils zuletzt Eingetroffenen ernteten den Hass der anderen. Und jetzt wurden die Roma angegriffen.

Harte Jungs

Der nächste Tag begann ungewöhnlich früh für mich. Pöppelbaum hatte den Polizeifunk abgehört und warf mich gegen vier Uhr morgens aus dem Bett.

»Hausräumung in der Nordstadt«, teilte er mit. »Und es gibt Ärger. Ich rieche das.«

»Wer räumt?«, fragte ich verschlafen.

»Der Eigentümer. Eine von diesen Heuschrecken. Vor dem Haus in der Mallinckrodtstraße stehen dreißig harte Jungs eines Sicherheitsdienstes. Die Bullen beobachten das Ganze.«

»Ich bin gleich da. Fotografier alles, was sich bewegt ...«

»... und was sich nicht bewegt. Aye, aye, Grappa.«

»Ich muss nur noch schnell duschen.«

»Das musst du nicht. Ungeduscht passt du besser zu den Leuten im Haus gegenüber. Die haben nämlich schon seit Wochen kein Wasser mehr.«

Nun gut. Katzenwäsche. Kaffee mit Milch. Sonnenbrille. Und weg.

Als ich die Mallinckrodtstraße erreichte, fiel mir sofort der Pulk Schwarzgekleideter auf. Zwei von ihnen brachen gerade die Haustür auf. Die Menschen, die in dem Haus wohnten, beobachteten das Ganze durch die Fenster.

Die Sicherheitsleute hatten die Haustür in Einzelteile zerlegt. Applaus brauste auf: Schaulustige aus der Nachbarschaft hatten sich ebenfalls so früh eingefunden und geizten nicht mit Kommentaren.

»Scheißzigeuner!«

»Endlich tut jemand mal was!«

»Haltet doch einfach ein Streichholz ans Haus.«

Die Ablehnung war körperlich zu spüren. Die Luft vibrierte. Zum Glück war die Polizei gut aufgestellt.

»Halt mal auf die Faschos drauf«, bat ich Wayne und deutete auf die Zuschauer.

Ein grauhaariger älterer Mann stieg aus einem Firmenwagen, der das Logo der Wohnungsgesellschaft *Quantas* trug. Er gesellte sich zu dem Polizisten, der den Einsatz zu leiten schien, und sprach mit ihm.

Ein Kleinbus stoppte und entlud weitere Männer. Deren Overalls zierte ebenfalls das *Quantas*-Logo.

»Das sind die Arbeiter, die gleich hier aufräumen sollen«, erklärte Pöppelbaum.

Ich überlegte, wie ich mich fühlen würde, wenn ich mich im Haus aufhalten würde. Auf jeden Fall bedroht.

Ein weiterer Wagen fuhr vor. Maxi Singer und Ivana stiegen aus. Pöppelbaums Augen weiteten sich.

»Wer hat hier den Hut auf?«, wollte Maxi wissen. Da niemand antwortete, steuerte sie den Einsatzleiter an. Ich folgte ihr, um den Schlagabtausch nicht zu verpassen.

»Sie wollen das Haus räumen?«, fragte die Missionsfrau.

»Nicht wir, sondern der Eigentümer. Wir sichern die Aktion lediglich«, gab der Beamte zurück.

»Ich bin der Vertreter der *Quantas GmbH*«, meldete sich der grauhaarige Mann zu Wort. »Dieses Gebäude gehört zu unserem Wohnungsbestand. Es ist illegal besetzt worden. Wir haben alle rechtlichen Mittel ausgeschöpft. Mehrere einstweilige Anordnungen, Räumungsbeschlüsse. Das Haus verkommt und ist bereits stark beschädigt. Jetzt dürfen wir räumen.«

»Haben Sie ein Megafon?«, erkundigte sich Maxi.

Sie bekam eins und winkte Ivana zu sich. »Sag den Leute im Haus, dass sie nichts zu befürchten haben. Sie sollen einfach nur das Gebäude verlassen. Ihnen passiert nichts. Die Polizei schützt sie.«

»Polizei schützen?«, fragte Ivana zornig. »Kennen wir nicht. Polizei immer schlimm.«

»In Bulgarien, aber nicht hier. Und jetzt los.«

Ivana nahm das Megafon und sprach hoch zu den Fenstern, hinter denen schwarzbehaarte Köpfe zu sehen waren.

Die Ansprache hatte Erfolg. Nach und nach kamen die

Hausbesetzer ins Freie. Männer, Frauen und Kinder jeglichen Alters, sogar ein Säugling und ein Kleinkind waren dabei. Ihre wenigen Habseligkeiten trugen sie in Plastiktüten bei sich.

Die Polizisten hatten sich zwischen die Zuschauer und die Roma gestellt. Die Hasstiraden waren verstummt.

»Frag, ob das Haus leer ist«, bat Maxi Singer Ivana. »Und sag den Leuten, dass wir uns um sie kümmern werden.«

Ivana ging zu der Gruppe und sprach mit einem älteren Mann, der der Familienchef zu sein schien.

Wieder zurück meinte sie: »Haus ist leer. Besitzer kann rein.«

Die Arbeiter bekamen ein Zeichen. Sie zogen Handschuhe an und banden sich Mundschutz um.

»Sie können gern mit in das Haus«, bot mir der *Quantas*-Vertreter an. »Dann sehen Sie mal, wie es da drin aussieht.«

Ich zögerte, was der Typ selbstverständlich bemerkte.

»An der Wahrheit sind Sie wohl nicht interessiert, was?«, meckerte er. »Sie schimpfen natürlich lieber auf die böse Heuschrecke, die die armen Zigeuner vertreibt.«

Er hatte recht. Wayne und ich folgten den Männern.

Zigeunerromantik und Naziärzte

Nach der Hausbegehung fuhr ich nach Hause und duschte gründlich. Ich musste den Geruch nach Pisse und verdorbenem Essen abwaschen. Mittags war ich wieder ansprechbar. Schnack gab mir sechzig Zeilen und lobte mein Engagement.

»Ihr werdet noch gute Freunde«, prophezeite Simon Harras.

»An mir soll es nicht liegen«, entgegnete ich. »Solange ich machen kann, was ich will.«

»Irgendwie riechst du komisch, Grappa. Hast du ein neues Parfum? *Pissato* von Bruno Romani?«

»Ist das immer noch nicht weg?«, fragte ich und schnüffelte an meinem T-Shirt.

»War nur ein Scherz«, gab Harras zu. »Ich hab mit Wayne gequatscht und ein paar Fotos gesehen. Unfassbar! Warum kommen die Leute bloß hierher? In Bulgarien kann es auch nicht schlimmer sein.«

»Doch es kann und es ist schlimmer«, seufzte ich. »Schau dir mal im Netz die Elendsviertel von Plovdiv an.«

»Mach ich«, versprach er. »Aber vorher bin ich mit Trainer Peter Mopp zum Essen verabredet. Er hat seinen Werbevertrag mit der *Berlin-Darmstädter-Versicherung* gekündigt.«

»Ach, ja. Die Sexorgie in den Gellert-Thermen in Budapest. Find ich klasse von Mopp.«

»Ihm geht 'ne Menge Kohle durch die Lappen.«

»Darauf wird er nicht angewiesen sein«, stellte ich fest. »Sag mal, wieso haben Männer eigentlich nichts anderes im Hirn als Ficken?«

»Das stimmt doch gar nicht!«, meinte der Sportreporter im Brustton der Überzeugung.

»Wieso? An was denken sie denn sonst?«

Harras überlegte, kratzte sich den Kopf und meinte dann: »Ficken!«

Ich zeigte ihm den Stinkefinger und machte mich an die Arbeit.

Eigentümer schickt Sicherheitsdienst:
53 Roma verlassen Ekel-Haus

Der Besitzer des Hauses, die *Quantas GmbH,* hatte monatelang versucht, Räumungsbeschlüsse durchzusetzen – vergeblich. Jetzt hat ein Sicherheitsdienst die Sache erledigt. Im Morgengrauen mussten 53 Menschen, unter ihnen zahlreiche Kinder, das Haus verlassen. Sie lebten seit Monaten ohne Mietvertrag in dem Gebäude.

Unsere Zeitung hatte Gelegenheit, das Haus zu besichtigen. Es bot sich ein ekelerregendes Bild: meterhohe stinkende Müllhaufen im Hinterhof. Im Treppenhaus kiloweise Exkremente von Tauben und Ratten sowie verschimmelte Essensreste. In den ›Zimmern‹: verdreckte Matratzen, gebrauchte Kinderwindeln, ranzige Baby-

Nahrung und verwesende Fleischstücke in einer Pfanne auf einem Gaskocher.
Die Stadtwerke hatten Strom- und Gaszähler vor einigen Tagen abgeschaltet, denn die *Quantas GmbH* wäre sonst noch länger auf den Energiekosten sitzen geblieben. Schon jetzt rechnet die Gesellschaft mit 12.000 Euro an Nachzahlungen.
Das Gebäude ist zudem schwer beschädigt. Nur ein Beispiel: Laut *Quantas* wurden die Kupferleitungen abmontiert und verkauft.
Der Einsatz verlief ohne Zwischenfälle. Dafür sorgten die Bierstädter Polizei und Maxi Singer, Chefin der *Mission,* die die Hausbesetzer beruhigte und sich anschließend um sie kümmerte.

Ich rief Maxi an, um mich zu vergewissern, dass ich nichts Falsches schrieb.

»Wo sind die Leute jetzt?«, fragte ich.

»Keine Ahnung.«

»Wie bitte?« Ich war verblüfft.

»Während Sie mit den *Quantas*-Leuten im Haus waren, kam ein klappriger Bus angefahren und hat die Frauen und Kinder eingeladen«, berichtete sie. »Die Männer haben sich in den umliegenden Straßen verteilt. Das ging alles sehr schnell.«

»Was bedeutet das?«

»Dass die Roma untergetaucht sind. Der Bus hatte ein bulgarisches Kennzeichen. Wahrscheinlich gehört er der Sippe. Diese Menschen kommen jetzt bei ihren Leuten in den anderen besetzten Häusern unter, meint Ivana.«

»Hat die Polizei denn nichts unternommen? Die Personalien festgestellt?«

»Die Beamten hatten die Anweisung, nur einzugreifen, wenn es zu Gewaltausbrüchen kommt. Die Roma sind Bürger der Europäischen Union«, erinnerte die Missionsfrau.

»Und die Kinder? Muss man die nicht da rausholen?«

»Wer will Müttern ihre Kinder wegnehmen? Sie vielleicht, Frau Grappa? Das geht nicht«, stellte Maxi fest. »Und eine Vernachlässigung muss sowieso erst mal nachgewiesen werden. Wie kann man das, wenn die Leute nicht mehr greifbar sind?«

Ich legte den Hörer auf und strich den letzten Satz meines Artikels.

Mir war klar, dass ich weit davon entfernt war, die Roma und ihren Bezug zur realen Bierstädter Welt zu verstehen. Und wenn ich als Journalistin schon hilflos war, obwohl ich alle denkbaren Möglichkeiten hatte, mich zu informieren – wie sollten die Nordstädter Bürger Toleranz entwickeln? Die Verfolgungsgeschichte der Roma und Sinti in den vergangenen Jahrhunderten ähnelte der der Juden. Roma und Sinti wurden in extremem Maße diskriminiert. Aber anders als die Juden wurden sie auch romantisiert.

Der *Zigeunerbaron,* die alberne Operette von Johann Strauss, wurde noch immer gern aufgeführt, Zigeunergeiger mit feuchten Augen traten im TV auf und über dem Sofa manch guter deutscher Wohn- oder Schlafstube prangte die vollbusige Zigeunerin in Öl.

Daneben hatte es immer wieder Vertreibung, Ermordung und Verfolgung gegeben. SS-Arzt Josef Mengele tötete viele Zigeuner durch medizinische Experimente – besonders Kinder, denen er die schrecklichsten Grausamkeiten zufügte.

Ich rief Friedemann Kleist an, der glücklicherweise an seinem Platz war.

»Habt ihr etwas erreicht?«, fragte ich. »Hat sich endlich jemand gemeldet, der die Tote kennt?«

»Nichts. Es ist wie verhext. Die berühmte Mauer des Schweigens. Wir haben die Hilfe der bulgarischen Kollegen angefordert.«

»Meinst du, das hilft? Die bulgarische Polizei ist für die Roma ein absolutes Feindbild.«

»Wir werden sehen. Es ist ja nur eine Möglichkeit. Außerdem suchen wir den Mann, dessen Name im Tattoo des Opfers genannt wird. Und die Kollegen überprüfen die Mieter, die zuletzt in den Häusern in der Juliusstraße gewohnt haben. Du siehst, Maria, wir tun alles nur Mögliche, um die Sache aufzuklären. Die junge Frau ist unter den schlimmsten Umständen gestorben, die man sich vorstellen kann.«

»Das Kind. Der Junge, der mich zur Leiche geführt hat. Maxi Singer stellt mir einen Kontakt zu der Lehrerin der Auffangklasse für die Romakinder her. Sie sollen sich das Foto anschauen, das Pöppelbaum am Montag geschossen hat. Hast du Lust und Zeit? Ich Wein, du Wasser?«

Er lachte. »Gute Idee. Ich muss hier raus. Bist du gewillt, einen Häppchenteller zu kreieren, oder soll ich einen Kiosk ausrauben?«

Wir verbrachten einen harmonischen Abend bei klassischer Musik. Die *Ungarischen Tänze* von Johannes Brahms passten zum Thema. Der Komponist hatte Zigeunerweisen gesammelt und verarbeitet.

»Wusstest du eigentlich, dass es keine Zigeunerschrift und es deshalb keine Aufzeichnungen gibt?«, fragte ich.

»Ja, das wusste ich. Alles wird mündlich weitergegeben. Ist der Begriff *Zigeuner* eigentlich politisch korrekt?«

»Manche sagen Ja, manche Nein. Einige Romaverbände haben nichts gegen das Wort einzuwenden. Angeblich soll ›Zigeuner‹ von dem Begriff ›ziehender Gauner‹ abgeleitet sein. Offiziell ist der Oberbegriff *Roma.* Sie wurden aber auch schon *Nomaden, Landfahrer* und *fahrendes Volk* genannt. Die neueste Erfindung der Bürokraten ist: *mobile ethnische Minderheit.*«

»Was für ein sprachlicher Schwachsinn!«, schüttelte Kleist den Kopf. »In der Liste der polizeilichen Abkürzungen hat sich das auch schon niedergeschlagen: *MEM.* Das erinnert doch stark an die *Jahresendflügelfigur* der DDR. Ich habe die Kollegen in der Pressestelle auf das Wort *Roma* festgelegt. Damit machen wir wohl nichts falsch.«

Nach einer Runde Béla Bartók hatten wir ausreichende Bettschwere. Bevor wir in die Kissen fielen, schaute ich noch kurz nach meinen Mails.

Maxi Singer hatte sich gemeldet. Sie hatte für den nächsten Tag einen Termin mit der Lehrerin der Romaauffangklasse ausgemacht. Endlich konnte ich das Foto des unbekannten Jungen herumzeigen.

Kein Geld zum Auffangen

Betty Fuchs-Pullmann war eine mütterlich wirkende Frau. Die grauen Haare trug sie zu einem Zopf gebunden. Die Kleidung erinnerte an eine Mischung aus politisch korrektem Jutesack und linksdrehendem Zipfellook. Die Lehrerin war schon im Ruhestand. Die Stadt hatte sie aber gebeten, sich ehrenamtlich für Romakinder zu engagieren, und sie hatte sofort zugesagt. Die Nordstadt war ihr nicht unbekannt, sie hatte viele Jahre lang in einer Hauptschule unterrichtet. Hauptschule – das allein war schon Hardcore. Hauptschule in der Nordstadt – das war die Steigerung davon.

Betty Fuchs-Pullmanns Büro in der Nordmarktschule war schäbig. An den Wänden Kinderzeichnungen, in der Ecke kaputtes Spielzeug, zwei Holzstühle und ein kleiner Tisch. Ein Wasserkocher auf der Fensterbank, daneben mehrere Kaffeebecher und ein Glas mit Kaffeeweißer.

Sie hatte meinen überraschten Blick bemerkt. »Ich bin nichts Besseres gewohnt«, lächelte sie. »Die Schule müsste mal richtig saniert werden, doch es fehlt das Geld dazu. Aber es geht auch so. Wichtig sind allein die Kinder. Leider kommen nur zwanzig zum Unterricht. Manche werden von den Eltern geschickt, andere weist uns das Jugendamt zu, denn die Schulpflicht gilt für alle in Bierstadt lebenden Kinder.«

»Nur zwanzig?«, wunderte ich mich.

»In den Häusern leben natürlich sehr viel mehr. Aber an die kommen wir nicht so einfach ran. Der Stadt ist das aus Kostengründen sogar ganz recht. Es fehlen Lehrer, die mitmachen. Die Romakinder haben keinerlei Sozialisation erlebt. Sie können sich nicht konzentrieren, sie haben nie einen Kindergarten oder eine Schule besucht. Die Verständigung ist nur über Zeichen und Bilder möglich. Als ich zum ersten Mal Buntstifte auf den Tisch legte, wussten die Kinder damit nichts anzufangen. Inzwischen hat sich wenigstens das geändert.«

Die Lehrerin ging zur Wand und nahm einige Blätter ab.

»Sehen Sie mal. Das haben die Kinder gemalt. Die meisten sind hellwach und auch begabt. Wenn die Kleinen richtig gefördert würden ...«

»Sehr hübsch«, lobte ich. »Besonders die bunten Müllhaufen mit den blauen Plastiksäcken.«

»Kinder malen das, was sie in ihrer Wirklichkeit sehen«, lächelte Betty Fuchs-Pullmann. »Und sie sehen nicht viel anderes als Elend, Müll und Angst. Achten Sie mal auf die männlichen Personen. Sie sind dunkel, groß und furchterregend dargestellt.«

Das stimmte: Männer waren klobig und dunkel, Kinder und Frauen wirkten winzig und verschüchtert.

»Wie alt sind Ihre Schüler?«

»Zwischen sechs und zehn Jahren. Bei denen läuft es mit der Förderung eigentlich ganz gut. Am schwierigsten sind die Vierzehn- bis Sechzehnjährigen. Die Mädchen sehen einer Karriere als Prostituierte entgegen und die Jungs gelten in diesem Alter bei den Roma als erwachsen. Viele der Jugendlichen sind verheiratet und haben sogar selbst schon Kinder.«

»Wie kommen Sie an die Kinder heran? Setzen Sie Dolmetscher ein?«, fragte ich.

Betty Fuchs-Pullmann lachte auf. »Wo sollen wir die denn herkriegen? Und selbst wenn es sie gäbe, wer sollte sie bezahlen? Nein, ich mache das mit der Erzählkasten-Methode. Ich erzähle eine Geschichte und zeige den Kindern ein passendes Bild dazu. Fernsehen für Arme sozusagen. Und nach ein paar Wochen haben die meisten begriffen, dass das Tier auf dem Bild *Vogel* heißt.«

»Ich habe hier ein Foto von einem Jungen. Wir haben es am Montag gemacht, als der Straßenstrich geschlossen wurde. Das Kind könnte ein wichtiger Zeuge in dieser Geschichte mit der toten Frau sein.«

Betty Fuchs-Pullmann betrachtete die Aufnahme.

»Der Kleine sieht sehr verstört aus«, meinte sie nach einer Weile. »Doch leider kenne ich ihn nicht. Aber – wie gesagt – das heißt nichts. Die meisten Kinder leben im Verborgenen.«

»Darf ich das Foto Ihren Schülern zeigen?«

»Meinetwegen. In einer Viertelstunde beginnt der Unterricht.«

Die kleinen Roma saßen überraschend brav in den Bänken. Sie waren durchweg ordentlich gekleidet und sauber. Warum auch nicht? Was hatte ich erwartet? Eine Horde verlumpter, kreischender Kids?

Betty Fuchs-Pullmann grüßte: »Guten Tag, ihr lieben Schüler«, und bekam: »Guten Tag, Frau Betty«, als Antwort.

»Frau Grappa«, sagte sie und deutete auf mich. »Zeitung.«

Das Wort kannten die Kinder offensichtlich nicht. An der Wand des Klassenzimmers hing der Artikel einer Konkurrenzzeitung über die Auffangklasse. Der Text war mit vielen Fotos garniert.

»Frau Grappa – Zeitung«, wiederholte Fuchs-Pullmann und deutete auf den Artikel. Manche Kinder nickten, die hatten verstanden.

Die Lehrerin ließ das Foto von dem Jungen durch die Reihen gehen. Ich beobachtete die Kinder. Waren sie schon genauso verschlossen und misstrauisch wie die erwachsenen Roma?

Stumm wurde das Foto weitergereicht. Niemand schien den Jungen zu erkennen.

»Emilov?«, fragte die Lehrerin plötzlich.

Ein Kind mit Wuschelhaar und BVB-Sweatshirt starrte das Foto an.

»Junge? Name?«

Emilov blickte auf. »Ivo«, stammelte er. »Ivo!«

»Junge? Ivo?«

Emilov nickte.
»Wo ist Ivo?«
Emilov schüttelte den Kopf und schwieg.

Ivo und kein Nachname. Das war nicht viel. Frau Fuchs-Pullmann begleitete mich nach draußen.

»Ich würde gern über Sie und die Klasse einen Artikel schreiben.«

Sie war einverstanden. Dann hatte sie es plötzlich eilig, in die Klasse zurückzukommen.

»Meine Handtasche steht da«, erklärte sie, »und für die Kleinen gibt es nichts Schöneres, als sie auszuräumen.«

»Wie bitte?«

»Während der ersten Unterrichtsstunde musste ich mal auf die Toilette. Als ich zurückkam, hatten die Kinder meine Handtasche geplündert.«

»Und wie haben Sie reagiert?«

»Ich bin von Kind zu Kind gegangen und habe mir meine Sachen wieder zusammengesucht«, antwortete sie. »Seitdem versuche ich, den Kindern den Eigentumsbegriff zu vermitteln.«

»Hat wohl nicht geklappt?«, vermutete ich.

»Doch. Jetzt ist das ein Spiel. Ich lasse meine Tasche zurück, die Kinder schauen hinein und entdecken Bonbons oder Kaugummis, die ich extra für sie reingelegt habe. Die dürfen sie sich nehmen. Alles andere rühren sie nicht mehr an. Manchmal bekomme ich sogar was. Ein Bild oder eine kleine Bastelei. Dann haben wir alle unseren Spaß.«

Ivo, Kevin und ein besonderer Knoten

»Der Junge heißt Ivo«, teilte ich Pöppelbaum mit, als ich wieder in der Redaktion war.

»Heißen die auf dem Balkan nicht fast alle Ivo?«, fragte der Bluthund.

Das war wohl wahr. Ivo war ein häufiger Name, etwa so häufig wie Kevin bei uns.

»Ich schreibe einen Artikel über die Lehrerin«, kündigte ich an. »Könntest du hin und ein paar Fotos machen? Lehrerin vor der Klasse und ein paar Nahaufnahmen von ihr.«

»Warum hast du mich nicht gleich mitgenommen?«, maulte Pöppelbaum.

»Ich wollte erst mal die Lage peilen. Aber Frau Fuchs-Pullmann hat alles gut im Griff.«

Er machte sich auf den Weg und ich verzog mich in mein Büro. Dort wartete eine neue Pressemitteilung der Polizei auf mich.

Die Untersuchung des Mülls in den Häusern und auf dem Gelände hatte keinen Hinweis auf die Identität des Mordopfers geliefert, ein Mann namens Timocin war nicht gefunden worden. Eine Kleinigkeit war dann doch neu. Experten hatten die Fesselung untersucht und waren zu dem Ergebnis gekommen, dass es sich um einen Knoten handelte, der in der Segelschifffahrt üblich war.

Der Webeleinstek, auch Mastwurf oder Kreuzlank genannt, kann gesteckt oder geworfen werden. Die geworfene Variante verwendet man zum Beispiel zum Festmachen des Bootes an einem Poller. Gesteckt wird der Webeleinstek dazu verwendet, eine Leine oder ein Seil an einem Gegenstand zu befestigen.

Die Gegenstände waren in diesem Fall die Handgelenke der ermordeten Frau.

Weiterhin werden dringend Zeugen gesucht, die Angaben zur Person der Toten oder zum Tathergang machen können. Hinweise an jede Polizeidienststelle. Auch anonymen Hinweisen wird nachgegangen. Vertraulichkeit wird zugesichert.

Ich wählte Kleists Büronummer, doch er war nicht zu erreichen: Termin beim Oberbürgermeister. Mehr bekam ich nicht heraus.

Ich schrieb den Artikel über die pädagogischen Bemühungen der Lehrerin. Die ganze Zeit beschäftigte mich die Frage, wo der kleine Ivo sein mochte. Irgendwie hatte ich das Gefühl, ihn beschützen zu müssen.

Am späten Nachmittag – ich bereitete mich gerade seelisch auf den Feierabend vor – stürzte der Bluthund in mein Einzelzimmer.

»Polizeieinsatz im Norden«, rief er. »Ein paar Roma haben die Kleiderkammer der Diakonie überfallen und sind dabei, sie auszuräumen. Kommst du?«

Zwei Stunden später schrieb ich den zweiten Artikel über die Nordstadt an diesem Tag.

Roma überfallen Kleiderkammer –
Sozialarbeiter unter Polizeischutz

Fünfzig Roma haben gestern die Wohnungslosenberatung der Diakonie in der Nordstadt überfallen und die Sozialarbeiter mit einem Messer bedroht. Der Anschlag galt der Kleiderkammer für bedürftige Menschen.

»Da waren Frauen mit Kindern dabei. Die Männer waren sehr aggressiv«, so eine Mitarbeiterin der Diakonie.

Es ist der zweite Vorfall dieser Art. Schon vor vier Wochen haben einige Roma die Türen der Beratungsstelle mit Stuhllehnen von innen blockiert, um Kleider aus der Kammer zu entwenden.

»Die Sachen sind dann auf einem Parkplatz in der Nordstadt verkauft worden«, erzählte die Sozialarbeiterin. »Und zwar auf dem Parkplatz, auf dem ein Reisebus hält, der zwischen Bierstadt und Plovdiv verkehrt.«

Gestern führte die Polizei die Roma aus dem Gebäude und stellte die Personalien fest. Anschließend wurden sie freigelassen. »Eine Anzeige ist sinnlos«, so ein Polizeisprecher.

Die Diakonie will jetzt einen privaten Sicherheitsdienst engagieren, um künftig solche Vorfälle zu verhindern.

»Wenn eine große Gruppe von Menschen auf alle Regeln pfeift, ist eine soziale Einrichtung wie wir nicht mehr funktionsfähig«, bedauert die Sozialarbeiterin. Man werde Handzettel in bulgarischer Sprache verteilen und ankündigen, dass die Kleiderkammer ab sofort geschlossen sei.

»Wir müssen gründlich aufräumen und überlegen, wie wir unsere eigentliche Aufgabe – die Beratung von Wohnungslosen – wieder erfüllen können.«

Idee am See

Mein Schlaf war unruhig, immer wieder geriet ich ins Grübeln. Gutmensch zu sein, ist nicht einfach, wenn diejenigen, die du schützen willst, dich mit Gewalt konfrontieren. Die attackierte Sozialarbeiterin war völlig aufgelöst und auch enttäuscht gewesen. Sie hatte alles richtig machen wollen und musste dann doch die Polizei holen.

Ich erinnerte mich an einen freilaufenden Kater, den ich im Winter jeden Tag mit Futter versorgt und der mich im Frühjahr aus Dankbarkeit in die Hand gebissen hatte.

Man soll sich vor Verallgemeinerungen hüten. Nicht alle Roma überfallen eine Diakonie und nicht alle Kater beißen die Hand, die sie füttert.

Ich hatte weder Brot noch Kaffee zu Hause. Also nichts wie hin zu Frau Schmitz.

»Tach auch.«

»Die Frau Grappa! Selber Tach. Wie isses dir?«

»Muss. Und selbst?«

»Muss.«

»Ich brauch ein kleines Frühstück mit viel Kaffee.«

Anneliese Schmitz nickte. »War wohl 'ne lange Nacht, was?«

»Eher eine kurze«, antwortete ich.

»Sieht man. Dann geh doch schomma durch ins Bistro. Frühstück kommt gleich.«

In der kleinen Kaffeestube war nicht viel los. Das *Bierstädter Tageblatt* lag in schönster Zweisamkeit mit der Blöd-Zeitung auf einem Tisch. Die Konkurrenz hatte sich selbstverständlich auch mit dem Überfall auf die Wohnberatungsstelle der Diakonie befasst:

**Zigeunerclan raubt Kleiderkammer aus –
Polizei lässt Schuldige laufen**

Frau Schmitz brachte den Kaffee. »Schlimme Sache«, meinte sie. »Warum schickt man die Zigeuner nicht nach Hause zurück?«

»Weil man das nicht kann«, antwortete ich. »Sie haben das Recht, hier zu leben und zu arbeiten. Bulgarien gehört zur Europäischen Union.«

»Arbeiten? Nutten und Taschendiebe? Nee, Frau Grappa, das siehst du zu romantisch!« Die Bäckerin schüttelte verständnislos den Kopf. »Soll doch die Frau Merkel mal so 'ne Gruppe in ihren Garten einladen. Dann weiß die schomma Bescheid.«

In der Redaktion erwartete mich die Einladung zu einer Pressekonferenz. Ein gewisser Phil Sikowitz von der Investorengruppe *Amiga* hatte das Schreiben unterzeichnet. Thema der Konferenz war: *Bau eines Großbordells am See.*

»Den Bau müssen wir im Sinne unserer Stadt verhindern«, gab mir Chefredakteur Schnack mit auf den Weg. »Wir werden eine Kampagne starten. Ein Großbordell an unserem neuen See! Was für eine Ohrfeige ins Gesicht unserer Kommunalpolitiker und aller anständigen Bürger.«

»Ich denke, dass genau diese anständigen Bürger auch die Dienste der Prostituierten in Anspruch nehmen«, warf ich ein. »Hartz-IVler allein sind es wohl nicht. Den meisten Betrieb auf dem Straßenstrich gab es, nachdem die Büros der

Verwaltung, der Versicherungen und Kaufhäuser dichtgemacht hatten. So viel zum Thema anständige Bürger, Herr Dr. Schnack. Männer sind eben so. Aber gegen eine Kampagne habe ich nichts. Allerdings werde ich nur die Wirklichkeit schildern. Ich lasse mich nicht instrumentalisieren. Nur der Wahrheit bin ich verpflichtet.«

Bei Sonne sieht man Blau

Keiner hatte je von einem Unternehmer namens Phil Sikowitz gehört. Das Unternehmen *Amiga* konnte niemand kennen, denn es war gerade erst aus der Taufe gehoben worden. Ich hatte mich bei der Industrie- und Handelskammer erkundigt, bevor wir zur Pressekonferenz aufbrachen.

»Phil Sikowitz ist bestimmt nur ein Strohmann«, mutmaßte Wayne Pöppelbaum. »Irgendjemand steht hinter dem Typen und will an die fette Kohle.«

»Und wer soll das sein?«, fragte ich. »Die Romamafia? Die Türken? Oder doch die SPD?«

Wir lachten. Als Ort der Pressekonferenz hatte Sikowitz ein Traditionsrestaurant direkt am See ausgesucht. Das alte Fachwerkgebäude aus dem späten 18. Jahrhundert hatte unter den Bauarbeiten der letzten Jahre schwer gelitten und wurde gerade restauriert.

»Hoffentlich fällt uns die Decke nicht auf den Kopf«, sagte Wayne mit kritischem Blick auf das Gerüst.

Hinter dem Restaurant erstreckte sich der halb gefüllte künstliche See. Einst hatte hier ein Stahlwerk namens Phoenix-Ost gestanden. In der Nachbarschaft gab es immer noch heruntergekommene Häuser. Dort hatten die Stahlarbeiter und ihre Familien gelebt. Andere Gebäude waren durch Investoren aufgekauft und hübsch zurechtgemacht worden. Und die Grundstücke direkt am Seeufer vermarktete die Stadt. Segelschulen und Bootswerften gründeten sich und alles wartete darauf, den See endlich nutzen zu können. Der

Wasserspiegel stieg aber nur langsam. Immerhin – wenn die Sonne schien, war die Oberfläche sogar blau.

Nach und nach trudelten die Kollegen ein. Die Reporter des lokalen Fernsehsenders und des Radios kamen zuletzt. Doch wir standen alle vor verschlossener Tür.

»Superidee das«, strahlte der Blöd-Reporter. »Discountficken mit Seeblick.«

»Glaubst du wirklich, dass sich die Stadt ihr Naherholungsgebiet am Phoenix-See verschandeln lässt?«, gab ich zu bedenken.

»Prostitution ist nicht verboten«, erinnerte der Bluthund. »Und was spricht dagegen, dass die Freier beim Vögeln was Schönes zum Gucken haben? Echte Naherholung eben.«

»Wenn dieser Sikowitz nicht bald kommt, bin ich weg«, maulte der Radio-Mann.

In diesem Moment stoppte eine silbergraue Nobellimousine vor dem Restaurant, spuckte einen grobschlächtigen Mann aus und fuhr dann auf den Parkplatz.

»Entschuldigen Sie bitte die Verspätung, meine Dame und die Herren«, dröhnte der Mann, bei dem es sich wohl um Sikowitz handelte.

Er klopfte energisch an die Restauranttür. Sie wurde geöffnet und wir folgten dem Wirt auf eine Terrasse, die den Blick auf das künftige maritime Ereignis freigab.

Wir setzten uns. Es gab Schnittchen, Kaffee, Wasser. Die Fernsehleute machten sich mal wieder wichtig und prüften Licht und Perspektiven.

Phil Sikowitz fackelte nicht lange und stellte seine Pläne vor.

»Ein festes Haus. Mit bis zu hundertfünfzig Frauen und mehreren hundert Freiern am Tag. Den Bauantrag bei der Stadt habe ich in der vergangenen Woche eingereicht. Man hat mir eine schnelle Bearbeitung versprochen.«

»Ficken in der Hörder Burg?«, fragte der Mann vom Blöd-Blatt. Er spielte auf das Industriedenkmal an, das am Ufer des Sees thronte.

»Das wäre vielleicht auch eine Möglichkeit gewesen«, grinste Sikowitz. »Aber die Denkmalbehörde hätte bestimmt etwas dagegen.«

»Also ein Neubau?«, meldete ich mich zu Wort. »Und wo genau?«

»Wir haben nur eine Option auf das Gelände«, ruderte Sikowitz zurück. »Haben Sie daher bitte Verständnis dafür, dass ich Ihnen die genaue Lage heute noch nicht verraten kann.«

Merkwürdig, dachte ich.

»Aber ich kann Ihnen die Dimension unseres Vorhabens beschreiben«, machte Sikowitz weiter. »Drei Etagen. Im Erdgeschoss Diskothek, Restaurant und Kontaktbereich, im ersten Obergeschoss fünfundzwanzig Zimmer, in der zweiten Etage zwei Umkleideräume, zwei Büros und ein Behinderten-WC. Und dann der Clou: Es wird einen speziellen Raum geben, in dem Behinderte die Dienste unserer Damen in Anspruch nehmen können, erreichbar mit einem speziellen Fahrstuhl. Das ist einmalig in Deutschland.«

»Barrierefreies Vögeln«, raunte Wayne.

»Der Bordellbetrieb soll nonstop, also vierundzwanzig Stunden lang laufen. Neben dem Kontakthof ist die Diskothek als Kontaktbereich konzipiert. Wer angesprochen werden will, wird einen speziellen Aufkleber tragen.«

»Wie hoch ist die Investionssumme?«, fragte ein Kollege.

»Rund vier Millionen Euro.«

»Und wer steckt hinter der Investorengruppe *Amiga?*«, fragte ich. »Wer sind die Leute, die vier Millionen investieren, um es Männern zu ermöglichen, ihre Partnerinnen zu betrügen, andere Frauen sexuell auszubeuten und die christliche Moral zu unterwandern?«

Sikowitz stutzte.

»Grappa! Du bist nicht in einer lila Gruppe!«, flüsterte Wayne erschrocken.

»Ich werde mit Ihnen nicht über den tieferen Sinn der Prostitution diskutieren«, grinste Sikowitz. »Ich sage nur:

ältestes Gewerbe der Welt. Und über die angeblichen Hintermänner können Sie sich im Handelsregister informieren. Es handelt sich um solvente Geschäftsleute aus dem In- und Ausland. Unser Projekt wird eine neue urbane Landmarke in der Region werden.«

»Wie hoch wird die Miete sein, die die Frauen bezahlen müssen? Wie werden die gewerbetreibenden Frauen ausgewählt? Und – hat die Schließung des Straßenstriches etwas mit Ihrem Projekt zu tun?«

»Diese Fragen gehen schon viel zu sehr ins Detail, meine Dame.« Sikowitz hatte einen gönnerhaften Ton drauf. »Erst einmal warten wir auf die Genehmigung des Bauantrages.«

»Also können sich die Romafrauen aus dem Norden bei Ihnen bewerben?«, bekam ich Unterstützung aus der Kollegenrunde.

»Ach, wissen Sie«, seufzte Sikowitz. »Um es geradeheraus zu sagen: Diese Damen wollen wir eigentlich nicht. Elend, Krankheiten, Drogen, Schwangerschaften, Schmutz, ungeschützter Verkehr und gewaltbereite Zigeunerclans – nein, danke.«

»So ein Arsch!«, schimpfte ich, als wir wieder im Auto saßen. »Der ist keinen Deut besser als die Romamänner, die ihre Frauen anschaffen schicken. Die wollen alle einfach nur Geld machen. Die einen, um zu überleben, die anderen, weil sie den Hals nicht vollkriegen können. Wer hat da die größere Moral?«

Pöppelbaum antwortete nicht.

»Was ist los?«

»Ich denke nach, Grappa«, sagte der Bluthund.

»Das kann grundsätzlich nicht schaden«, meinte ich. »Verrätst du mir auch worüber?«

»Ob alle siebenhundert Romafrauen, die angeblich in Bierstadt leben, auf den Strich gehen.«

Ich ahnte, worauf er hinauswollte.

»Ivana?«, fragte ich.

Wayne nickte und zeigte jenes leicht debile Lächeln, das nur Verliebte beherrschen.

»Habt ihr euch wiedergesehen?«

»Ja. Ich bin in die *Mission* gefahren. Hab denen Abzüge von meinen Fotos gegeben. Und ich hatte Glück. Ivana war da.«

»Und?«

»Wir waren in der Kaffeebude am Nordmarkt. Sag mal ehrlich, Grappa, weißt du, ob Ivana ...?«

»Wayne! Frag sie selbst.«

Hupen hinter uns. Der Bluthund hatte nicht mitbekommen, dass die Ampel auf Grün gesprungen war. Erschrocken gab er Gas und würgte prompt den Motor ab. Die Ampel zeigte Gelb, dann Rot. Das Hupen wurde ohrenbetäubend. Typisch Bierstadt.

»Verdammt!«

Es gelang Wayne, den Motor zu starten. Bei Grün legte er einen Kavaliersstart hin. Reifen quietschten und es roch nach Nürburgring.

»Ich weiß nicht, ob ich damit klarkommen könnte, wenn sie eine Hure war.«

»Jetzt ist sie jedenfalls Dolmetscherin. Und du hast sie als solche kennengelernt. Ist das nicht das Wichtigste?«

Mein Artikel versetzte Schnack fast in Entzücken. So hatte er sich den Einstieg in eine Kampagne gegen ein Großbordell am See vorgestellt, versicherte er.

Harras grinste, als wir uns später beim Kaffeeautomaten begegneten. Der Sportreporter trug ein Hemd, das mit kleinen bunten Luftballons bedruckt war – ein modisch sehr fragwürdiges Muster.

»Was grinst du wie ein Honigkuchenpferd?«, fragte ich.

»In der Beliebtheitsskala des Chefs wirst du Bärchen Biber von der Spitze in den Orkus der Bedeutungslosigkeit katapultieren«, orakelte Simon Harras.

»Wer bei Schnack oben liegt, ist mir egal«, behauptete ich.

»Hauptsache, ich kann machen, was ich will. Bärchen wird seinen Stammplatz schon wieder einfordern, wenn er aus dem Urlaub zurück ist. Wo ist er eigentlich hin?«

»Nach Goa – glaube ich. In Indien. Soll ein Schwulenparadies sein. Die liegen da den ganzen Tag nackt in der Sonne und versichern sich gegenseitig, wie geil sie aussehen, und dann wird im Rudel …«

»Keine Details bitte«, unterbrach ich den Kollegen. »Hoffentlich holt sich Bärchen Hautkrebs.«

»Ich mag dein gutes Herz, Grappa.«

Die Tür zur Küche stand offen und Pöppelbaum schlich mit ernster Miene und abwesendem Blick über den Flur.

»Sag mal, stimmt was nicht mit Wayne? Der wirkt so somnambul.«

»Frag ihn doch selbst«, schlug ich vor.

»Na, komm schon«, drängelte Harras. »Du weißt doch immer, was los ist.«

»Hör auf! Ständig werde ich über andere ausgefragt. Steht *Auskunftei* auf meiner Stirn geschrieben?«

Harras betrachtete den oberen Teil meines Gesichts. »Du hast recht, Grappa. Ich gratuliere zu dem Tattoo.«

Ich tat ihm den Gefallen zu fragen: »Was für ’n Tattoo?«

»Wart mal.« Er kniff die Augen zusammen und trat einen Schritt auf mich zu. Mit festem Blick auf einen Punkt über meiner linken Braue murmelte er: »Da steht das Wort *Zicke*.«

Eine Stunde später war für mich die Arbeitswoche zu Ende. Dachte ich zumindest. Ich fuhr den Rechner runter, schaufelte überflüssiges Papier in die Rundablage und räumte die benutzten Kaffeebecher in die Küche.

Im Supermarkt ließ ich mir eine exquisite Käse-Kollektion zusammenstellen, die notfalls auch für zwei Personen reichen würde.

Und tatsächlich rief er an – um zu sagen, dass er keine Zeit habe.

»Ich muss die bulgarischen Kollegen empfangen«, erklärte Friedemann Kleist. »Sie kommen heute Abend am Flughafen an. Bevor ich die zwei in der Nordstadt auf die Roma loslasse, will ich mir die Burschen persönlich anschauen.«

»Hast du Bedenken?«

»Sie haben mir eine Mail geschrieben. Sie fordern, Waffen zur Verfügung gestellt zu bekommen. Sie fühlen sich jetzt schon von den Roma bedroht.«

Diashow mit Dynamit

Am nächsten Morgen studierte ich als Erstes die Online-Ausgaben der regionalen Zeitungen. Es gab viele negative Äußerungen zu den Bordell-Plänen am See und die üblichen Begründungen: Angst vor Kriminalität, Angst vor Autolärm und Angst vor Angriffen auf die ach so heiligen Familienstrukturen – als ob in der Menschheitsgeschichte noch nie ein Ehemann oder ein Familienvater einen Puff besucht hätte!

Viel Zeit, um über die Verlogenheit unserer Gesellschaft zu jammern, blieb mir nicht, denn mein Handy meldete sich. Der Bluthund war dran.

»Letzte Nacht ist ein Romahaus überfallen worden«, berichtete er aufgeregt. »Und ich habe Fotos davon.«

»Was ist passiert?«

»Ich komme bei dir vorbei«, kündigte er an. »Machst du mir Frühstück?«

Zehn Minuten später war er da. Sein Haar war wirr und er müffelte.

»Kann ich bei dir duschen?«, fragte er.

»Sicher. Warum bist du denn so aufgelöst?«

»Ich will vorläufig nicht in meine Wohnung. Den Grund dafür findest du auf meiner Kamera.«

Er machte es spannend. Schnell stellte ich ein Frühstück zusammen. Waynes Kamera lag auf dem Küchentisch. Wie viel Dynamit konnten die Fotos enthalten?

Das Wasserrauschen endete.

»Grappa, hast du ein T-Shirt für mich?«, rief Wayne aus dem Bad. »Meins ist total durchgeschwitzt. Irgendeins von dir, das oben rum nicht so ausgebeult ist?«

»Schau in den Schrank im Flur«, rief ich zurück. »Ich würde das rosa mit den Rüschen vorschlagen. Ist ungetragen. Geschenk von Mama.«

Wenig später betrat er die Küche – obenrum in Dunkelblau. Er hatte eins von Kleists Shirts erwischt. Auch gut.

»Kaffee?«

Wayne nickte. Ich schenkte ein und er kippte den braunen Sud in sich hinein, als wäre er ein kaltes Bier. Prompt verbrannte Wayne sich und fluchte.

»Jetzt erzähl endlich!«, forderte ich.

Er setzte sich. »Ich habe mich gestern Abend mit Ivana Rose getroffen.«

»Sie heißt Rose? Wie hübsch.«

»Wir waren in einem Restaurant. Es wurde spät. Plötzlich klingelte Ivanas Handy. Sie ging dran und redete mit jemandem. Was sie sagte, konnte ich nicht verstehen, aber ihrem Ton und ihrer Körpersprache konnte ich entnehmen, dass etwas Schlimmes passiert war.«

Er knibbelte die Schale des Eis ab – in atemberaubender Langsamkeit.

»Ivana wollte sich gar nicht beruhigen. Sie hat mir nicht gesagt, was los war, nur dass sie irgendwohin musste. Also sind wir ins Auto. Sie lotste mich zu einer Adresse in der Nordstadt. In dem Haus war der Teufel los. Aus den Fenstern flogen Sachen. Schreie waren zu hören. Ivana wollte rein, aber ich hab sie zurückgehalten.«

Wayne versenkte den Löffel ins Eigelb und löffelte eine Runde.

»Lecker!«, meinte er dann. »Genau so, wie ich es mag. Festes Eiweiß und weiches Eigelb.«

»Könntest du bitte weitererzählen?«

»Ich nahm meine Kamera – ganz automatisch. Von der

Straße aus konnten wir in die Zimmer im Erdgeschoss gucken. Und ich konnte diese Fotos machen.«

Er stellte die Diashow seiner Kamera an. Stumm betrachteten wir die Fotos. Sie waren wirklich sensationell. Sie zeigten einen Übergriff auf eine Romafamilie – ausgeführt von Männern mit Sturmmasken. Sie traten die wenigen Möbel zusammen, pissten auf die Matratzen, fegten Essen von den Tischen und schlugen auf die Menschen ein. Eine junge Frau – fast noch ein Kind – wurde von zwei Männern festgehalten. Ein dritter riss ihr die Bluse vom Leib.

»Das ist ja furchtbar«, entfuhr es mir. »Leider sind diese Kerle maskiert.«

»Warte ab.«

Ich klickte weiter. Wayne hatte immer und immer wieder abgedrückt und schließlich die Filmfunktion gestartet.

Das Mädchen wehrte sich. Ein älterer Mann stürzte zu den Masken-Männern und schlug auf sie ein.

Der Mann, der dem Mädchen an die Wäsche gegangen war, drehte sich um und versetzte dem Roma einen Hieb ins Gesicht. Der taumelte, ging aber nicht zu Boden.

»Jetzt pass auf«, sagte Wayne.

Der Roma griff den Maskierten erneut an und riss ihm dabei die Maske vom Gesicht. Ich blickte in ein wutverzerrtes Gesicht, das ich kannte.

Die Fotos, die dann folgten, erinnerten mich an Bilder aus dem Warschauer Getto. Zum Beispiel dies: POM Krüger steht aufrecht und drückt den Roma auf die Knie. Dabei hält der Polizist sein Opfer mit einer Art Peitsche in Schach.

»Wenig später hat der Bulle was gemerkt«, berichtete Pöppelbaum. »Der Blitz ging plötzlich los. Hier!«

Auf dem nächsten Bild schaute uns der Polizeiobermeister direkt in die Augen – neben ihm noch immer der verschüchterte alte Mann. Ideal!

»Das ist ein Beweisfoto, wie es besser nicht gelingen kann«, konstatierte ich zufrieden.

»Danach mussten wir verschwinden«, sagte Pöppelbaum. »Und zwar ganz schnell. Der Bulle hat vermutlich noch mein Nummernschild sehen können. Darum traue ich mich nicht nach Hause.«

»Das war clever von dir«, lobte ich. »Lass uns die Bilder schnell in die Redaktion schicken, bevor POM Krüger auf die Idee kommt, dich bei mir zu suchen.«

Ich überprüfte, ob alle Türen verriegelt waren, und fuhr den PC hoch. Wir trafen keine Auswahl, sondern verschickten den kompletten Fotosatz. Dann zog der Bluthund den Chip aus dem Lesegerät und reichte ihn mir.

»Pass gut drauf auf«, bat er. »Für den Fall, dass Krüger später behauptet, wir hätten die Fotos manipuliert. Experten können anhand des Chips feststellen, dass alles echt ist.«

Alles nur gefälscht

Der Redakteur, der Sonntagsdienst hatte, stellte die Zeitung für Montag zusammen. Für den Notfall lagen einige zeitlos schöne Artikel wie Ausstellungs- und Buchbesprechungen auf Halde, um vier Seiten füllen zu können. Der Dienst ging reihum. Am heutigen Sonntag war Harras dran.

Ich hatte ihn schon informiert, dass ich eine heiße Geschichte anschleppen würde. Im Verlagshaus angekommen, erzählte ich ihm, worum es ging.

»Gutes Timing, Grappa«, meinte er. »Ohne Schmack ist das Leben einfacher. Hau rein.«

Ich haute rein. Die Fotos befanden sich in meinem Mailaccount und ich reihte die aussagekräftigsten aneinander. Das Nah-Foto von POM Krüger und dem gequälten Mann würde als Solitär über meinem Artikel gezeigt werden.

Als seriöse Journalistin musste ich POM Krüger allerdings Gelegenheit zu einer Stellungnahme geben. Ich versuchte, ihn über die Polizeileitstelle zu erreichen. Vergebens. Also bat ich um seine private Handy- oder Festnetznummer.

»Die geben wir nicht heraus«, lautete die lapidare Antwort.

»Machen Sie bitte eine Ausnahme«, entgegnete ich. »Es ist sehr wichtig.«

»Ich darf keine Ausnahmen machen. Wenden Sie sich an die Pressestelle.«

»Die ist sonntags nicht besetzt, das wissen Sie doch.«

»Ach ja. Aber ich darf Ihnen die Privatnummern dennoch nicht geben.«

»Wie Sie wollen. Ich schreibe jetzt eine Aktennotiz über unser Gespräch. Für den Fall einer juristischen Auseinandersetzung.«

»Ich kann den Polizeiobermeister anrufen und ihn bitten, Sie zu kontaktieren«, wurde der Diensthabende plötzlich kreativ.

»Dann tun Sie das.« Ich gab ihm die Nummer der Redaktion. »Und merken Sie sich meinen Anruf.«

Tatsächlich meldete sich Polizeiobermeister Lothar Krüger kurze Zeit später. Ich stellte das Telefongespräch laut, damit Harras mithören konnte.

»Also, Herr Krüger«, begann ich. »Ich hab hier sehr aussagestarke Fotos von Ihnen. Man erkennt, dass Sie an dem Überfall auf die Romafamilie beteiligt waren. Sieht so Ihre Freizeitgestaltung aus oder waren Sie im Dienst?«

»Ich weiß nicht, was Sie meinen«, entgegnete der Polizeiobermeister.

Harras grinste und flüsterte: »Mach ihn alle!«

»Die Fotos zeigen, wie Sie ein junges Mädchen sexuell belästigen und einen alten Mann verprügeln. Und Sie haben noch ein paar Kumpel mitgenommen. Dabei tragen Sie keine Uniform, sondern schwarze Kleidung und eine Sturmmaske. War das genug Bildbeschreibung?«

»Das kann nicht sein«, sagte er mit rauer Stimme. »Ich war bei meinen Eltern im Sauerland. Die können das bestätigen. Ich habe mit dem Überfall nichts zu tun.«

»Dann haben Sie einen Doppelgänger«, stellte ich fest.

»Vermutlich. Ich kann Sie nur warnen, irgendetwas zu

veröffentlichen. Und vorsorglich mache ich das Recht am eigenen Bild geltend.«

»Das hatten wir doch schon mal«, entgegnete ich. »Das Recht können Sie dann ja einklagen – nachdem mein Bericht erschienen ist. Ein Polizist, der sich an einem Überfall beteiligt, wird einen Richter bestimmt beeindrucken. Danke für Ihre Stellungnahme.«

»Das Foto muss eine Fälschung sein. Ich war im Sauerland.«

»Ich weiß. Bei Ihren Eltern. Das werde ich natürlich erwähnen.«

»Sie wollen die Geschichte wirklich bringen?«

»Mache ich den Eindruck, als würde ich scherzen?«, fragte ich zurück.

»Ich warne Sie! Ich habe Mittel und Wege. Und glauben Sie nicht, nur weil Sie mit dem Alten ficken, können Sie sich alles erlauben.«

»War das eine Drohung, Herr Polizeiobermeister?«

»Aber nein. Nur eine Ankündigung, Frau Grappa. Darf ich Ihnen auch mal eine Frage stellen?«

»Gerne.«

»Sie sind doch eine gute Deutsche. Warum setzen Sie sich für das Dreckspack ein?«

»Es hat keinen Sinn, Ihnen das zu erklären«, antwortete ich sanft.

Anschließend schrieb ich eine Anzeige gegen unbekannt und sandte diese mit dem Bildmaterial an die Staatsanwaltschaft Bierstadt. Selbstverständlich erwähnte ich, dass der Haupttäter, den die Bilder zeigten, eine auffallende Ähnlichkeit mit dem POM Lothar Krüger aufwies.

Zwei Stunden später stand mein Artikel online. Die Fotos ließ ich allerdings weg, um den interessierten Lesern die Papierausgabe des *Tageblattes* schmackhaft zu machen und zu verhindern, dass die Konkurrenz die Fotos klaute.

Überfall auf Roma – was Polizisten in ihrer Freizeit treiben

so die Überschrift.

Sie waren maskiert, kamen im Dunklen und schlugen sofort zu: Eine Gruppe schwarz gekleideter Männer, die Gesichter unter Sturmmasken verborgen, drangen in ein Haus ein, das von bulgarischen Roma bewohnt wird. Sie schlugen alles kurz und klein (siehe Fotos in der morgigen Printausgabe), nötigten ein Romamädchen sexuell und schlugen einen alten Mann zusammen, der dem Mädchen helfen wollte. Einer der Täter verlor während der Auseinandersetzung seine Maske. Sein Gesicht ist deutlich zu erkennen. Der Mann sieht dem Polizeiobermeister Lothar K. zum Verwechseln ähnlich. Auf Nachfrage unserer Zeitung behauptet der jedoch, er habe sich in der fraglichen Zeit bei seinen Eltern im Sauerland aufgehalten, und bezeichnet die Fotos als »Fälschung«. Das *Tageblatt* hat das Bildmaterial der Staatsanwaltschaft übergeben und Anzeige gegen unbekannt erstattet. Wenn ein Leser der Druckausgabe den Täter morgen auf dem Bild erkennt, möge er sich bitte an die Redaktion wenden.

»Prima, Grappa«, freute sich Harras. »Ab morgen dann die Sintflut. Zieh dir einen Taucheranzug an und hol die Silberbüchse aus dem Schrank.«

»Meine Waffen habe ich immer dabei«, grinste ich.

»Immerhin weiß dieser Krüger, dass du mit ›dem Alten‹ was hast. Könnte dir das nicht schaden?«

»Wieso? Kleist hat von der Geschichte gar keine Ahnung. Sein Ding sind Morde. Um durchgeknallte Bullen kümmert sich die Personalabteilung des Präsidiums, der Staatsanwalt und die Interne Ermittlung.«

Zwei Anrufe erreichten mich an diesem Tag noch. Pöppelbaum berichtete, dass jemand versucht hatte, in seine Wohnung einzubrechen. Ein aufmerksamer Nachbar hatte den vermummten Mann bemerkt und die Polizei gerufen.

Der Einbrecher hatte die Flucht ergriffen, als er das Martinshorn hörte.

Und am Abend meldete sich Friedemann Kleist.

»Ich wurde gerade von einem wütenden Polizeipräsidenten angerufen«, berichtete er. »Und rate mal, auf wen er wütend ist?«

»Ich tippe auf POM Krüger«, gab ich zur Antwort.

»Falsch. Er war wütend auf mich. Ihm ist bekannt, dass wir befreundet sind, und er ist davon ausgegangen, dass ich von dem Überfall wusste und deinen Bericht kenne. Doch leider war ich ahnungslos. Warum hast du mir nichts gesagt?«

»Weil ich es nicht für nötig hielt. Du bist doch Chef der Mordkommission.«

»Ja. Aber ich beschäftige mich zurzeit mit einem Mord an einer Romafrau. Und nun wurde eine Romafamilie überfallen. Siehst du da keine Verbindung?«

»Doch. Aber du hattest mit den bulgarischen Kollegen zu tun. Ich wollte dich nicht stören«, eierte ich herum.

»Seit wann bist du denn so rücksichtsvoll?«, wunderte sich Kleist.

»Bin ich immer. Das merken nur die wenigsten.«

»Ich werde dich bei Gelegenheit daran erinnern«, meinte er. »Ich werde eine Streife zu dem Haus in der Nordstadt schicken, um zu sehen, wie es den Leuten geht, und um ihre Aussagen aufnehmen zu lassen. Wir haben ja jetzt bulgarische Unterstützer.«

»Viele Roma sprechen aber kein Bulgarisch, sondern nur ihre eigene Sprache«, wandte ich ein.

»Das wird sich zeigen. Und jetzt würde ich gern die Fotos von dem Überfall sehen. Kannst du sie mir mailen? Oder muss ich auf die morgige Ausgabe des *Tageblattes* warten?«

Bärchen und Brathähnchen

POM Lothar Krüger wurde erwartungsgemäß vom Dienst suspendiert. Neben den disziplinarischen Maßnahmen musste er auch mit strafrechtlichen Konsequenzen rechnen. Dies teilte die Polizeipressestelle am Morgen mit.

Ich atmete auf. Der kommt mir nicht mehr in die Quere, dachte ich.

Noch vor der Redaktionskonferenz nahm ich Kontakt zu Kleist auf.

»Haben die Opfer des Überfalls etwas gesagt?«, fragte ich.

»Die Wohnung war leer«, berichtete er. »Die Leute weg. Nur die kaputten Möbel lagen noch dort. Wir sichern die Spuren und werden die DNA der vielen Blutspuren überprüfen.«

»Hast du heute Zeit für ein Mittagessen bei Frau Schmitz?«

Er überlegte nicht lange. »Geht leider nicht. Die bulgarischen Kollegen haben Kontakt zu dem Clan-Chef der Roma aufgenommen. Den kennen sie noch aus Plovdiv. Und wenn die beiden mit dem reden, will ich dabei sein. Wir müssen endlich herausbekommen, wer die tote Frau ist.«

Bärchen Biber schmückte wieder die Konferenz. Er war goldbraun gebrannt und hatte auf seine sonst üblichen drei Pfund Gel in den Haaren verzichtet. Sein Body steckte in einem tomatenroten Hemd und hellblauen Jeans.

Ich dachte spontan an ein Gericht, das ich lange nicht mehr gekocht hatte: knuspriges Brathähnchen mit scharfer Chili-Sauce.

Schnack war aufgekratzt. Das lag vermutlich an Bärchens Rückkehr aus dem Urlaub, aber auch an meinem Artikel über den Überfall auf das Romahaus.

»Gute Arbeit, Frau Kollegin und Herr Kollege«, lobte er und sah Pöppelbaum und mich gönnerhaft an. »Wir haben

Anfragen von Magazinen und Zeitschriften, die die Fotos ebenfalls bringen wollen. Bleiben Sie an dem Thema dran, Frau Grappa, Herr Pöppelbaum?«

Wir nickten brav. Es geht doch nichts über einen Chef, der Dinge vorschlägt, die man selbst schon so beschlossen hat.

»Ich werde mich auch in der Sache engagieren«, kündigte Dr. Schnack an und krabbelte voller Vorfreude in seinem Bart.

Das hört sich jetzt aber nicht so gut an, dachte ich.

»Mit einem Kommentar in der morgigen Ausgabe unserer Zeitung.«

Ich atmete auf. Dreißig Zeilen meinungsfreudiges Gutmenschen-Geblubber würde mir meine Geschichte nicht kaputt machen.

»Und wir werden einen Reporter nach Plovdiv schicken.«

Auf Bärchen Bibers Gesicht machte sich ein wissendes Lächeln breit.

»Kollege Biber wird noch in dieser Woche nach Bulgarien fliegen. Er wird die Lage der Roma in Plovdiv schildern.«

»Hauptsache, er ist aus den Füßen«, flüsterte Wayne. »Eigentlich hätte dir diese Reise zugestanden.«

»Bloß nicht!«, raunte ich zurück. »Dreck, Gewalt, Armut – das brauch ich nicht. Außerdem steppt der Bär in Bierstadt. Die Roma werden unser Bärchen ganz schnell aus der Armani-Jeans kippen. Der ahnt ja gar nicht, was er sich mit der Reise antut.«

»Störe ich Sie bei Ihrer Unterhaltung?«, fragte Schnack.

Wir hatten zu laut geflüstert.

»Die Reise des Kollegen Biber ist eine gute Idee«, lobte ich. »Bringen Sie auch Fotos mit?«

»Aber natürlich, Frau Grappa«, antwortete Biber. »Ich habe eine gute Kamera und schon alles über Plovdiv gelesen, was es im Netz zu finden gibt.«

»Brav«, nickte ich. »So arbeiten Profis.«

Harras und Pöppelbaum grinsten fett.

Am Nachmittag erreichte mich eine Pressemitteilung der Polizei. Es war Kleist gelungen, den Chef der bulgarischen Roma zur Zusammenarbeit zu bewegen. Dimitar Milev hatte versprochen, seine Leute aufzufordern, der Kripo bei ihren Nachforschungen behilflich zu sein. Als weitere vertrauensbildende Maßnahme stellte er den Kontakt zu der überfallenen Familie her.

Ich fasste die neuen Fakten in einer kurzen Meldung zusammen. Ein Interview mit dem Romapaten würde sich gut machen, dachte ich. Kleist musste mir helfen, ein Treffen zu arrangieren.

»Er spricht kein Wort Deutsch«, verriet mir mein Hauptkommissar kurz darauf. »Und Bulgarisch nur bruchstückhaft.«

»Ich nehme Ivana Rose von der *Mission* zu dem Treffen mit«, kündigte ich an. »Sie spricht Xoraxane-Romani. Wo sind eigentlich die Überfallopfer?«, erkundigte ich mich.

»Sie wollen in die Wohnung zurück. Schließlich zahlen sie Miete an *Whitehall.* Nicht alle Roma sind Hausbesetzer.«

»Ich weiß. Nicht jeder Roma klaut und nicht jede Romafrau geht anschaffen.«

Als Nächstes schellte ich bei der *Mission* durch. Maxi Singer war in ihrem Büro und äußerte sich zufrieden über meinen Artikel.

»Wenn die Roma merken, dass Polizisten für das bestraft werden, was sie tun, wächst ihr Vertrauen in die Staatsmacht«, hoffte sie.

»Leider ist das ein langfristiger Vorgang«, meinte ich. »Und so viel Zeit habe ich nicht. Wir haben einen Mörder, der frei herumläuft. Ich will die überfallene Familie interviewen. Dazu brauche ich die Hilfe von Ivana Rose.«

»Das macht doch die Polizei«, entgegnete Maxi Singer. »Seit Kurzem sind sogar bulgarische Kriminalisten in der Stadt.«

»Würden Sie mit einem Bulga-Bullen plaudern, wenn Sie ein Roma aus Plovdiv wären?«

»Bestimmt nicht. Sie haben recht. Ich werde Ivana fragen, wann sie Zeit für Sie hat.«

Ein bettelndes Armband

Eine Stunde später traf ich mich in der Kaffeebude am Nordmarkt mit Ivana. Pöppelbaum hatte mich begleiten wollen, aber einen verliebten Knipser konnte ich nicht gebrauchen.

»Hast du deinen Kollegen Fotograf nicht mitgebracht?«, fragte Ivana prompt.

»Nein, heute nicht. Er findet dich übrigens sehr nett, Ivana.«

»Ich auch finde nett.«

Sie war nicht geschminkt und trug eine schlichte Hose und ein T-Shirt. Ich konnte sie mir beim besten Willen nicht als überschminkte Hure vorstellen – mit billigem Schmuck behängt und in erotische Kleidung gezwängt. Der einzige Schmuck, den sie trug, war ein silbernes sogenanntes ›Bettelarmband‹, dessen Anhängsel leise klimperten, wenn sie sich bewegte.

»Ist der Foto-Mann verheiratet?«, wollte sie wissen. »Kinder?«

»Ivana«, sagte ich. »Frag ihn selbst, ja?«

Sie nickte. »Du weißt, dass ich früher anschaffen war. Maxi hat dir erzählt. Familie hat mich gezwungen. Kann ich nicht sagen ihm.«

»Er mag dich und du solltest ihm gegenüber ehrlich sein.«

»Hat mich alles kaputt gemacht«, sagte sie leise, mit Tränen in den Augen. »Leben sinnlos. Und immer geht weiter. Viele neue Mädchen, immer jünger. Freier immer böser.«

»Hast du noch Freunde bei den Roma? Und was ist mit deiner Familie?«

Ivana schüttelte verneinend den Kopf. »Familie nach Plovdiv zurück. Ich habe ihnen *Ladz* gemacht. Das ist Schande in Deutsch.«

»Du hast Schande über deine Familie gebracht? Weil du nicht mehr anschaffen gehst?« Ich fasste es nicht.

»Familie ist arm und Töchter müssen arbeiten.«

Der Kellner brachte mir einen Milchkaffee und Ivana türkischen Tee. Ein Hauch von Pfefferminz strömte aus dem Glas.

»Ich kannte ein Mädchen«, erzählte Ivana. »Zita. Hat Schwester Mala. Zita von Familie weg. Wie ich. Hat Mann geheiratet. Lebt in Bierstadt. Familie Adonay wieder zurück in Plovdiv.«

»Das wäre eine schöne Geschichte für die Zeitung«, rief ich aus. »Hast du noch Kontakt zu Zita?«

»Nein. Will nichts mehr wissen von alte Leben. Hab sie lange nicht mehr gesehen.«

Schade. Eine menschelnde Story über eine armes Zigeunermädchen, das in Bierstadt sein Glück gefunden hatte, wäre eine schöne Abwechslung gewesen inmitten des ganzen Elends.

»Wie hat Zita den Mann denn kennengelernt? War er ein Freier?«

»Zuerst Freier. Kam immer wieder. Wollte nur Zita. Mala war eifersüchtig, denn sieht genauso aus wie Zita. Zwillinge.«

»Hättest du auch gern einen Mann, der dich liebt?«, fragte ich.

»Ich will Freund. Mehr nicht«, antwortete Ivana. »Ich bin voll Schmutz.«

Ich traute meinen Ohren nicht. »Ivana!« Ich nahm ihre Hand. Sie war eiskalt. »Erzähl Wayne deine Geschichte. Alles. Er ist ein guter Mann mit Verstand. Wenn du ihn magst, dann vertrau ihm.«

Sie entzog mir ihre Hand und rührte hektisch im Tee, obwohl sich die Zuckerstücke längst aufgelöst hatten. Das Armband klimperte.

»Ich möchte ein Interview machen, mit Milev. Und ich würde gern die Familie besuchen, die am Wochenende überfallen worden ist«, änderte ich das Thema. »Zu beidem brauche ich deine Hilfe, denn ich kann die Sprache nicht. Du bekommst zehn Euro pro Stunde fürs Übersetzen. Ist das in Ordnung?«

Die Romafamilie war immer noch dabei, Ordnung in das Chaos zu bringen. Es roch nach Urin, Essensreste lagen auf dem Boden. POM Krüger und seine Kumpane hatten alles getan, um die Wohnung unbewohnbar zu machen.

Ich erkannte den alten Mann wieder, der das Mädchen vor Krügers Angriff hatte schützen wollen. Sein Gesicht war arg zerschunden.

Ivana redete mit ihm und ich verstand kein Wort. Der Mann antwortete und wirkte sehr aufgebracht.

Ivana reichte ihm das *Bierstädter Tageblatt*. Der Mann rief seine Leute hinzu. Drei Frauen und ein halbwüchsiger Junge blickten mit großen Augen in die Zeitung.

Ivana deutete auf mich und sagte etwas. Ich lächelte für alle Fälle. »Ich übersetze Zeitung«, kündigte sie an.

Der alte Mann deutete Ivana an, noch zu warten, und rief: »Donka!«

Die junge Frau, die Krüger belästigt hatte, erschien. Donka war fast noch ein Kind, mit langen staksigen Beinen, einem kleinen Busen und einer Lockenmähne, die jedem Friseur Tränen der Freude ins Gesicht getrieben hätten.

Sie schaute mich prüfend an. Mit meinen roten Haaren war ich in der schwarz gelockten Runde ein absoluter Hingucker. Ivana erklärte ihr kurz, wer ich sei, und deutete auf die Zeitung.

Während sich alle auf Ivanas Übersetzung des Zeitungsartikels konzentrierten, konnte ich mich in Ruhe umsehen. Schmutzig und vermüllt wirkte die Wohnung nicht, aber die wenigen Möbel waren durch den Überfall Totalschäden. Dem großen Tisch fehlte ein Bein, die Holzstühle hatten die netten Freunde von POM Krüger als Schlagwerkzeuge benutzt. Lediglich das Regal stand noch aufrecht, wenn auch leicht schief. Darin lagen jetzt die wenigen Küchenutensilien der Familie: Geschirr, Besteck, Kochlöffel, ein großer Topf und zwei Pfannen. In einem Fach waren ein paar Papiere gestapelt. Ich erkannte das Logo von *Whitehall.* Leider lag das Papier falsch herum und ich brauchte eine Weile, bis ich es als Mietvertrag identifiziert hatte. Fünfhundert Euro Miete! Heftig für diese Bruchbude, dachte ich. Wie verdient man die, wenn man keine Arbeit hat?

Die anderen standen immer noch um Ivana herum. Vorsichtig schob ich den Mietvertrag zur Seite. Strom- und Wasserrechnung, zwei Visitenkarten. Die gelbe Karte eines Unternehmens namens *Wachtraum-Unterhaltungsmedien* und ein Stück weiße Pappe von *Amiga*-Investment, die Firma, die am Phoenix-See das Großbordell errichten wollte.

Phil Sikowitz rekrutierte wohl doch schon Personal, auch wenn er das Gegenteil behauptet hatte. Aber auf welche Frau hatte er es abgesehen? Donka?

Wenn sie wirklich erst vierzehn war, tat er sich keinen Gefallen. Aber vielleicht schätzte ich ihr Alter falsch ein.

»Du kannst Fragen stellen«, meinte Ivana plötzlich zu mir. »Das ist Kalo Zima, der Vater der Familie.«

»Frag bitte, ob ich ein paar Fotos machen darf.«

Ich durfte. Mit meiner kleinen Digicam knipste ich das Chaos im Raum, die Spuren auf dem Boden und Kalo Zimas verletztes Gesicht.

Ivana übersetzte und half mir bei der Schreibweise der Namen.

»Wie alt ist Donka?«, wollte ich schließlich wissen.

»Sechzehn«, sagte Donka.

»Du sprichst Deutsch?«

»Bisschen. Will mehr lernen«, antwortete sie.

»Was machst du den ganzen Tag? Gehst du zur Schule?«

Donka lachte, als hätte ich etwas Lustiges von mir gegeben.

»Es gibt keine Schule für Donka«, sagte Ivana. »Zu alt. Schule nur für kleine Kinder.«

»Ich lerne auf Straße. Auch Sprache.« Donka lächelte leicht verschämt. Ich ahnte, was sie meinte.

»Aber das ist doch jetzt verboten«, wandte ich ein. »Der Straßenstrich ist geschlossen.«

»Arbeit in Haus nicht verboten. Ich in Haus arbeiten.«

Bei uns verhungert niemand

In der Redaktion erzählte ich Pöppelbaum davon. Wayne war perplex. »Die Kleine geht anschaffen?« Wir hatten uns in die Kantine zurückgezogen.

»Das heißt noch lange nicht, dass POM Krüger sie vergewaltigen darf.«

»Ich weiß, Grappa. Und das meine ich nicht. Aber sie wirkt so ... unschuldig auf mich.«

»Ist eine Frau schuldig, wenn sie ihre Familie am Leben erhält?«

Wayne setzte seinen Kaffeebecher so hart auf den Tisch, dass die Brühe überschwappte. »Du redest schon wie die Tussen von der *Mission,* Grappa. In unserem Staat verhungert niemand. Irgendwo gibt es immer eine Unterstützung.«

»Viele dieser Roma wollen aber nichts vom Staat. Sie kennen Staat nur aus Bulgarien. Und der diskriminiert und verfolgt sie.«

»Klar, und deshalb sind Kriminalität und Prostitution die einzigen Alternativen!«, rief er zornig aus. »Warum arbeiten die Burschen nicht einfach, statt ihre Töchter auf den Strich zu schicken?«

»Wayne!« Langsam wurde ich auch sauer. »Du fragst Dinge, die du längst weißt. Aber ich sag's dir gern noch mal: Die Roma haben meist keine Ausbildung. Nix gelernt, keine Arbeit, keine Kohle. Und dass bei uns die Arbeit sogar für bestens ausgebildete Menschen nicht reicht, ist dir auch nicht neu, oder?«

Er schwieg, und zwar laut. Also hatte er noch was in petto.

»Sie ist zwei Jahre lang auf den Strich gegangen«, krächzte er endlich. »Jeder dreckige Kerl, der zwanzig Euro übrig hatte, ist über sie drübergerutscht. Und du hast das gewusst, Grappa!«

»Ja, und?«

»Wenn du eine echte Freundin wärst, hättest du mir das sagen müssen.«

»Sie ist längst da raus und hat mit ihrer Familie gebrochen«, erinnerte ich Wayne. »Du hast sie als junge Frau kennengelernt. Sie ist keine Hure mehr.«

»Wir haben uns geküsst«, gestand er bitter. »Und danach hat sie mir alles erzählt. Eiskalt.«

»Sie war bestimmt nicht eiskalt«, gab ich zurück. »Sie wollte dich nicht hintergehen, und das spricht für sie.«

»Wenn ich daran denke, dass ich ihren Mund geküsst habe! Den Mund, der tausend Schwänze gelutscht hat. Ich könnte kotzen!«

»Sie war kurz davor, kaputtzugehen. Die *Mission* hat Ivana da rausgeholt, nachdem ein Freier, der sie mochte, merkte, dass sie so einem Leben nicht gewachsen war. Sie ist von ihrer Familie misshandelt und von Männern vergewaltigt worden. Muss ich noch mehr erzählen?«

»Mir kommen die Tränen, Grappa!«, sagte Wayne höhnisch. Tatsächlich hatte er feuchte Augen. »Na ja, egal.« Er richtete sich auf und atmete tief durch. »Die Sache ist vorbei. Aus und vorbei.«

Du kannst mir viel erzählen, dachte ich.

»Dann ist ja alles in Butter.« Ich erhob mich. »Es ist immer wieder klasse, wie konsequent ihr Männer seid.«

Ich entschied mich für die Wahrheit. Donka verdiente Geld, indem sie ihren Körper verkaufte, und ich würde das so schreiben. Auch wenn einige Leser dann die sexuelle Nötigung des Mädchens als weniger schlimm empfinden würden.

Eine Hure hatte mir vor Jahren mal erklärt, dass zu viel Aufhebens um Sex gemacht würde. Für sie sei ›das‹ nicht so schlimm, wie einen dreckigen Boden zu putzen oder ein Klo sauber zu machen. In Zeiten des geschützten Sexes sowieso.

Als Putzfrau kriegt man einen Hungerlohn und legt sich acht Stunden am Tag krumm, als Hure legt man sich ein paarmal hin am Tag, muss sich nicht so anstrengen wie die Putzfrau und verdient an einem Tag mehr als die Putzfrau in einem Monat.

Eine pragmatische Sichtweise, die die verlogene Moral unserer Gesellschaft an die Wand klatscht. Ich jedenfalls hatte mit Huren, die ihren Job freiwillig machten, weniger Probleme als mit Politikern, die in öffentlichen Stellungnahmen die Prostitution verdammten, um dann nachts – wenn Mutti und Kinderchen schliefen – auf die Pirsch zu gehen. Ich titelte:

Überfallene Roma: »Wir hatten schreckliche Angst«

Kalo Zima (55) und seine Familie sind in die Wohnung zurückgekehrt, die am Freitag Ziel eines Überfalls war. Die Möbel sind zertrümmert, es stinkt nach Urin und auf dem Boden tummeln sich Essensreste. Spuren einer nächtlichen Attacke, an der mutmaßlich ein Bierstädter Polizeibeamter (siehe Foto) beteiligt war. Kalo Zima wurde von dem Mann geschlagen (Foto), als er seine Tochter Donka (16) schützen wollte.

»Wir werden hier wohnen bleiben«, erklärt das Romafamilienoberhaupt dem *Tageblatt*. »Wir bezahlen Miete und tun niemandem etwas zuleide. Wir verstehen nicht, warum man uns geschlagen und unsere Möbel zerstört hat.«

Die Familie Zima bekommt keine öffentliche Unterstützung. Vater Kalo übernimmt Gelegenheitsarbeiten. Tochter Donka ist als Prostituierte tätig.

Zurück nach Bulgarien möchte die Familie nicht. »Kein gutes Leben für Roma«, meint Kalo Zima. »Deutschland besser und die Menschen sind nur manchmal böse.«

»Müssen Sie unbedingt erwähnen, dass das Mädchen anschaffen geht?«, fragte mich Schnack durchs Telefon, nachdem ich den Artikel abgespeichert und somit freigegeben hatte.

»Es ist die Wahrheit, Herr Schnack«, stellte ich fest.

»Das macht die Familie aber nicht gerade sympathisch.«

»Dafür kann ich nichts. Donka hat ganz offen davon erzählt. Sie ernährt schließlich die Familie.«

»Liebe Frau Kollegin«, sülzte mein Chef. »Ich streiche diesen Satz. Verschweigen heißt noch lange nicht zu lügen. Lassen wir doch einfach offen, mit welchem Gewerbe ein sechzehnjähriges Mädchen seine mehrköpfige Familie über die Runden bringt.«

Ich hatte keine Lust auf einen Schlagabtausch und stimmte zu. Sollte Schnack ruhig das Gefühl haben, dass ich seine Kompetenz anerkannte. In Kleinigkeiten war ich schon immer großzügig.

Abends war der Artikel in der Online-Ausgabe des *Tageblattes* zu lesen. Eine halbe Stunde später wurden die ersten Reaktionen gepostet: von den üblichen Rassisten mit den Dreckspack-Raus-Parolen, aber es gab auch positive Meldungen. Empörung über den Überfall und das Angebot eines Sozialkaufhauses, für neue Möbel zu sorgen.

Speichel statt Blut

Mein Schlaf war tief und ausnahmsweise mal traumlos. Deshalb fluchte ich laut, als das Klingeln meines Handys mich weckte. Es war noch nicht mal sechs Uhr.

»Wir überprüfen heute Morgen alle Romahäuser in der Nordstadt«, kündigte Friedemann Kleist an. »Ich habe eine Spezialeinheit zusammengestellt.«

»Warum das?«

»Ich erzähle dir jetzt etwas, was deine Kollegen frühestens heute Nachmittag erfahren. Bis dahin bitte ich dich, diese Information nicht weiterzugeben.«

Ich versprach es. »Nun sag schon«, drängelte ich.

»Es hat mit dieser überfallenen Romafamilie zu tun. Wir

haben die Blutspuren analysiert, die wir in der Wohnung gefunden haben. Die DNA beweist, dass die tote Frau, die wir immer noch nicht identifiziert haben, mit der Familie Zima verwandt sein muss.«

Ich atmete durch. Endlich eine Spur!

»Was versprecht ihr euch von der Großrazzia?«

»Wir brauchen noch mehr Vergleichsmaterial. Wir haben ja auch Spuren der Männer gesichert, die mit der Toten zu tun hatten.«

»Zwangsweise Blutabnahme? Das haben die Nazis mit den Zigeunern auch gemacht!«

»Maria! Was glaubst du denn von mir?« Kleist war sauer. »Wir erklären den Menschen die Situation und bitten um die Abgabe einer Probe. Alles auf freiwilliger Basis. Außerdem nehmen wir kein Blut, sondern Speichel. Also krieg dich wieder ein.«

»Dürfen wir dabei sein?«

»Ja. Deshalb rufe ich dich ja so früh an. Wir brauchen eine gute Presse.«

»Du willst mich instrumentalisieren?«, fragte ich.

»Keineswegs. Ich möchte, dass du sachlich beobachtest. Eine solche Aktion ist ja politisch nicht unproblematisch. Großrazzia der Polizei gegen eine diskriminierte Minderheit. Da erinnern sich die Gutmenschen ja gern mal an die Nazi-Zeit, nicht wahr?«

»Tut mir leid«, meinte ich zerknirscht. »Ist mir so rausgerutscht.«

»Schon gut. Bis gleich.«

Ich informierte Wayne und wir trafen uns eine knappe Stunde später am Nordmarkt. Überall standen Polizeiwagen mit stummem Blaulicht. Kleist entdeckte ich inmitten einer Gruppe Männer. Pöppelbaum schoss erste Fotos.

Ein Beamter gesellte sich zu uns und stellte sich als Pressebeauftragter vor.

»Wer sind die Männer?«, fragte ich und deutete auf zwei

bullige Kerle und einen weißhaarigen älteren Mann. Der Ältere trug die Haare zu einem Zopf gebunden.

»Die beiden Kollegen aus Bulgarien Nikolov und Nontschew und der Clan-Chef der Roma, ein Herr Dimitar Milev.«

Das war also der Romapate. Ich warf Pöppelbaum einen Blick zu und er verstand. Er montierte sein Tele.

»Herr Milev soll dafür sorgen, dass die Leute brav bleiben?«, verwickelte ich den Pressemann ins Gespräch.

»Es geht mehr um eine reibungslose Kommunikation. Die bulgarischen Kollegen können den Romadialekt nicht gut genug, um Vernehmungen durchzuführen, während Herr Milev sowohl leidlich Bulgarisch als natürlich auch Roma spricht.«

»Vernehmungen? Ich dachte, es ginge nur um einen Speicheltest?«

»Und um Befragungen zu der Toten und dem verschwundenen Jungen. Sie haben die Erlaubnis, unseren Einsatz zu bobachten. Aber achten Sie bitte darauf, nur Leute zu fotografieren, die Ihnen das ausdrücklich erlaubt haben.«

Mal wieder die Stimme des Volkes

Zehn Minuten später schwärmten die Männer der Spezialeinheit aus. Sie läuteten – falls es an den Häusern noch intakte Klingeln gab – und verschwanden dann in den Gebäuden.

Die Zeit verstrich. Je länger die Aktion dauerte, umso mehr Schaulustige sammelten sich auf der Straße. Auch die ersten Kollegen tauchten auf.

»Jetzt geht es dem Zigeunerpack an den Kragen«, freute sich ein guter Deutscher, dessen Tränensäcke jahrzehntelangen Alkoholmissbrauch widerspiegelten.

Ein Journalist, der als Freier für konservative Blätter arbeitete, zog den Mann zur Seite, ließ ihn weiterschimpfen und notierte eifrig, was die ›Stimme des Volkes‹ zu sagen hatte.

Ich wandte mich ab, um nicht ausfallend zu werden.

»Hast du den Paten im Kasten?«, fragte ich Wayne.

»In voller Präsenz«, bejahte er. »Schau mal.«

Er zückte die Kamera und blätterte die Fotos durch.

»Der bedient ja nun wirklich jedes Klischee«, stellte ich fest. »Als sei er einer Operette von Johann Strauss entsprungen. Zigeunerbaron.«

»Nicht alle Klischees sind falsch.«

»Ich weiß. Klischees entstehen in der Wahrheit und entwickeln sich leider unkontrolliert.«

»Wie meinst du das, Grappa?«

»Zigeuner machen Musik, stehlen und klauen Kinder. Das ist ein Klischee. Kannst du mir folgen?«

Wayne grinste. »Ich bemühe mich.«

»An diesem Klischee ist ein Fünkchen Wahrheit. Zigeuner sind musikalisch und haben Freude an der Musik – das beweisen die überlieferten Zigeunerweisen. Dass sie stehlen, stimmt auch. Aber Angehörige anderer Völker stehlen auch, wenn sie nichts zu essen haben. Manche töten sogar deshalb.«

»Und die geklauten Kinder?«

»Geklaute Kinder sind üble Nachrede. Man hat auch den Juden vorgeworfen, dass sie Säuglinge schlachten, um sie für religiöse Rituale zu verwenden.«

»Meine Oma sagte immer zu mir: Holt alles ins Haus, Wäsche, Hühner, Kinder, die Zigeuner kommen!«

»Dich haben sie jedenfalls nicht geklaut«, stellte ich fest.

»Schade, was?«, lächelte Pöppelbaum.

Wir kamen nicht dazu, weitere Nettigkeiten auszutauschen. »Guck mal, da passiert was.«

Ein Polizeieinsatzwagen startete und das Martinshorn ertönte.

»Hinterher!«

Wir sprangen ins Auto und folgten dem Fahrzeug durch die Straßen. Vor einem dreistöckigen Haus stoppte es und zwei Beamte kletterten heraus. Zwei weitere Einsatzwagen und ein großes rotes Löschfahrzeug der Feuerwehr bogen von der anderen Seite in die Straße ein. Kleist und die Bulga-Bullen schälten sich aus einem Pkw.

»Scheint Ärger zu geben«, sagte ich.

»Da oben!« Pöppelbaum deutete auf ein geöffnetes Fenster. Eine junge Frau hockte auf der Fensterbank – ein Bündel im Arm.

»Die will springen«, rief ich.

Pöppelbaum knipste wie ein Wilder.

Die Frau im Fenster schrie etwas. Das Bündel begann zu wimmern.

Kleist gab ein Zeichen und die Feuerwehrleute breiteten ein Sprungtuch aus. Ein weiterer Wagen hielt mit quietschenden Reifen. Maxi Singer und Ivana Rose wurden sichtbar und steuerten Kleist an, der kurz mit ihnen sprach. Ivana nickte und nahm das Megafon.

Was sie sagte, verstand ich nicht, aber die junge Dolmetscherin machte ihre Sache gut. Ihre Stimme wirkte ruhig und der Ton war bittend. Endlich wandte sich die Frau ins Zimmer zurück.

Ivana ließ das Megafon sinken. Sie war bleich und ihre Lippen zitterten.

Wayne stand fünf Meter von Ivana entfernt und hatte alles fotografiert. Obwohl sich die Lage nun entspannt hatte, rührte er sich nicht und ließ Ivana nicht aus den Augen.

Die junge Frau wurde aus dem Haus geführt – das Baby noch immer im Arm. Maxi Singer trat zu ihr. Alle drei verschwanden in einem Notarztwagen.

Wayne wachte auf und machte seinen Job.

»Gut gemacht, Ivana«, lobte ich. »Warum wollte sie springen?«

»Sie hatte Angst, dass man Baby wegnimmt.«

Kleist war nicht zu sehen, dafür standen nun die Bulga-Bullen neben uns. Der eine betrachtete Ivana mit Interesse und machte eine Bemerkung, der andere lachte dreckig.

Ivanas Miene verfinsterte sich. Sie drehte sich um und schrie die beiden an. Die Männer antworteten und ein heftiger Streit entstand. Als einer der Kerle in Ivanas Haar griff, hämmerte sie ihm das Megafon auf den Schädel.

Die Lage war ernst. Der Bulgare brüllte, Ivana brüllte und ich brüllte ebenfalls: »Aufhören!«

Plötzlich war Kleist wieder da und näherte sich uns. Doch Wayne war noch schneller. Er warf sich zwischen Ivana und die Bulga-Bullen. Doch Ivana drückte ihn zur Seite und wollte sich auf die Kerle stürzen.

Kleist machte dem Schlagabtausch mit ein paar unmissverständlichen Worten ein Ende. Die Bulgaren verdrückten sich. Wayne hatte den Arm um die weinende Ivana gelegt und versuchte, sie zu beruhigen.

»Was war denn los?«, fragte ich. »Was haben die Typen gesagt?«

»Beleidigungen gegen Roma«, stieß sie schniefend hervor. »Scheißkerle.« Sie schälte sich aus Pöppelbaums Umarmung. »Alle Scheißkerle.«

Maxi Singer verließ den Notarztwagen und kam zu uns.

»Mutter und Kind sind in schlechter Verfassung«, teilte sie mit. »Erst mal kommen sie ins Krankenhaus, dann werden wir weitersehen.«

Der Rest der Aktion verlief ohne weitere Störungen. Kleist hatte die bulgarischen Polizisten in einen Einsatzwagen verfrachtet. Offenbar hatte mein Lieblingskommissar entschieden, dass seine Kollegen eher schädlich als hilfreich waren.

»Hat jemand die Tote erkannt?«, fragte ich.

Kleist verneinte. »Auch die Vernehmung der Familie Zima hat nichts gebracht«, verriet er. »Sie müssen mit der Toten verwandt sein. Aber sie behaupten, die Frau nicht zu kennen.«

»Glaubst du ihnen?«, fragte ich.

»Frau Rose sagt, dass in Plovdiv fast alle miteinander verwandt sind. Manche Sippen bestehen aus dreihundert Menschen. Langsam gehen mir die Ideen aus.«

»Ich muss zurück in die Redaktion. Sei froh, dass die Frau nicht aus dem Fenster gesprungen ist. Das wäre eine schlimme Schlagzeile geworden.«

Kleist gab über Funk das Ende des Einsatzes bekannt.

»Lass uns noch zusammen frühstücken, Maria.«

Nicht jeder Schimmel hat vier Beine

Anneliese Schmitz hatte aufgetischt. Sie wusste inzwischen, wie Kleist sein Rührei mochte und welche Sorten Käse er bevorzugte.

»Jetzt beginnt die Kleinarbeit«, seufzte er. »Die Auswertung der Speichelproben und die Protokolle der Vernehmungen. Wir wären schon sehr viel weiter, wenn wir die Verständigungsprobleme nicht hätten. Leider sind die bulgarischen Kollegen alles andere als eine Hilfe.«

»Sie sind den Roma gegenüber voreingenommen und haben Ivana beleidigt«, stellte ich fest.

»Ich werde sie zurückschicken. Lieber keine Dolmetscher als solche. Wir wissen übrigens inzwischen, wer noch an dem Überfall auf die Romafamilie beteiligt war«, sagte Kleist. »Krüger hat die Kumpane seines Fitness-Kurses überredet, der Familie Zima diesen Überraschungsbesuch abzustatten. Einer davon ist ein Cousin von Krüger. Siggi Lenz. Der war auch mal Polizist, aber er hatte sich zu nah mit einer Motorradgang eingelassen und wurde aus dem Dienst entfernt. Wir haben Geständnisse. Krüger erwartet ein Disziplinarverfahren und eine Anklage. Er ist beurlaubt und wird seinen Job verlieren.«

»Gut so«, meinte ich zufrieden. »Ivana dolmetscht bestimmt gern für euch.«

»Ja. Und vielleicht kennt sie noch jemanden, der einigermaßen Deutsch und Roma spricht.«

»Das kann ich mir kaum vorstellen. Ist schon ein Wunder, dass es Ivana gibt.«

Kleist tat dies ab: »Warum soll es keinen Roma sprechenden Wissenschaftler geben? Oder jemanden im Ausländeramt?«

»Einen Deutschen kannst du nicht einsetzen.«

»Wieso das denn nicht?«

»Unter den Roma herrscht ein grundsätzliches Misstrauen gegen Deutsche, die ihre Sprache können. Das hat zu tun mit der Behandlung der Roma unter Hitler.«

»Das ist doch ewig her«, wandte der Hauptkommissar ein.

»Unterdrückte Völker haben ein unglaublich langes Gedächtnis.«

Das machte ihn nachdenklich. »Was steckt wirklich dahinter?«

»Nicht was, sondern wer: Eva Justin.«

»Wer ist das?«

»Sie sprach Romanes, und das ist das Problem.«

»Wie kann die Fähigkeit, eine Sprache zu beherrschen, ein Problem sein?«

»Stell dir einfach einen Dr. Mengele vor, der mit den Roma in ihrer Sprache reden kann, auch mit den Kindern, und sich damit ihr Vertrauen erschleicht.«

Kleist runzelte die Stirn. »Mengele? Der Schlächter?«

»Ja, genau. Eva Justin schmeichelte sich bei den Romakindern in den Konzentrationslagern ein und machte dann die grausamsten medizinischen Experimente mit ihnen. Unter den Nazis galt sie als eine berühmte Rassenforscherin. Sie hatte sich auf Zigeuner spezialisiert. Sie hat versucht, mit wissenschaftlichen Mitteln nachzuweisen, dass es sich um eine minderwertige Rasse handelt.«

»Welch ein Wahnsinn!«, entfuhr es Kleist. »Und noch heute denken viele genau so!«

»Ja, traurig genug. Und das Misstrauen gegen Deutsche, die ihre Sprache sprechen, hat sich auf der anderen Seite ebenso erhalten.«

In der Redaktion erwartete mich ein völlig aufgedrehter Pöppelbaum. Sein emotional aufgewühlter Zustand ging wohl auf die Begegnung mit Ivana zurück.

»Wie sie dem Bullen das Megafon auf den Schädel gedonnert hat – das war ganz großes Kino«, schwärmte er.

»Aber auch toll, wie mannhaft du dich dann vor sie geworfen hast«, lächelte ich. »Nur der Schimmel zwischen deinen Beinen fehlte.«

»Welcher Schimmel?«

Ich hasste es, wenn man meine Supergags nicht raffte.

»Nicht der Schimmel auf dem Brot. Das weiße Pferd, auf dem der Prinz geritten kommt, um die Prinzessin zu befreien«, klärte ich ihn auf.

»Ich kann doch gar nicht reiten«, stotterte er.

Ich gab es auf.

»Geht es denn irgendwie weiter mit Ivana und dir?«, kam ich auf den Punkt.

»Ich weiß nicht. Sie will mich nicht mehr – schätze ich.«

»Und du? Was willst du?«

Er zuckte mit den Schultern.

Das Leid der Hummeln

»Die Hummeln sterben«, klagte Dr. Margarete Wurbel-Simonis lauthals. Die Kollegen am Konferenztisch zuckten zusammen.

»Hummeln?«, fragte Dr. Berthold Schnack sichtlich irritiert.

»Ein Phänomen der Natur«, machte Wurbel weiter. »Der Sommer ist zu trocken. Sie werden vor Durst ohnmächtig und fallen vom Baum.«

»Das passiert mir auch manchmal«, sinnierte Simon Harras. Gekicher.

»Die Kreatur leidet mal wieder unter dem Menschen.« Wurbelchen hatte rote Flecken auf dem Dekolleté.

»Was kann der Mensch dafür, dass es nicht regnet?«, fragte Schnack.

»Die Eingriffe in die Umwelt. Begradigung der Flüsse. Das Gas aus den Sprühdosen«, antwortete die Kulturredakteurin. »Wir sollten uns endlich unserer Verantwortung stellen!«

»Frau Kollegin? Ist alles in Ordnung mit Ihnen?« Schnack sah in die Runde, als würde er Hilfe von uns erwarten. Doch alle machten ein Pokerface.

»Verstehen Sie doch! Eine ganze Spezies verdurstet.«

»Dann geben Sie ihnen das Fläschchen.« Schnack hatte die Nase voll. »Können wir uns jetzt den wichtigen Dingen zuwenden?«

Wurbel verzog das Gesicht und machte ein spitzes, beleidigtes Mündchen. »So lasse ich mich nicht abspeisen. Ich bin nicht nur für die örtliche Kultur, sondern auch für Umweltthemen zuständig. Das war Ihre Idee, Herr Schnack.«

»Dann schreiben Sie in Gottes Namen das Porträt über den ukrainischen Balletttänzer.«

»Der tanzt nicht mehr«, entgegnete sie. »Raucherbein.«

Gelächter.

»Unter was für Ignoranten befinde ich mich hier eigentlich?«, schnippte Wurbel-Simonis.

Auch der Volontär war heute aufmüpfig. Er bekam einen Artikel über die Ausbildungssituation der Bierstädter Jugend aufs Auge gedrückt.

»Ist doch immer wieder das Gleiche«, maulte er. »Arzthelfer und Bürokaufleute boomen, Bäcker und Fleischer kriegen die Lehrstellen nicht voll.«

»Dann hast du doch schon deine Überschrift«, half ich. »Kein Schwein will Fleischer werden.«

Er grinste schief. Die Stimmung war heiter.

»Könnten wir uns wieder dem schnöden Alltagsgeschäft zuwenden?«, mahnte Schnack ernst an. »Kollege Biber hat uns eine Reportage plus Fotos aus Plovdiv gemailt. Wir werden sie morgen veröffentlichen. Dazu der Bericht der

Kollegin Grappa von der Razzia heute Morgen in der Nordstadt. Ich habe Ihnen Bibers Reportage in Ihr Postfach kopiert, Frau Kollegin. Die Seite drei gehört komplett Ihnen.«

Ich zog mich in mein Büro zurück und führte mir Bärchens Geschreibsel zu Gemüte. Nach zehn Zeilen wusste ich, dass er seine Sache gut gemacht hatte.

Für 50 Euro ins Bierstädter Paradies –
Reportage aus den Elendsvierteln von Plovdiv

Von Carsten Biber

Ich bin seit zwei Stunden im Romaviertel Stolipinovo. Es stinkt fürchterlich. Der Abfall wird nicht abgefahren. Müll fliegt einfach vom Balkon oder dem Fenster auf die Straße. Plastiksäcke, vergammeltes Gemüse, verschimmeltes Brot, Kondome.

Vor einem Schuppen sitzt ein alter Mann auf einem Plastikstuhl. Er ist Besitzer eines kleines Ladens – vier Quadratmeter Verkaufsfläche mit Dingen, die irgendwo in der Stadt von einem Lkw »gefallen« – also gestohlen sind. Er bietet mir einen Tee an. Ich lehne ab, denn ich weiß nicht, welche Keime in diesem Wasser sind.

Andere sind unfreundlicher. An der Straße steht eine Gruppe Männer, die mich misstrauisch mustert. Zwei junge Frauen, die auf der Straße kauern, versuchen, mir ihre Dienste aufzuzwingen. Für zehn Euro möchten sie mitkommen. Ich verstehe sie absichtlich nicht.

Sechzigtausend Roma leben in diesem Viertel. In Hütten, verfallenen Steinhäusern und aufgegebenen Hochhaussilos. Die engen Gassen sind von Müll gesäumt, Autos kommen nur schwer durch die Schneise in der Mitte. Es regnet seit Tagen. Der Sandboden ist aufgeweicht. Hühner scharren im Schlamm, magere Pferde stehen mit gesenkten Köpfen im Freien. Es gibt keine Müllabfuhr, keinen Strom, kein fließendes Wasser und keine Kanalisation.

Doch es gibt Hoffnung für diese Menschen. Wenn die Busse kommen. Busse, auf die der Name Bierstadt gemalt worden ist. Fünfzig Euro kostet die Fahrt nach Deutschland.

Für Lebensmittel braucht ein Mensch in Stolipinovo 80 Euro pro Monat. In Bierstadt verdient das eine Frau an einem Tag auf dem Straßenstrich.
Die Arbeitslosigkeit in Stolipinovo liegt bei siebzig Prozent. Die Roma, die Arbeit haben, verdingen sich meist als Tagelöhner. Falls jemand Arbeit findet, dann am ehesten bei der Stadtreinigung. Maximal 150 Euro springen dabei im Monat heraus.
Die meisten Roma können weder lesen noch schreiben. Sie waren nie in einer Schule. In der Regel werden sie mit dreizehn oder vierzehn Jahren verheiratet und bekommen dann eigene Kinder, die auch in Stolipinovo aufwachsen. So wird die Motivation genährt, das Glück in Bierstadt zu suchen.

Ich machte meine Arbeit und gestaltete eine schöne Themenseite. Auch Bärchen Bibers Fotos waren gar nicht so übel. Mancher wächst tatsächlich mit seinen Aufgaben, dachte ich.

Heirat als Happy End?

Ivana begab sich auf die Suche nach ihrer früheren Freundin Zita. Deren schwangere Zwillingsschwester Mala war mit ihrer Familie nach Plovdiv zurückgegangen. Zita hatte einen Freier geheiratet und danach mit Familie und Szene gebrochen.

»Ich denke, dass sie beim Übersetzen helfen kann«, teilte mir Ivana morgens am Telefon mit. »Ist seit halbes Jahr mit deutsch Mann verheiratet. Kann bestimmt besser Deutsch als ich.«

»Weißt du denn, wo sie wohnt? Oder wie der Mann heißt?«

Sie verneinte. »Ich muss Maxi fragen. Sie kennt Mala und Zita.«

Da ich den Tag freihatte, verabredete ich mich mit Ivana in der Kaffeebude am Nordmarkt. Sie wollte Maxi Singer mitbringen, falls diese nicht gerade etwas zu missionieren hatte.

Eine Stunde später saßen wir zu dritt an einem kleinen Tisch – zu unseren Füßen lag Mobby.

»Er hat Schnupfen«, warnte Maxi Singer. Sie hatte es kaum gesagt, als die Bulldogge laut schniefte, sich schüttelte und schließlich den Auswurf auf den Boden fallen ließ – direkt neben meine Schuhe.

»Und schlecht ist ihm auch«, schob Maxi nach. »Er muss irgendwo eine verdorbene Wurst gefunden haben.«

Das wirkte wie ein Befehl: Der Hund rappelte sich drei Zentimeter nach oben, würgte lautstark, warf den Kopf hin und her – die rote Zunge schlackerte wie ein nasser Waschlappen. Dann Pause und noch mal Würgen. Ein bräunliches Gemisch fiel auf den Boden.

»Geht es dir jetzt besser, süßes Mobbylein?«, fragte ich scheinheilig – selbst kurz vor dem Würgen.

Mobby schaute mich aus seinen vorstehenden Augen spöttisch an, als wollte er sagen, dass ich mir meine frommen Wünsche sonst wo hinstecken konnte.

Der Wirt näherte sich wortlos mit einem Kehrblech und einer Küchenrolle der Marke *Saugwunder* und beseitigte die Bescherung.

Mobby schloss derweil erschöpft die Augen. Eine Minute später zog ein leichtes Schnarchen durch das Café.

»Sie wollen etwas über die Zwillinge wissen?«, kam Maxi zur Sache. »Gut, dann erzähle ich Ihnen mal was. Die beiden waren eine Sensation auf dem Straßenstrich, eben weil sie Zwillinge waren. Ihr Vater hatte sie schon Anschaffen geschickt, als sie minderjährig waren. Das war noch in Plovdiv. Beide haben rasch selbst Kinder bekommen. Verhütung war Fehlanzeige. Der Ruf der Zwillinge verbreitete sich sehr schnell durch die Website *billig-ficken-in-bierstadt.de.* Ich habe Ihnen mal was ausgedruckt.« Sie reichte mir ein paar Blätter. »Lesen Sie es – und dann sprechen wir weiter. Ich dreh mal eine Runde mit Mobby. Ich glaube, er muss mal.«

Ich nickte heftig. Ein drittes Malheur, diesmal produziert vom anderen Ende der Bulldogge, mochte ich nicht miterleben. Maxi zog Mobby aus dem Laden.

Ich wandte mich den Texten zu.

Dr. Fist schreibt:

Betrifft Mala/Zita (Bulga-Zwillinge)

Guten Morgen zusammen! Habe vor ein paar Tagen die Mala von den Bulga-Twins geladen und für die volle Session gebucht. Sagt mal, kann es sein, dass die Dame schwanger ist? Die Hupen waren megagroß und der Bauch hat sich verdächtig gewölbt!!!!

PS Wo ist denn ihre Schwester verblieben??

Freudenspender schreibt:

Mala soll wohl im 6. Monat sein. Tja, wer ist da wohl der Papa? Habe gehört, bei der nächsten Polizeikontrolle werden Speichelproben genommen, um »ihn« zu finden oder er meldet sich freiwillig bei der Mission! Arbeitet Mala noch oder nimmt sie aufgrund ihrer Schwangerschaft eine Auszeit?

Berliner schreibt:

Also gestern saß sie stundenlang auf der Bank an der Boxeneinfahrt! Ob sie aber zum Schaffen dort war, oder nur, um die Autos zu zählen, weiß ich nicht.

Freudenspender schreibt:

Die Bulga-Zwillinge gehen nach Plovdiv zurück. Gestern Abend hab ich Mala zu Hause besucht. FO für 30. Hat sich dabei viel Zeit gelassen. Sie erzählte mir, dass sie Ende nächster Woche mit der ganzen Familie zurück nach Plovdiv geht. Wenn ihr noch mal wollt, besucht sie zu Hause. Ihr Kind kommt im September und sie hat Riesentitten bekommen. Also letzte Gelegenheit.

Ringo schreibt:

War auch da. Da hat wohl die gesamte Familie (Schwester Zita, Papa, Mama und das ca. 1-jährige Kleinkind) in der Küche gewartet und der Session beigewohnt. Mann, ist das eine kaputte Familie. Dagegen ist die Adams-Family ein echtes Highlight!

Namenloser schreibt:

Ihr seid unvorsichtig, und das nur, um eine AO-Schlampe zu ficken. Was ist, wenn die Horde Zigeuner sich auf euch stürzt und mit dem Messer wedelt?

speedycomputer schreibt:

Solange das Messer nur »wedelt« und nicht »sticht«. Bisher haben die Bulga-Twins bei mir immer alles eingehalten, was sie versprochen haben. Ihren Papa/Zuhälter haben sie für die Dauer der Nummer vor die Tür geschickt und den Schlüssel von innen so im Schloss platziert, dass nichts passieren konnte.

Berliner schreibt:

Dem kann ich nur beipflichten! Stimmt, haben immer alles eingehalten. Aber aufgrund der Teilnahmslosigkeit der beiden hatte ich die Bulga-Twins nur jeweils einmal gebucht. Was aber gar nicht geht ist, dass Papa nebenan in der Küche sitzt!

Edelstahl schreibt:

Lebt die Zita denn noch? Hat sie jemand gesehen?

Dr. Fist schreibt:

Ach ja, ich habe mich heute auch kurz mit Mala unterhalten, nachdem ich heute Nachmittag mal einen Abstecher in die Nordstadt gemacht habe. Mala erzählte mir auch noch, dass ihre Zwillingsschwester Zita jetzt einen festen Freund habe und nicht mehr für die Familie arbeite. Ich hatte das Gefühl, dass Zita in Malas Augen die Familie verraten hat, obwohl sie meiner Meinung nach doch nur versucht, endlich aus der Scheiße rauszukommen und damit hoffentlich Erfolg hat. Eigentlich wollte ich Mala zum Abschied auch noch einmal ordentlich durchficken, aber ich konnte mich nicht überwinden, eine Schwangere zu poppen.

Berliner schreibt:

Ich bin kein Unmensch und gönne Zita ein besseres Leben. Aber: eine Zigeunerhure mit festem Freund, die nicht mehr anschaffen geht? Manche glauben auch wirklich alles.

Marko schreibt:

An alle: Zita lebt noch. Wir sind glücklich verheiratet.

»Kennst du diesen Text?«, fragte ich Ivana. Sie hatte mich schweigend beobachtet, während ich las.

Ivana nickte: »Aber ich kenne den Mann Marko nicht.«

»Was bedeutet AO und FO?«

»*Alles ohne* und *französisch ohne.*« Sie wirkte verlegen.

»Die Sprache dieser Freier ist ja widerlich.« Ich schüttelte mich. »Und die armen Kinder, die geboren werden! Sie haben irgendeinen dieser Kerle als Vater.«

»Mädchen heiraten mit zwölf und gehen anschaffen. Jungen lernen klauen und mehr schlimme Sachen.«

Ein schrecklicher Kreislauf, dachte ich. »Sei froh, dass du das nicht mehr machen musst.«

»Ich bin froh. Aber bin jetzt allein. Keine Familie mehr.«

»Dein Vater hat dich gezwungen, auf den Strich zu gehen!«, erinnerte ich sie. »Hast du das vergessen?«

»Nein. Aber Familie nicht nur Vater. Mutter, Schwester, Brüder und viele andere Menschen. Ich alle nie mehr sehen im ganzen Leben.«

Maxi kam zurück – Mobby hinter sich herziehend. Die Bulldogge war vom Laufen so erschöpft, dass sie sich sofort wieder zur Seite legte und die Augen schloss.

»Es geht ihm besser«, stellte Maxi mit einem liebevollen Blick auf den Hund fest.

»Er trägt den Namen *Mobby* zu Recht«, sinnierte ich. »Unser SPD-Chef ist auch immer zufrieden, wenn er mal Körperflüssigkeiten absondern kann.«

»Aber mein Mobby hat ein viel besseres Sozialverhalten«, widersprach Maxi Singer grinsend. »Sie werden das Hündchen schon noch lieb gewinnen, Frau Grappa. Was sagen Sie zu dem Blog?«

»Ganz übel. Menschen- und frauenverachtend. Aber wenn wir Zita finden könnten, wäre das klasse. Endlich mal eine positive Geschichte! Glücklich verheiratet – hat Marko geschrieben.«

»Zita ist ganz liebe Frau«, warf Ivana ein. »Ich mag sie gern.«

»Wo sollen wir Zita suchen? Ich weiß sonst auch nichts über sie«, fragte Maxi.

»Wir können den Betreiber der Website um den Klarnamen Markos bitten«, schlug ich vor. »Und wenn das nicht klappt, logge ich mich in die Seite ein und befrage die Freier.«

Eine tote Frau über dem Türmchen

Ich hatte vor, Kleist zu bitten, mir die Arbeit abzunehmen. Er konnte Kraft seines Amtes den Betreiber der Website *billig-ficken* vielleicht eher dazu bewegen, Markos Identität preiszugeben. Leider erwischte ich meinen Hauptkommissar auf dem falschen Fuß – er war gerade dabei, aufzubrechen.

»Später, Maria«, wimmelte er mich ab. »Ich muss los.«

»Ist was passiert?«

»Nervensäge«, grummelte er. »Du wirst es ja eh gleich erfahren von deinem Kollegen, der widerrechtlich unseren Funk abhört. Wir haben eine neue Leiche.«

»Im Norden? Hat sie mit den Roma zu tun?«

»Bekomm es selbst heraus. Bis später.« Er drückte mich weg.

Pöppelbaum stürzte in mein Zimmer.

»Wo liegt die Leiche?«, fragte ich.

»Woher weißt du davon?«, staunte er.

»Weibliche Intuition.«

»Dann los!«

Es war später Nachmittag und der Berufsverkehr machte ein zügiges Fortkommen unmöglich.

»Du fährst in die falsche Richtung«, stellte ich fest. »Die Nordstadt liegt woanders.«

»Nix Norden«, meinte Wayne. »Westliche Innenstadt. Im Haus ist unten eine Kneipe. *Zum Türmchen.*«

Wir quälten uns die Rheinische Straße entlang. Zum Autoverkehr kamen noch quietschende Straßenbahnen hinzu, die alle fünf Meter anhielten und Menschen aus- und einluden.

Je weiter wir fuhren, umso exotischer wurde der Anblick der Läden rechts und links. Türkenland. Döner-Buden, Obstläden, Mini-Moscheen und Secondhandgeschäfte. Keine der besseren Gegenden von Bierstadt, aber auch nicht die schlechteste. Die Bewohner türkischer Abstammung waren gut integriert und kamen mit den Deutschen prima klar. Allein Neonazischläger, die ab und zu in den Stadtteil einfielen, störten das Miteinander.

»Da vorn ist es«, sagte ich. »Die Polizei ist auch schon da.«

»Wir können die Leichen ja nicht immer als Erste finden«, entgegnete Wayne ironisch und parkte seine Kiste am Straßenrand.

Das *Türmchen* hatte wirklich ein Türmchen. Gründerzeithaus, heruntergekommen und durch Anbauten verschandelt. Über dem Schankraum befanden sich Wohnungen. Hinter einem der Fenster erschien ein Polizist. Er öffnete es und sah zu uns herunter. Ich winkte freundlich.

Der Uniformierte drehte sich um und sprach mit jemandem. Vermutlich warnte er seine Kollegen vor dem aufdringlichen Pressevolk.

Wayne begann mit der Arbeit. Immer mehr Gaffer bevölkerten den Bürgersteig.

»Ich möchte eine Aussage machen«, sagte eine Stimme in meinem Rücken.

Der junge Mann hielt mich wohl für eine Polizistin. Ich klärte den Irrtum nicht auf, sondern sagte: »Gern«, und holte mein Notizbuch hervor.

»Die Kneipe hat zu«, berichtete er. »Davor tummelten sich hier vor allem Nutten. Zigeunernutten. Die quatschten die Männer auf der Straße an. Und wenn einer wollte, ging's ab ins Hinterzimmer.«

»Und wer wohnt da oben?« Ich deutete auf die erste Etage.

Die Kriminaltechniker schleppten die ersten Plastikbeutel aus dem Haus. Wayne würde aus diesen Szenen mit seinem Zoom was Schönes basteln und die Leser würden denken, dass wir hautnah dabei gewesen waren.

»Man sagt, dass da oben Pornos gedreht werden.«

»Ein Filmstudio?« Damit hatte ich nicht gerechnet. »Wie kommen Sie darauf?«

»Sagen die Leute hier.«

Ja, die Leute, dachte ich. »Wem gehört das Haus? Und wem die Kneipe?«, fragte ich.

Der junge Mann zuckte die Schultern. »Das *Türmchen* hat schon seit vielen Wochen zu.«

So sah die Gaststätte auch aus: Verlassen und heruntergekommen. »Vielen Dank für Ihre Aussage«, meinte ich. »Und einen schönen Tag.«

»Wo soll ich unterschreiben?«

Auch das noch. Ich reichte ihm mein Notizbuch und er setzte ungelenk seinen Namen unter meine Stichwortsammlung. Dann ging mein Informant ein Häuschen weiter, um sich dem Digi-Ritter des Lokalfernsehens aufzudrängen.

Der Leichenwagen des Bestatters stoppte vor dem Haus. Drei ernst schauende Männer griffen den Alusarg und liefen in das Haus. Wie oft hatte ich diese Szene schon beobachtet?

Plötzlich beneidete ich Wurbelchen, die sich in ihrem langen Journalistenleben nur mit schöngeistigen Dingen befasst hatte und sich jetzt um ohnmächtige Hummeln Sorgen machen durfte.

Kleist näherte sich uns mit federnden Schritten. Er war unrasiert und sah hinreißend verrucht aus.

»Guten Morgen, die Dame und die Herren«, begrüßte er uns förmlich, denn die Kollegen hörten ja mit.

»Ich werde Ihnen einige kurze Informationen zum zurzeit laufenden Einsatz geben. Vorläufige Informationen.«

Der Sarg wurde auf die Straße getragen und im Auto verstaut. Blitzlicht und Kamerasurren.

Kleist fuhr fort: »Ein besorgter Bürger informierte das städtische Ordnungsamt über unerträglichen Gestank, von dem er glaubte, dass er aus der Gaststätte drang. Das Amt gab die Beschwerde dann an das Lebensmitteluntersuchungsamt weiter. Doch der zuständige Kontrolleur war krank. So kam es erst sechs Wochen nach dem ersten Hinweis zu einem Besuch. Der Mitarbeiter stellte fest, dass die Gaststätte geschlossen und der Gestank verschwunden war. Er nahm an, dass das Ordnungsamt der Kneipe Ausschankverbot erteilt hatte, überprüfte dies aber nicht. Weitere Wochen vergingen. Bei der gestrigen Razzia in der Nordstadt erhielten wir einen Hinweis, dass in dieser Kneipe etwas nicht in Ordnung sei. Der Pächter ist ein bulgarischer Staatsangehöriger. Die Kollegen der Polizeiwache Innenstadt-West überprüften das Gebäude, fanden in der Wohnung über der Schankstube eine weibliche Leiche und informierten uns.«

Jetzt prasselten jede Menge Fragen auf Friedemann Kleist ein: »Wer ist die Frau?«

»Liegt ein Verbrechen vor?«

»Hat das Ganze mit den Roma zu tun?«

»Wann ist die Obduktion?«

»In der Wohnung sollen Pornos gedreht worden sein. Was wissen Sie darüber?«

Kleist winkte ab. »Sie müssen sich gedulden. Im Laufe des Tages gibt es eine Presseerklärung. Ich hoffe auf Ihr Verständnis.«

Ein schalldichtes Filmstudio

Wayne hatte gute Arbeit geleistet. Seine Fotos dokumentierten den Einsatz fast wie ein bewegter Film. In der Redaktion saßen wir nebeneinander vor meinem PC und betrachteten die Bilder.

Die Klingelleiste an der Tür des Hauses trug keine Namen, aus dem hölzernen Fensterrahmen der Kneipe spross eine Mini-Birke. Die Leuchtreklame war zerbrochen, sie zeigte auf einer Seite nur noch die Buchstaben: *…ürmchen,* und die steinernen Stufen vor der Eingangstür waren abgewetzt und speckig.

»Hast du auch Fotos von der Wohnung?«

»Sicher.« Er blätterte weiter und stoppte.

»Oben ist alles etwas besser erhalten«, stellte ich fest. »Die Fensterrahmen scheinen neu zu sein. Schade, die Wohnung hätte ich gern mal gesehen. Aber ohne Leiche. Ob die da wirklich Pornos gedreht haben?«

Wayne blies verächtlich Luft aus. »Pornos kriegt man doch für billiges Geld nachgeworfen. Warum sich die Mühe machen und sie selbst drehen?«

Ich bekam sechzig Zeilen zugeteilt. Die mit Fakten zu füllen, war ohne die angekündigte Presseerklärung schwer. Am späten Nachmittag erreichte sie schließlich meinen Mailaccount.

Die tote Frau sei unbekannt, ein Gewaltverbrechen nicht auszuschließen. Der Zustand der Leiche, die mehrere Wochen lang in der Wohnung gelegen habe, mache eine schnelle Obduktion unmöglich. Ein forensischer Entomologe des Landeskriminalamtes werde hinzugezogen.

Hände und Füße der Frau waren gefesselt. Es handelt sich um einen sogenannten Webeleinstek – dieselbe Art Knoten wie bei dem ungeklärten Mord an einer Roma, die vor zehn Tagen in einem Hinterhof der Juliusstraße gefunden wurde.

Es gab also eine Verbindung zum ersten Mord! Ich rief Kleist an, um ihn noch ein bisschen auszuquetschen.

»Was habt ihr in der Wohnung sonst noch gefunden?«

»Maria! Du weißt doch …«

»Standen dort Kameras herum? Wurden wirklich Pornos gedreht, wie die Leute behaupten?«, machte ich weiter.

»Keine Kameras«, gab er sich geschlagen. »Kaum Möbel, nur ein Bett. Alles war weggeräumt. Natürlich haben wir dennoch jede Menge Spuren gefunden. Körperflüssigkeiten, Haare und so weiter. Wir haben Luminol-Lösung versprüht und das Zimmer wurde leuchtend blau.«

»Also auch Blutspuren?«

»Sehr viel Blut. Zwar weggewischt – aber vermutlich nur, um oberflächlich sauber zu machen, nicht um Spuren ganz zu beseitigen. Die Frau lag gefesselt auf dem Boden. Es kann sein, dass sie verhungert oder verdurstet ist. Die Fliegen und ihre Nachkommen hatten eine gute Zeit. Wir werden Probleme haben, die Todesart festzustellen.«

In meinem Magen grummelte es. »Das Haus wirkt ja ziemlich heruntergekommen, doch die Wohnung im ersten Stock hat neue Fenster. Man sieht das auf Pöppelbaums Fotos. Hat das etwas zu bedeuten?«

»Gut beobachtet, Maria.« Kleist zögerte und sagte dann: »Der Raum ist schalldicht. Deshalb auch die Fenster. Doppelt verglast und abgedichtet.«

»Und was schließt du daraus?«, fragte ich.

»Hardcorepornos«, antwortete Kleist. »Schalldicht, damit die Nachbarn die Schreie nicht hören.«

»Hardcorepornos? Die Tote aus der Juliusstraße ist gefoltert worden. Vielleicht steht die Kundschaft dieser Filmschaffenden auf echte Morde!«

»Snuff-Videos, ja. Wir ermitteln in diese Richtung. Mach uns diese Spur aber bitte nicht durch deinen Bericht kaputt, ja?«

Snuff-Videos. Filme für Freaks, die sich an Gewalt und kranker Sexualität aufgeilen. Die gerne auch selbst mitspielen, weil das die Sache noch ›aufregender‹ macht. Folter bis hin zum echten Mord. Die Opfer sind selbstverständlich zumeist Frauen.

Frauen, die niemand vermisst und für die sich die Behörden nicht interessieren. Filme, die heimlich verkauft werden an einen speziellen Kundenkreis.

In meinem Artikel über den Mord bemühte ich mich um Sachlichkeit. Fotos vom Haus, der Gaststätte, dem Sarg und den Kriminaltechnikern in ihren Schutzanzügen. Die angebliche Pornoproduktion wertete ich als eines von vielen Gerüchten aus der Nachbarschaft, mein Wissen um den positiven Luminol-Test behielt ich für mich.

Die Locke der Zwillingsschwester

Am nächsten Morgen überschlugen sich die Ereignisse. Maxi Singer meldete sich aufgeregt.

»Ivana ist völlig außer sich«, berichtete sie. »Sie glaubt, dass die Tote, die man gestern gefunden hat, ihre frühere Freundin Zita ist.«

»Wie kommt sie denn darauf?«, fragte ich.

»Zita hat ihr erzählt, dass sie mit ihrem zukünftigen Mann in ein Haus zieht, in dessen Erdgeschoss sich eine Kneipe befindet.«

»Solche Häuser gibt es massenhaft in Bierstadt. Unten Kneipe, oben Wohnungen.«

»Das habe ich ihr auch gesagt. Aber sie lässt sich nicht davon abbringen. Ivana will die Leiche sehen.«

»Da ist nicht mehr viel zu sehen«, entgegnete ich. »Der Körper ist völlig verwest. Aber vielleicht ...«

»Was?«

»Besitzt Ivana irgendetwas, was Zita gehört hat?«

»Wegen eines DNA-Abgleichs?« Maxi hatte sofort verstanden. »Ich frage sie. Hat die Frau sehr gelitten?«

»Sie war auf dieselbe Art gefesselt wie das erste Opfer. Mehr weiß ich auch nicht.«

Ich wollte Kleist von Ivanas Verdacht erzählen, doch ich erreichte ihn nicht. Seine Vorzimmerdame teilte mir mit, dass er sich in Begleitung eines Käferforschers des Landeskriminalamtes im gerichtsmedizinischen Institut aufhielt.

Bevor ich mein Haus verließ, um zur Arbeit zu fahren, meldete sich Maxi Singer noch einmal. Ivana besaß nichts, was die Kriminaltechniker für einen genetischen Fingerabdruck von Zita gebrauchen konnten.

»Schade – das wäre es gewesen«, meinte ich.

Auf dem Weg ins Verlagshaus kam mir eine Superidee. Ich verzog mich in mein Büro und wählte Bärchen Bibers Handynummer.

Er ging prompt dran und begriff schnell, was ich von ihm wollte.

»Die Familie heißt Adonay, die Tochter hat den Namen Mala. Die Schwester heißt Zita und ist möglicherweise gestern tot aufgefunden worden. Die beiden Frauen sind Zwillinge. Die Familie soll wieder in Stolipinovo wohnen. Ich brauche irgendwas, mit dem man eine DNA-Analyse machen kann. Am besten ein paar Haare.«

»Und wie stellen Sie sich das vor? Soll ich mit der Schere auf die Leute los?« Jetzt zickte er doch. »Außerdem geht mein Flieger heute Abend. Die Polizei hat doch selbst Möglichkeiten, diese Leute zu finden.«

»Das dauert aber Monate«, wandte ich ein. »Papierkram ohne Ende. Und die Adonays finden es bestimmt sowieso nicht so toll, wenn die bulgarische Polizei ihnen eine Speichelprobe abnimmt.«

»Selbst wenn ich die Leute finden würde, wie soll ich an deren Haare kommen?«, insistierte Bärchen weiter.

»Sagen Sie einfach, dass Sie aus Bierstadt kommen und Zita getroffen haben. Und die wünscht sich zur Erinnerung eine Locke ihrer Schwester.«

»Wie plump ist das denn?«

»Versuchen Sie es einfach. Kaufen Sie dem Alten eine Pulle Schnaps, Mala ein Fläschchen Parfum – dann läuft das schon.«

»Warum sollte ich Ihnen einen Gefallen tun, Frau Grappa?«

»Weil Sie ein Profi sind und wir uns danach sehr viel besser verstehen werden«, erwiderte ich mit honigsüßer Stimme.

»Und wie heißt das Zauberwort?«, fragte er ebenfalls honigsüß.

Ich knirschte mit den Zähnen. »Bitte!«

»Geht doch. Okay, ich versuche es. Die Kohle für den Schnaps und das Parfum krieg ich aber wieder!«

»Ich möchte das Romaproblem aus der kriminellen Ecke herausholen und auf eine politische Ebene stellen«, verkündete Chefredakteur Schnack eine Stunde später auf der Redaktionskonferenz. »Es gibt doch eine Roma- und Sinti-Organisation in Deutschland. Haben sich deren Vertreter schon mal zu ihren bulgarischen Brüdern und Schwestern geäußert?«

»Nicht wirklich«, antwortete ich. »Der *Landesverband Deutscher Sinti und Roma* – so heißt die Organisation genau – kümmert sich hauptsächlich um die Verfolgungen während der Nazi-Zeit. Auf der Homepage des Verbandes gibt es keinerlei Hinweis auf das aktuelle Romaproblem. Von Maxi Singer weiß ich, dass die deutschen Roma und Sinti mit denen aus Plovdiv nichts zu tun haben wollen. Sie können sich ja auch gar nicht mit denen verständigen.«

»Würden Sie bitte dennoch eine Stellungnahme einholen, Kollegin Grappa?«, fragte Schnack. »Vielleicht braucht der Verband ja nur eine Initialzündung.«

»Kann ich gerne versuchen, Herr Schnack«, lächelte ich. »Aber es wird nicht viel dabei rauskommen.«

»Wenn wir immer alles vorher wüssten, könnten wir uns jede Recherche sparen.«

Okay. Schnack wollte mich anscheinend auf ein totes Gleis schieben. Ich würde ihm den Gefallen tun und das Thema ›Landesverband‹ ins Aus recherchieren.

Die Sache kostete mich zehn Minuten. Ich scheiterte schon an der Geschäftsführerin der Organisation, die mir ihre wenig schmeichelhafte Meinung zu dem Bierstädter

Problem mit den Bulga-Roma kundtat. Und der Präsident habe keine Zeit für mich. Es gebe überall Vorurteile. Der Mensch sei eben so.

Ich informierte Schnack über meinen Versuch und versprach ihm, dranzubleiben. Vielleicht wurde es wirklich Zeit, den *Landesverband Deutscher Roma und Sinti* daran zu erinnern, dass es auch aktuelle Probleme gab – auch wenn die Roma keine deutsche Staatsangehörigkeit hatten.

Ich prüfte meine Mails. Bärchen Biber hatte mir eine Mail geschickt, die nur einen Smiley enthielt. Aber ein Anhang war geladen. Ein Foto. Es zeigte meinen Kollegen zwischen einer jungen Frau und einem mittelalten Mann. Mala Adonay und vermutlich ihr Vater! Bärchen hatte Zitas Familie tatsächlich gefunden.

Bärchen macht die Rechnung auf

Niemals hätte ich gedacht, dass ich einmal Bärchen Bibers persönliches Erscheinen herbeisehnen würde. Er machte es spannend, hatte einen halben Tag freigenommen, um sich von den Strapazen der Reise zu erholen. Erst gegen Mittag schlenderte er ins Großraumbüro, übersah mich geflissentlich und ging weiter durch zum Chef.

Um meine Nerven zu stärken, begab ich mich in die Küche, kochte mir einen starken Kaffee und zog mich in meine Einzelzelle zurück. Hatte Bärchen das, was ich wollte?

Endlich klopfte es und der Kollege trat ein.

»Danke für das Foto«, sagte ich sofort. »War es schwer, die Leute zu finden?«

»Ich hab Zar Badi gefragt.«

»Wer ist das?«

»In Stolipinovo gibt es nicht nur Elend«, berichtete er. »Die Roma haben einen Clan-Chef, der sich ›Zar‹ nennen lässt. Er wohnt in einem hübschen Häuschen außerhalb des Viertels. Er kennt alle Roma, die in Stolipinovo leben. Und im Tausch gegen eine Stange Zigaretten und meinen goldenen Kugelschreiber hat er mir verraten, wo ich die Adonays finden kann.«

»Gut gemacht«, lobte ich. »Wie haben die denn reagiert auf die Grüße aus Bierstadt?«

»Verhalten – soweit ich das verstehen konnte. Der Vater war verschnupft, als ich den Namen Zita nannte. Er trauert wohl dem entgangenen Familieneinkommen nach. Vielleicht hat er mir auch deshalb gleich Mala für eine schnelle Nummer in der Wohnküche angeboten. Ich habe zugestimmt und ihm zwanzig Euro gegeben. Daraufhin hat er uns allein gelassen. So romantisch hab ich mir Erotik mit einer Frau immer vorgestellt.«

Ich musste grinsen. »Es ist immer eine Frage des Niveaus. Sex mit Strichjungen am Bahnhof ist auch nicht romantischer.«

»Nicht wirklich«, gab Bärchen zu. »Ich habe Mala das Parfum geschenkt und Zitas Namen genannt. Sie glaubte sofort, dass ich ihr ein Geschenk ihrer Schwester überbringen wollte, und war voll gerührt. Nachdem sie sich wieder beruhigt hatte, deutete ich auf ihre Haare und sagte wieder Zita und machte ein paar Gesten dazu. Ich kam mir vor wie ein Idiot.«

Bärchen verstummte. Vermutlich, um die Spannung zu steigern. Die Nummer wird teuer, dachte ich.

»Sie stellte sich dann tatsächlich vor einen Spiegel, schnitt sich eine Haarlocke ab und band sogar eine Schleife um die Strähne«, fuhr er endlich fort.

»Super!«, strahlte ich. »Her damit!«

Er zog einen Briefumschlag aus seiner Jackentasche und legte ihn vor mich hin. »Bitte schön!«

»Danke. Und weiter?«, fragte ich.

»Weiter?«

»Wie sind Sie aus der Wohnung rausgekommen, ohne Sex mit Mala zu haben?«

»Sie wollte mir an die Hose, aber ich winkte ab. Das war ihr natürlich ganz recht so. Nur Papa durfte nichts erfahren.«

Bärchen war also sauber geblieben.

»Vielen Dank nochmals«, lächelte ich.

»Bitte! War ja nicht wirklich eine Herausforderung. Und ich helfe gern. Hier ist übrigens die Rechnung.«

Er reichte mir eine kurze Aufstellung. Ich las:

Taxi zu Zar Badi und zurück – 5 Euro
Goldener Füllhalter – 100 Euro
Stange Zigaretten – 50 Euro
Schnaps für Vater – 10 Euro
Lohn für Mala – 20 Euro
Parfum für Mala – 15 Euro
Summe: 200 Euro.

»Geht klar«, schluckte ich. »Duzen wir uns eigentlich?«

»Ab jetzt ja, Grappa!«, grinste das Bärchen.

Ich rief Kleist an. »Seid ihr weitergekommen?«, fragte ich.

»Die Obduktion ist abgeschlossen«, verkündete er. »Die Frau ist verhungert und verdurstet. Ihr Magen oder das, was von ihm noch übrig war, war nahezu leer – bis auf ein paar Papierstücke, die wir noch analysieren müssen. Der Rechtsmediziner nimmt an, dass die Tote aus lauter Not Zeitungen oder Prospekte gegessen hat.«

»Das ist ja grauenhaft! Gab es auch Spuren von Folterungen wie bei der ersten Leiche?«

»Das kann beim besten Willen nicht mehr festgestellt werden«, seufzte Kleist.

»Ich habe ein Foto und eine Haarlocke«, berichtete ich. »Ivana Rose glaubt, dass die Tote eine Freundin von früher ist. Eine Roma namens Zita. Die letzte Nachricht von ihr lautete, sie sei aus der Szene raus und mit einem Deutschen verheiratet.«

»Diese Tote kann niemand mehr identifizieren«, meinte Kleist. »Wir werden eine forensische Schädelrekonstruktion vornehmen müssen. Wie kommt Frau Rose auf den Gedanken?«

Ich gab ihm einen Kurzbericht. Als er hörte, dass ich aus Bulgarien Haare von Zitas Zwillingsschwester besorgt hatte, horchte er auf.

»Einen Versuch ist es allemal wert, Maria«, lobte mein Hauptkommissar. »Würdest du die Haare vorbeibringen? Ich kann leider im Moment nicht weg, sonst könnten wir zusammen einen Kaffee trinken und ein Mandelhörnchen verspeisen.«

»Wenn du für Kaffee sorgst, bringe ich Hörnchen mit. Oder kocht deine Sekretärin noch immer keinen Kaffee, weil ihre Menschenwürde das nicht zulässt?«

»Das macht jetzt Uschi«, antwortete er.

»Oh, eine neue Kollegin?«

»Genau. Schwarz, handlich, kompakt, fleißig und verschwiegen. Ab und zu schäumt sie allerdings.«

Uschi und ein Blick in die Akte

Ich legte Kleist den Umschlag mit den Haaren aus Plovdiv auf den Tisch und eine Kopie des Ausdrucks der Blog-Diskussion über die Qualitäten der Bulga-Twins von der Website *billig-ficken-in-bierstadt.de.*

»Zum Schluss schreibt ein Marko, dass er mit Zita glücklich verheiratet sei«, stellte Kleist messerscharf fest. »Das kann doch sein!«

»Natürlich gibt es solche Happy Ends«, räumte ich ein. »Deshalb hab ich ja die Haare besorgt. Wenn die DNA nicht identisch ist mit der der Toten, würde mich das freuen. Dann wäre Zita am Leben. Lass die Haare doch einfach untersuchen, dann wissen wir Bescheid.«

»Wie heißt diese Zita mit Nachnamen?«

»Adonay.«

»Moment.«

Kleist telefonierte mit dem Standesamt. Es dauerte nicht lange, dann wandte er sich wieder an mich: »In Bierstadt hat keine Zita Adonay geheiratet. Zumindest nicht in den letzten zwölf Monaten.«

»Vielleicht ist das mit der Heirat nicht so wörtlich gemeint«, gab ich zu bedenken. »Die beiden sind vielleicht nur zusammengezogen. Viele Paare ohne Trauschein bezeichnen sich gegenseitig als Mann und Frau.«

Uschi stöhnte. Der Kaffee war fertig. Kleist stellte die Becher auf den Besuchertisch und griff nach einem Mandelhörnchen.

»Natürlich werden wir die Haare analysieren. Die Hinweise auf die Identität der beiden toten Frauen sind ja nicht gerade zahlreich. Ich habe so etwas noch nicht erlebt. Keiner sagt etwas. Diese Roma schotten sich total ab. Ich bringe die Haare eben in die Kriminaltechnik. Kommst du eine Weile ohne mich klar?«

»Ich hab ja Uschi«, lächelte ich.

Er verließ den Raum. Ohne dass ich es wollte, erhob ich mich und trat zu Kleists Schreibtisch. Dort lag die Akte. Sie war zugeklappt, doch es steckte ein Lesezeichen in Form einer Karteikarte darin. Ich klappte den Pappdeckel auf.

Der Obduktionsbericht mit den dazugehörigen Fotos. Die Reste eines gekrümmten Körpers, leere Augenhöhlen, gebleckte Zähne in einem Loch, das einstmals ein Frauenmund war. Nahaufnahmen des Seemannsknotens und des Mageninhalts. Die Papierfetzen – fein säuberlich mit einer Pinzette auseinandergezogen.

Die Grausamkeit dessen, was ich sah, traf mich wie ein Schlag in den Bauch. Ich starrte die Fotos an.

Neben Uschi war ein Waschbecken und ich stolperte mit schwammigen Knien darauf zu. Doch ich musste nur würgen.

Das Telefon klingelte. Ich schreckte zusammen. Mein Herz pochte wie wild.

Die Akte lag immer noch aufgeschlagen da. Kleist würde merken, dass ich spioniert hatte. Also zurück zum Schreibtisch und alles wieder so dekorieren, wie es vorher war. Das Foto mit dem Mageninhalt war gleich mehrfach vorhanden.

Ich zog eins aus der Hülle, faltete es und steckte es ein. Es war eine zwanghafte Handlung. Warum es dazu kam – darüber würde ich dringend nachdenken müssen, wenn ich hier raus war.

Endlich blieb das Telefon stumm. Ein paar Atemübungen beruhigten mich etwas. Als Kleist zurückkehrte, saß ich mit normalem Teint auf dem Besucherstuhl und hielt mich brav am Kaffeebecher fest.

»So, ich habe alles in die Wege geleitet«, verkündete er. »Am Montag liegt das Ergebnis vor.«

»Dein Telefon hat eben geklingelt«, teilte ich mit. »Es wollte gar nicht aufhören. Und ich wollte nicht drangehen.«

»Besser so«, grinste er. »Sonst hält man dich noch für meine Sekretärin.«

»Wo ist die überhaupt?«

»Seit einer Woche krank. Und ihre Vertreterin seit heute. Alle haben mich verlassen.«

Auf dem Papier, das der Rechtsmediziner im Magen der Toten gefunden hatte, waren noch Buchstaben zu erkennen. Das geklaute Foto war ziemlich scharf und mir schien es, als sei der Schnipsel von dickerer Beschaffenheit als eine normale Zeitungsseite.

Mich schauderte, als ich an das Leid der Frau dachte, die in dieser Wohnung so elend gestorben war.

rau – terhal. Was sollten diese Buchstaben bedeuten? Handelte es sich um Romasprache? Das Papier schimmerte gelblich, aber das musste nicht die originale Farbe sein. Ich hatte keinerlei Kenntnisse darüber, wie sich Papier verändert, wenn es erst mit Magensäure und dann mit den Flüssigkeiten getränkt wird, die während des Verwesungsprozesses entstehen.

Die Kriminaltechniker würden bestimmt die richtigen Schlüsse ziehen. Ich wünschte mir ein ruhiges Wochenende.

Wortspiele und ein wacher Traum

Die Wortteile verfolgten mich trotzdem bis in den Schlaf. *rau – terhal*. Noch vor dem Frühstück spielte ich am Rechner einige Möglichkeiten durch. Im Internet lud ich einen längeren Text – meine Wahl fiel auf die *Serapionsbrüder* von E. T. A. Hoffmann – und suchte darin nach den Buchstabenfolgen ›rau‹ und ›terhal‹.

Die Buchstabenkombination ›rau‹ kam häufig vor, zum Beispiel in den Wörtern *Frau, brausen, heraus, Traum, grau.*

Bei ›terhal‹ gab es auf den ersten Blick nur eine Möglichkeit: *Unterhaltung.*

Ich schrieb die gefundenen Wörter auf kleine Karteikarten, legte sie auf den Küchentisch und duschte. Das heiße Wasser prasselte auf mich nieder. Ich schloss die Augen und entspannte mich. Plötzlich hatte ich für den Bruchteil einer Sekunde ein Bild vor Augen. Ich bekam es nicht zu fassen, aber ich wusste, dass ich auf dem richtigen Weg war. Unterhaltung – dachte ich. RAU. Frau. Traum.

Das Bild erschien wieder. Eine gelbe Visitenkarte! Im Regal der Zima-Wohnung hatte doch diese gelbe Visitenkarte gelegen, zusammen mit der von *Amiga*-Investment. Was hatte darauf gestanden? Dann fiel es mir wieder ein: *Wachtraum-Unterhaltungsmedien*.

Ich gab diesen Firmennamen in eine Suchmaschine ein. *Wachtraum-Unterhaltungsmedien* hatte ihren Sitz in Bierstadt und vermarktete Kinderfilme. Hübsche Titel wie: *Freche Mädchen, Amy und die Wildgänse, Rennschwein Rudi Rüssel* und *Im Tal der wilden Truthähne.*

Man konnte die Filme gegen eine kleine Gebühr leihen oder kaufen. Aber es gab auch ein Angebot für *Mitglieder* eines *VideoClubs 69*. Dazu musste man sich registrieren lassen und auf die Zusendung einer Aktivierungsmail warten. Wegen des Jugendschutzes.

Das las sich interessant. Ich klickte auf den Button: *Mitglied werden,* doch man verlangte die Angabe des Namens und einer Kreditkartennummer. Ich ließ es zunächst und las den Werbetext:

> *Im* VideoClub 69 *sind alle unsere Pornofilme verfügbar und in der Regel auch immer sofort auf Lager! Das Bestellen ist somit sehr einfach und absolut transparent. Du wirst in wenigen Schritten durch den Bestellvorgang geleitet und kommst somit entsprechend schnell zu deinem gewünschten Ziel. Du kannst dir die Pornofilme auf DVD zuschicken lassen, sie aber auch sofort herunterladen.*

Die Filmtitel, mit denen hier geworben wurde, lasen sich anders als die der Kinderfilme: *Gefangen im Schloss des Schmerzes, Die Gangbang-Party* oder *Lolita, lutsch los!*

Hübsche Alliteration, dachte ich und schickte nun doch eine Registrierung ab. Kurz darauf bekam ich die E-Mail mit der Aufforderung, den Aktivierungslink zu klicken. Das lief alles ohne Probleme. Nun war ich also Kunde bei den Wachträumern. Ich klickte mich in die Hardcoreabteilung.

Ich fand nur das Zeugs, das in den USA, Italien, Dänemark oder Schweden hergestellt und in zigtausend Kopien in den Regalen der Kino-Freunde gehortet wird.

Ich klickte das Impressum des Internetauftritts an, um zu sehen, wer hinter der Seite steckte. Da war jedoch kein Name zu lesen, sondern nur eine Firmennummer und der Zusatz: *Eingetragen im amtlichen Firmenbuch für England und Wales.* Der Webmaster war unter der hübschen E-Mail-Adresse *info@schlampenfotos-versand.co.uk* zu erreichen. Das gab nicht viel her. Aber mir war klar, dass die Spur heiß war.

Wachtraum drehte selbst Pornos – da war ich mir sicher. Was hatte die schalldichte Wohnung sonst für einen Sinn? Ein Bett, ein paar Lampen und eine Kamera. Dazu ängstliche Frauen und Kerle, die ihre kranke Sexualität über Gewalt und Blut auslebten. Romafrauen waren eine leichte Beute.

Niemand meldete sie vermisst. Damit hatte keine Behörde einen Grund, etwas zu unternehmen.

Aber Hardcoresex war nicht verboten, wenn die beteiligten Personen freiwillig mitmachten und jederzeit aussteigen konnten.

Im Pornobereich gab es die Möglichkeit, die Mitgliedschaft in einem Premium-Videobereich zu erwerben. Die Werbeseite für diesen Bereich enthielt den Text:

Geile Girls begeben sich in die Hand erfahrener und strenger Meister, um bei ihnen Schmerzen, Unterwerfung, Demütigung, Hingabe und extreme Lust intensiv zu durchleben.

Für die Mitgliedschaft im Premium-Bereich musste man weitere persönliche Daten angeben. Die Anschrift, eine Kontonummer und die Nummer des Personalausweises. Soweit wollte ich meine Daten in dieser Umgebung nicht offenlegen.

Schmerzen und Demütigung? Video? Das klang ganz übel.

Vielleicht hatte die Frau über dem *Türmchen* die Visitenkarte gar nicht aus Hunger verspeist, sondern um einen Hinweis auf die Menschen zu geben, die sie gefoltert und missbraucht hatten und schließlich für ihren Tod verantwortlich waren.

Die Reise zurück ins Elend

Ich wollte weiterkommen und startete in den Norden. Mir fiel wieder mal auf, dass dieser geschmähte Stadtteil mehr Atmosphäre hatte als die bräsigen Einfamilienhaus-Straßen, in denen der Müll getrennt wurde, die Sonnenkollektoren auf den Dächern eine ökologisch korrekte Energieverwendung dokumentierten und die Mittelklassewagen jeden Samstag poliert wurden.

Natürlich war es nicht schön, den Müll aus den Fenstern zu werfen, im Hinterhof Feuer zu entfachen oder die Autos der Bürger im Süden zu klauen. Aber dieses Verhalten ließ sich im Fall der Bierstädter Nordstadt nicht durch seelenloses Wohnambiente erklären.

Ich stoppte vor dem Haus, in dem die Zimas wohnten. Ich wollte wissen, wie die Familie an die Visitenkarte von *Wachtraum-Unterhaltungsmedien* gekommen war.

Kalo Zima öffnete. Er schien mich wiederzuerkennen, hatte aber nicht vor, mich in die Wohnung zu lassen.

»Donka?«, fragte ich.

Er schüttelte den Kopf. Ich blickte an ihm vorbei in den Flur. Dort standen gepackte Koffer. Zusammengeschnürtes Bettzeug lehnte an der Wand und prall gefüllte Plastiktüten lagen auf einem Haufen.

»Plovdiv?«

Er nickte.

»Wann?«

Der Mann zuckte die Schultern.

»Wo ist Donka?«

Wieder Schulterzucken. Das hatte keinen Sinn. Ich verabschiedete mich und verließ das Haus. Unschlüssig setzte ich mich in meinen Wagen. Eine neue Strategie war fällig.

Die Abreise der Zimas schien kurz bevorzustehen. Wenn Donka nicht zu Hause war, würde sie vielleicht bald auftauchen. Ich beschloss, im Auto zu warten und den Eingang im Auge zu behalten.

Dreißig Meter von mir entfernt bot eine Bäckerei Brötchen und Kaffee an. Ich deckte mich ein und war schon auf dem Rückweg zu meinem Cabrio, als ich einen Mann bemerkte, der das Haus der Zimas betrat. Mein Freund POM Krüger hatte die Chuzpe, hier zu erscheinen!

Was wollte der suspendierte Prügel-Bulle? Plante er einen neuen Überfall? Eher nicht, denn solche Typen sind nur in der Gruppe mutig.

Ich pulte meine Notfall-Digicam aus dem Handschuhfach

und setzte den Wagen ein paar Meter zurück, um einen besseren Blickwinkel zu bekommen. Die Datums- und Zeitanzeige war eingeschaltet, aber der Akku nicht mehr besonders leistungsfähig.

Aber es genügte: Als POM Krüger und Kalo Zima gemeinsam vors Haus traten, sich die Hand gaben und nett plauderten, gelang es mir, einige Fotos von der rührenden Szene zu machen.

Mir schwante, was da abging: Krüger wollte sich vor dem drohenden Strafverfahren die lästigen Zeugen vom Hals schaffen! Ich musste das verhindern. Doch wie? Ich legte die Kamera ins Handschuhfach, stieg aus und steuerte die beiden Männer an.

POM Krüger grinste mich an, Kalo Zima schien leicht irritiert darüber, dass ich noch immer da war.

»Schaffen Sie sich die Zeugen vom Hals, Herr Krüger?«, ging ich in die Offensive.

»Ich habe mich bei dem Herrn und seiner Familie entschuldigt«, entgegnete Krüger triumphierend. »Dagegen ist doch nichts einzuwenden, oder?«

»Bezahlen Sie die Rückreise nach Plovdiv?«

»Immer mache ich alles falsch, Frau Grappa.« Krüger schüttelte bedauernd den Kopf. »Ich bereue, was ich getan habe, und zahle aus eigener Tasche eine Art Schmerzensgeld an die Geschädigten, und schon kommen Sie und unterstellen mir unlautere Motive.«

»Vergessen Sie nicht, dass es Fotos vom Überfall gibt. Fotos, die zeigen, wie Sie Donka sexuell nötigen und Herrn Zima ins Gesicht schlagen.«

»Ach, ja. Die Fotos! Mal sehen, ob sie vom Gericht als Beweise anerkannt werden. Mein Anwalt ist sehr zuversichtlich, dass die Sache gut für mich ausgehen wird. – Endlich! Da kommt ja der Bus!«

Tatsächlich hielt ein Bus mit bulgarischem Kennzeichen auf der gegenüberliegenden Straßenseite. Zima pfiff auf den Fingern und die Haustür öffnete sich. Junge Männer schleppten das Gepäck heraus, die Frauen hatten kleine Kinder an der Hand oder auf dem Arm.

»Wo ist Donka?«, fragte ich Zima. »Donka?«

Zima schaute zur Tür. In dem Moment trat das Mädchen aus dem Haus. Sie hatte verweinte Augen.

»Donka!« Ich stürzte auf sie zu. »Warum geht ihr zurück?«

»Ich will nicht«, schniefte sie. »Ich lieber bleiben.«

Kalo Zima rief seiner Tochter etwas zu, was nicht sehr freundlich klang. Einer der jungen Männer packte sie am Arm und zog sie zum Bus.

»Gute Reise«, höhnte POM Krüger, als sich der Bus in Bewegung setzte.

Ein Ehemann meldet sich

»Das wird Krüger nicht viel nützen«, meinte Friedemann Kleist beim Sonntagmorgenfrühstück. »Wir haben schließlich die Zeugenaussagen der anderen Beteiligten des Überfalls. Seinen Job bekommt er auf keinen Fall wieder.«

»Und das Strafverfahren?«

»Körperverletzung im Amt. Sexuelle Nötigung einer Minderjährigen. Hausfriedensbruch.« Sorgfältig verstrich Kleist den Frischkäse auf dem Körnerbrötchen. »Es kommt darauf an, wie das Gericht eure Fotos bewertet und ob seine Kumpel bei ihren Aussagen bleiben. Aber es ist natürlich besser, wenn Familie Zima vor Gericht erscheint.«

»Mist!«, entfuhr es mir. »Der Kerl ist ganz schön gerissen.«

»Allerdings«, stimmte Kleist zu. »Wir haben Krüger überwachen lassen. Er hatte mehrfach Kontakt zu Dimitar Milev. Vermutlich hat der die Wiedergutmachung für ihn geregelt und wahrscheinlich dafür kassiert.«

»Du hast von der Abreise der Zimas gewusst?«, rief ich entgeistert. »Warum hast du das nicht verhindert?«

»Maria! Ich kann die Familie doch nicht in Beugehaft nehmen. Die Staatsanwaltschaft hat gegen Krüger noch nicht einmal Klage erhoben. Politisch ist gewollt, dass die Leute nach Plovdiv zurückkehren.«

»Ja, ja. Jeder entfernte Roma ist ein guter Roma«, muffelte ich.

»Ich mag deine Vereinfachungen«, grinste er. »Gibt es noch Kaffee?«

Gab es. Als die Kanne im Luftraum über seiner Tasse schwebte, nahm er sie mir ab, setzte sie auf den Tisch und griff nach meiner Hand. »Und jetzt erzähl mir, was du mit dem Foto aus der Akte gemacht hast.«

Spontan wandelte sich meine Gesichtsfarbe in ein tiefes Rot. Wie hat er das nur rausbekommen?, fragte ich mich. Leugnen machte keinen Sinn. »Bist du mir böse?«, fragte ich.

»Böse? Nein. Eher enttäuscht. Aber du hattest bestimmt einen guten Grund, gerade dieses Foto aus der Obduktionsakte zu klauen, oder?«

»Ja. Das Papier im Magen und die Buchstaben. Als ich das Foto sah, stieg eine Ahnung in mir auf. Ich hatte dieses Papier schon einmal gesehen.«

Ich erzählte ihm, wie ich herausbekommen hatte, dass es sich bei den Schnipseln um die Reste einer gelben Visitenkarte von *Wachtraum-Unterhaltungsmedien* handelte.

»Und du hast die Karte bei Donka Zima gesehen?«

»Ich bin ganz sicher. *Wachtraum-Unterhaltungsmedien* ist auf den ersten Blick harmlos. Die verleihen und verkaufen Filme. *Bambi* bis hin zu legalen Hardcorepornos. Dann gibt es noch einen Premium-Videoklub. Um zu dem Zugang zu haben, muss man sich aber mit Personalausweisnummer anmelden. Das habe ich lieber gelassen.«

»Interessant. Ob dieser Klub mich akzeptiert? Das wäre doch mal einen Versuch wert«, lächelte Kleist.

»Komm mir bloß nicht unter die Räder!«

Sein Handy meldete sich. Es musste wichtig sein, denn seine Miene wurde ernst. »Wie heißt der? Timocin?«, fragte er zurück. »Ich bin in zwanzig Minuten da«, sagte er und legte die Serviette auf den Tisch.

Unser Wochenende war gelaufen. »Was ist passiert?«

»Ein Mann aus Plovdiv hat sich im Präsidium gemeldet – in der Hand unser Flugblatt mit dem Foto der Toten aus der Juliusstraße. Er behauptet, er sei ihr Mann. Und er hat ein Kind dabei. Mehr hat der Kollege an der Pforte nicht verstanden.«

»Timocin, der Mann von dem Tattoo?«, fragte ich. »*Me tut kamaf, Timocin.* Ich liebe dich, Timocin. Und was ist das für ein Kind? Junge oder Mädchen?«

»Ein Junge.«

»Ob das dieser Ivo ist? Darf ich mitkommen?«

Er hielt immer noch sein Mobiltelefon in der Hand. »Wir müssen Ivana mitnehmen«, entgegnete er. »Sonst kann ich mich mit dem Mann nicht unterhalten.«

Ivana Rose meldete sich auf dem Handy nicht. Auch Maxi Singer wusste nicht, wo sie war. Vielleicht bei Wayne?

Ich versuchte es und hatte Erfolg. Kleist war erfreut und bestellte Ivana ins Polizeipräsidium.

Als Kleist und ich auf den Hof des Präsidiums fuhren, traf auch Pöppelbaum ein. Auf seinem Beifahrersitz saß Ivana. Die beiden stiegen aus und ich fand, dass sie ein schönes Paar waren. Der schlaksige Bluthund, der neuerdings in trendigen Klamotten rumlief, ohne seinen lässigen Stil abgelegt zu haben, und die ungeschminkte zarte junge Frau mit den Kohlenaugen und den glänzend schwarzen Haaren.

»Danke, dass Sie gekommen sind«, begrüßte Kleist Ivana. Und zu uns sagte er: »Könntet ihr bitte hier unten warten?«

Pöppelbaum und ich setzten uns in die Besucherecke.

»Schade, dass wir nicht dabei sein dürfen«, meinte ich.

»Das kann er doch nicht machen. Die Presse live bei einer Zeugenvernehmung – wo gibt es denn so was?«, fragte Wayne.

»Im Privatfernsehen«, antwortete ich. »Sag mal, bist du jetzt mit Ivana zusammen?«

»Es ist zu früh für eine Antwort auf diese Frage.«

»O. k. Entschuldige. Wenn ich euch irgendwann mal helfen kann, sag Bescheid.«

»Wird gemacht, Grappa.«

Wasser des Lebens und Sterne im Himmel

Wir warteten über eine Stunde, blätterten in den Zeitschriften, die in der Wartezone bereitlagen. Die Inhalte der Druckerzeugnisse waren allerdings etwas speziell.

Den Artikel *Geschlechtsdifferenzierte polizeispezifische Schutzfaktoren bei traumatischen Belastungen* konnte ich noch bis zur Hälfte lesen, beim Thema *Elektrosmog durch Klingeltondownloads* sank mein Interesse schon nach den ersten zehn Zeilen auf null.

Pöppelbaum blätterte in der Zeitschrift *Der Pathologe* und betrachtete eine Fotoserie zum Thema *Das Analkanalkarzinom – Differenzialdiagnostische Aspekte.*

Endlich erschienen Kleist und Ivana.

»Ich habe eine Bitte«, sagte der Hauptkommissar ernst. »Schreibt bitte kein Wort über den Mann und seinen Sohn. Noch nicht. Im Gegenzug darf Frau Rose euch erzählen, was Timocin Stojka ausgesagt hat.«

Ich stimmte zu. Er hatte einen Gefallen bei mir gut – wegen des geklauten Fotos aus seiner Akte.

»Du hattest recht. Bei dem Kind handelt es sich wirklich um den Jungen, der euch zu der Leiche geführt hat. Ivo. Und jetzt entschuldigt mich bitte.«

Kleist entschwand.

»Ich alles erzählen«, sagte Ivana. »Geschichte sehr traurig.«

Wir beschlossen, einen Ortswechsel vorzunehmen.

Frau Schmitz wollte das Bistro gerade schließen, als wir anrückten. Sie ließ uns eintreten und sperrte den Laden zu.

»Danke, Frau Schmitz«, freute ich mich.

Bei Kaffee und einer Runde belegter Brötchen begann

Ivana mit ihrem Bericht. Timocin Stojka hatte tatsächlich seine Frau Cansu auf dem Foto wiedererkannt.

»Cansu ist ein sehr schöner Name«, sagte Ivana. »*Can* heißt Leben und *Su* heißt Wasser, also Lebenswasser.«

»Bei uns bedeutet das etwas anderes. *Eau de vie* heißt hier Schnaps«, entfuhr es Pöppelbaum.

»Wayne!«, rief ich ihn zur Ordnung.

»Oh, Entschuldigung«, zeigte sich der Fotograf zerknirscht.

»Wo war Timocin die ganze Zeit?«, kam ich auf das Thema zurück.

»Er im Ausland arbeiten. Frankreich. Macht Feuer.«

»Feuer?«

»Sterne im Himmel.«

»Er ist wohl Feuerwerker«, interpretierte Wayne.

Ivana nickte und fuhr fort: »Cansu und Junge Ivo erst nach Bierstadt mit Bus mit Onkel von Cansu. Wollten später treffen. Aber Timocin nichts mehr gehört von seiner Familie. Kein Handy, kein Brief. Onkel letzte Woche nach Stolipinovo zurück – mit Ivo. Weil Mutter tot.«

»Der Onkel wusste, dass die Tote Cansu war?«, rief ich. »Warum ist er nicht zur Polizei gegangen?«

»Onkel Flugblatt gesehen und Angst bekommen. Und abgehaut. Ivo mitgenommen«, berichtete Ivana. »Timocin auch nach Plovdiv. Onkel gesucht und Flugblatt gesehen. Deshalb hier. Timocin will Polizei helfen.«

»Hat der Junge etwas gesehen? Kennt er den Mörder?«, fragte ich.

»Ivo sagt nichts. Gar nichts. Arzt muss kommen. Kind ist verrückt.«

»Eher verstummt«, murmelte ich. »Kein Wunder. Wer weiß, was der Kleine mitbekommen hat.«

»Timocin hat viel Wut. Will Mörder töten«, sagte Ivana.

»Dazu muss der erst mal gefunden werden«, stellte ich fest. »Hat der Onkel etwas mitbekommen? Weiß er, zu wem Cansu Kontakt hatte?«

Ivana schüttelte den Kopf. »Cansu nicht lange in Bierstadt. Sonst mehr Leute sie kennen.«

»Aber sie muss doch irgendwo gewohnt haben mit ihrem Kind!«

Ivana zuckte die Schultern. Die Geschichte schien ihr nahezugehen. Pöppelbaum nahm ihre Hand.

»Lass gut sein, Grappa«, bat er.

Frau Schmitz räumte das Geschirr zusammen. »Was ist mit dir, Frau Grappa, du machst ein Gesicht …!«

»Ich versteh einfach nicht, dass es so feige Menschen gibt. Da bekommt ein Onkel mit, dass man seine Nichte abgeschlachtet hat, und haut ab, statt zur Polizei zu gehen! Ein durchgeknallter Bulle überfällt eine Familie und schlägt alles kurz und klein und anschließend lässt sich das Familienoberhaupt mit Kohle zum Schweigen bringen! Es ist, als ob sich Angst und Schweigen in den Genen fortpflanzen.«

»Die Leute haben nix zu fressen«, entgegnete die Bäckerin. »Und wenn man nix zu fressen hat, macht man Sachen, die man sonst nicht machen würde. Und weißt du, warum, Frau Grappa?«

Ich wartete.

»Weil der Mensch nicht kaputtgehen will. Dat ist Natur, Frau Grappa. Moral ist allein 'ne Frage des Geldes!«

»Nicht bei allen. Dann wären arme Menschen ja grundsätzlich ohne Moral«, widersprach ich. »Und jetzt rücken wir Dimitar Milev auf die Pelle. Ich will wissen, warum er mit POM Krüger gemeinsame Sache gemacht hat.«

»Du willst zu Milev?«, fragte Ivana. »Milev gefährlich.«

»Mir wird er schon nichts tun. Ich muss ihn sprechen, denn er wird morgen im *Tageblatt* von mir geschlachtet. Weißt du, wo er wohnt?«

Ivana nickte.

»Wir zwei fragen ihn und du machst Fotos – aber so, dass er nichts merkt«, sagte ich Richtung Bluthund. »Und falls es Stress gibt, holst du die Bullen. Dann wird die Geschichte noch besser.«

Der Romapate hatte sich ein Gründerzeithaus unter den Nagel gerissen. Es war frei stehend, dreistöckig und von einem zwei Meter hohen Zaun aus Metall umgeben. Ich bemerkte Überwachungskameras.

In diesem Teil der Stadt kam die Müllabfuhr regelmäßig vorbei und Strom und Wasser gab es auch. Kein Vergleich mit den Müll-Häusern ein paar Straßen weiter.

Ich hatte meinen Wagen etwas entfernt geparkt. Pöppelbaum war abseits geblieben und verbarg sich in einem Hauseingang gegenüber der Villa des Clanchefs. So hatten ihn die Überwachungskameras nicht im Blick.

Ich winkte forsch in das Objektiv über dem Tor und betätigte die Klingel. Eine Männerstimme fragte etwas, Ivana antwortete in Roma.

»Milev will, dass wir reinkommen«, übersetzte sie. »Ich habe aber Angst, ins Haus zu gehen.«

»Ivana! Ich versteh den Mann doch ohne dich nicht.«

»Wir bleiben hier. Er soll rauskommen.«

Sie übersetzte. Zwei Männer, die aussahen, als wären sie Weltmeister im Kühlschrankweitwurf, traten durch die Haustür und schritten auf uns zu. Nette Jungs sehen anders aus, dachte ich. Zum Glück war immer noch das Gitter zwischen uns.

Einer herrschte Ivana an, sie blaffte zurück.

»Sag den Kerlen, dass sie Milev nur eine Frage ausrichten sollen, und dann sind wir auch schon wieder weg.«

Sie palaverte mit den beiden und meinte dann: »Was willst du wissen?«

»Die Frage ist: Wie viel Geld hat Milev von dem Polizisten dafür bekommen, dass er die Familia Zima verraten und dafür gesorgt hat, dass sie nach Plovdiv zurückgefahren ist?«

Den beiden schienen die Worte nicht zu gefallen, denn gleich nachdem Ivana übersetzt hatte, ging das Palaver wieder los. Schließlich verschwanden die Kerle im Haus, vermutlich, um ihren Boss zu informieren.

»Geh mal ein wenig zur Seite, damit das Foto nett wird«,

raunte ich Ivana zu. »Für den Fall, dass Milev gleich persönlich erscheint.«

Und tatsächlich: Der Romapate trat in die Tür, schimpfte und gestikulierte. Ivana schrie ihm etwas zu.

Mein freundliches Winken machte ihn noch wütender.

»Und? Was sagt er?«, fragte ich.

»Wir sollen abhauen. Und nie wiederkommen.«

»Und was hast du ihm zugebrüllt?«

»Dass er ein schmutziger alter Mann ist, der in die Hölle gehört.«

Ich hatte nicht wirklich damit gerechnet, dass Milev mir ein Interview geben würde. Aber es war nun mal meine journalistische Pflicht, ihn zu den Vorwürfen, die ich zu erheben plante, zu hören.

»Hast du ihn erwischt?«, fragte ich Wayne, als wir wieder im Auto saßen.

»Klaro«, antwortete er. »Auch wie er mit den Armen rumwedelt und brüllt. Aber dürfen wir das Foto überhaupt bringen? Immerhin hat er nicht gemerkt, dass er abgelichtet wurde.«

»Das Recht am eigenen Bild gilt für verdammte Verräter nicht«, interpretierte ich das Presserecht neu.

»Na, na, Grappa«, meinte Wayne schräg grinsend.

»Der wird uns schon nicht verklagen«, prophezeite ich. »Dann bekäme er nämlich die Öffentlichkeit, die er auf keinen Fall haben will. Und ich würde mal seine Geschäfte überprüfen. Ist es nicht merkwürdig, dass der Kerl im Luxus lebt, während seine Leute in vermüllten Wohnungen ohne Strom und Wasser hausen?«

»Milev gehören Busse, die Leute nach Bierstadt bringen«, mischte sich Ivana ein. »Bruder von Zar Badi.«

»Wer ist Zar Badi?«, fragte Wayne.

»Ein Obermufti in Plovdiv«, erklärte ich. »Er schreibt neuerdings mit Bärchen Bibers goldenem Füllhalter.«

»Muss ich das jetzt verstehen?« Wayne war leicht verstört.

»Nein, lass mal«, winkte ich ab. »Wo soll ich euch beiden Hübschen denn absetzen?«

»Bei uns«, sagte Wayne und schaute Ivana verliebt an.

Aioli und Kopfkino

Schnack ließ sich schnell von meiner Idee überzeugen. Ein Polizist, der Zeugen besticht, war immerhin eine Geschichte – zumal wir die Sache exklusiv hatten.

Pöppelbaum konnte das, was ich schreiben würde, mit Fotos dokumentieren: Kalo Zima und POM Krüger im Gespräch, das Einsteigen der Familie in den Bus-Express nach Plovdiv und Dimitar Milev in der Tür seiner Villa mit seinen Drohgebärden.

Nach der Konferenz machte ich mich an die Arbeit.

Geld und zurück nach Plovdiv: Wie ein Polizist unliebsame Zeugen beiseiteschafft

– so die Überschrift.

Der suspendierte Polizeiobermeister Lothar K. hat einen neuen Freund. Er heißt Kalo Zima und ist das Oberhaupt einer Romafamilie aus Plovdiv, die bis vor Kurzem im Bierstädter Norden lebte. Unser Foto zeigt die Männer im freundschaftlichen Gespräch. Das Verhältnis der beiden war nicht immer so gut. Der Polizist hat Zima und seine Familie vor gut einer Woche nachts überfallen und verletzt. Er schlug den älteren Mann ins Gesicht (Foto) und vergriff sich an Zimas sechzehnjähriger Tochter Donka (Foto).

Der Staatsanwalt ermittelt, der Polizeipräsident hat K. vom Dienst suspendiert. Und nun hat der gewalttätige ehemalige Staatsdiener die Zeugen mit Geld bestochen und dafür gesorgt, dass sie die Heimreise nach Plovdiv antreten. Samstagmorgen packte die Familie ihre Koffer und bestieg den Bus (Fotos). Gegenüber unserer Zeitung bestätigte K., dass er der Familie ein »Schmerzensgeld«

für die erlittenen Unannehmlichkeiten gezahlt hat. Der zweifelhafte Deal ist unter Beteiligung von Dimitar M. zustande gekommen, der in der Romahierarchie eine Führungsposition einnimmt. Er scheint die Familie überzeugt zu haben, auf eine Aussage gegen den Polizeiobermeister zu verzichten. Eine Stellungnahme dazu lehnte Dimitar M. mit eindeutigen Gesten ab (Foto) und bedrohte unser Reporterteam.

Die Ermittlungen gegen Lothar K. laufen weiter. Die Fotos unserer Zeitung aus der Nacht des Überfalls sprechen eine eindeutige Sprache.

Schnack akzeptierte meinen Artikel, ohne herumzukritteln. Wir rauften uns immer besser zusammen.

In der Kantine setzte ich mich zu Wayne. Ich hatte ein Brötchen ergattert, das mit Käse belegt war. Dessen Ränder bogen sich keck nach oben. Die Aioli unter dem Salatblatt gab dem Ganzen einen mediterranen Touch und hätte jeden Gourmet ins Koma gehauen. Ein paar Pommes vervollständigten das Menü. Wayne brütete über einem Eintopf, starrte die Erbsen einzeln an und gab ihnen Namen.

»Was ist denn jetzt schon wieder?«, fragte ich.

»Nix.«

»Dann eben nicht«, meinte ich. »Ich hab sowieso keine Lust mehr, deine Psychotante zu spielen.«

»Dazu fehlt dir auch das Talent.«

»Ich weiß, Süßer«, lächelte ich und widmete mich meinem Gourmet-Brötchen. Mindestens fünf Minuten schwiegen wir und kauten lustlos.

»Es war schrecklich«, sagte Wayne.

»Was?«

Wieder Pause.

Jetzt taufte ich meine Pommes und verleibte sie mir in alphabetischer Reihenfolge ein.

»Ich konnte nicht«, sagte er dann.

»Was konntest du nicht?«

»Ich hab keinen hochgekriegt. Und Ivana hat geweint. So eine verdammte Scheiße!« Der Bluthund hatte feuchte Augen.

»Setzt euch doch nicht so unter Druck«, riet ich. »Wenn ihr euch liebt, dann kommt alles von allein. Nur nichts überstürzen.«

Wayne kratzte mit dem Löffel auf dem Boden seines Tellers herum.

»Schalt dein Kopfkino aus. Schau in ihre Augen und such dich darin. Dich und deine ungeborenen Kinder.«

Er stand abrupt auf, griff das Geschirr, dass es klirrte, und verließ den Tisch. Ich mümmelte mein Brötchen zu Ende und gratulierte mir zu meiner Berufswahl. Als Psychologin hätte ich gnadenlos versagt.

Im Großraumbüro stürzte sich Sarah auf mich. »Hast du dein Handy nicht dabei?«

»Nö. Ich wollte in Ruhe Mittag essen. Warum?«

»Dringender Anruf. Eine Maxi Singer. Erst hat sie es auf dem Handy probiert, dann über Festnetz. Boah, war die anstrengend.«

»Hat sie dich beim Nagelfeilen gestört oder beim Horoskop lesen?«

»Beim Horoskop«, gab Sarah zu. »Und das ist ganz mies ausgefallen. Hier!«

Sie setzte sich vor den Computer.

»Die Sterne sorgen heute dafür, dass Sie sehr viel Wert auf die Erfüllung Ihrer Aufgaben legen. Für große Überraschungen oder spontane Unternehmungen sind Sie nicht zu haben. Erledigen Sie daher Aufgaben, die mehr Erfahrung als Innovation erfordern.«

»Das klingt nach einem harten Arbeitstag«, konstatierte ich.

»Ja, das hab ich auch begriffen«, meinte sie. »Ich muss mich um die Honorare für die freien Mitarbeiter kümmern. Willst du auch dein Horoskop wissen?«

Sarah gab *Widder* in den Rechner ein. Es dauerte keine zehn Sekunden und sie las:

Sie verfügen heute über ein ausgeprägtes Einfühlungsvermögen. Diese Gabe erlaubt es Ihnen, die Empfindungen anderer Menschen wahrzunehmen. Daraus ergeben sich interessante Perspektiven und eventuell sogar spannende Erkenntnisse.

»Passt genau«, grinste ich. »Einfühlungsvermögen hatte ich schon, jetzt warte ich auf die spannenden Erkenntnisse.«

Prompt klingelte das Telefon. »Frau Singer schon wieder«, sagte Sarah und reichte mir den Hörer.

»Frau Grappa? Können Sie zuhören?«

»Ja, was ist passiert?«

»Donka ist hier. Das Mädchen, das …«

»Ich weiß, wer Donka ist«, entgegnete ich. »Wie kommt das? Sie saß doch im Bus nach Bulgarien!«

»Sie ist abgehauen, als alle eine Pause machten, und hat sich versteckt. Der Bus ist dann ohne sie weitergefahren. Sie ist per Anhalter zurückgekommen. Die Autobahnpolizei hat sie kurz vor Bierstadt aufgegriffen und zu uns gebracht.«

»Das ist gut. Donka ist eine wichtige Zeugin. Behalten Sie sie bitte bei sich, bevor ihr noch etwas passiert. Ich werde mit Dr. Kleist sprechen.«

Eine gute Nachricht!

Als Erster begrüßte mich Mobby. Die Bulldogge kam hoppelnd auf mich zu, schmiegte sich an meine Beine und schmachtete mich aus den vorstehenden Augen an.

Maxi Singer grinste: »Mobby ist irgendwie merkwürdig in letzter Zeit. Ihm fehlen unsere abendlichen Ausflüge zum Straßenstrich.«

»Dann kommt er ja doch nach seinem Namensgeber Mobby Madig«, strahlte ich. »Der weiß jetzt auch nicht mehr, was er abends machen soll, wenn die Unterbezirkssitzungen zu Ende sind.«

»Ich setze mal eben Kaffee auf und hole Donka«, kündigte Maxi Singer an. »Kann ich Sie mit Mobby allein lassen?«

»Ich komm schon klar.«

Maxi verließ den Raum. Der Hund drückte sich weiter an

meine Waden. Sein Sabber tropfte auf meine Schuhe. Ich versetzte ihm mit der Schuhspitze einen kräftigen Tritt in die Wampe. Er jaulte heiser und schubberte weiter an mir.

»Bisschen maso, Mobby, was?«

Sein Frauchen kehrte zurück, bevor er ernsthaft in Gefahr geriet, und er ließ von mir ab. Maxi stellte die Kaffeebecher auf den Tisch. »Donka kommt sofort.«

»Was wollen Sie mit dem Mädchen anfangen?«

»Ich verhandle mit der Diakonie. Vielleicht kann sie in eine betreute Wohngruppe, bis das Baby da ist.«

»Sie ist schwanger?«, rief ich entsetzt.

Maxi zuckte hilflos die Schultern. »Von Verhütung haben viele dieser Mädchen noch nichts gehört.«

»Ich bekomme Baby«, sagte Donka, die plötzlich in der Tür stand. »Baby nicht nach Stolipinovo sollen. Ich und Baby hier in Deutschland.«

Das künftige Leben der beiden zog an mir vorüber: Baby, Sozialhilfe, Putzen gehen, falsche Männer treffen, weitere Babys, Prostitution, Drogen, Alkohol und tschüss.

Aber vielleicht täuschte ich mich ja auch. Donka war sechzehn und trotzig. Sie hatte sich bewusst gegen Armut, Dreck, Zwangsprostitution und Familienzwang entschieden.

»Was meinst du, wie deine Familie auf deine Flucht reagiert?«, begann ich.

»Ich habe Schande gebracht. Mein Vater hat jetzt keine Tochter mehr. Aber egal. Ich hasse Stolipinovo.«

»Erinnerst du dich an den Überfall in eurer Wohnung? Der Polizist und seine Leute. Es gibt einen Prozess gegen ihn.«

Donka nickte. »Gut. Ich werde sagen, was er gemacht hat.«

»Hat dein Vater Geld bekommen, damit er weggeht?«

»Zweihundert Euro und Zar Dimitar fünfhundert. Aber ich sagen alles.«

»Du musst aufpassen«, warnte ich. »Der Polizist will nicht, dass du vor Gericht erscheinst. Er darf nicht wissen, dass du wieder hier bist.«

»Das hab ich ihr alles schon verklickert«, sagte Maxi Singer.

»Als ich nach dem Überfall bei euch war«, kam ich zur wichtigsten meiner Fragen, »hab ich eine Visitenkarte im Regal in der Küche gesehen.«

»Visitenkarte?«

»Ein gelbes Stück Papier.« Ich holte meinen Kuli raus und malte auf einen Block ein Viereck, das das Maß einer solchen Karte hatte.

»Gelb?« Donka überlegte. »Ja, hat mir ein Mann gegeben. Auf Strich. Wollte Fotos von mir machen.«

»Kanntest du den Mann vorher?«

»Nein. Andere Mädchen auch nicht.«

»Würdest du ihn wiedererkennen?«

Sie überlegte: »War dunkel und Regen. Ich nur Augen gesehen. Böse Augen.«

Schade. Aber es wäre ja auch zu einfach gewesen.

Pornofilme verstoßen nicht gegen Gesetze

Ich fieberte den Ergebnissen der DNA-Analyse entgegen. Und auf Kleist war Verlass. Für den Abend kündigte er seinen Besuch an.

»Wir sind einen Schritt weiter.«

Da ahnte ich, was er im Gepäck hatte.

»Es ist Zita. Ihre DNA ist mit der von Mala identisch – eineiige Zwillinge. Keinerlei Abweichungen.«

»Ich hatte so gewünscht, dass sie es nicht ist, sondern es geschafft hat, dem Milieu zu entkommen«, seufzte ich und öffnete eine Flasche Wein. »Glücklich verheiratet mit Marko. So ein Hohn. Nur, damit niemand mehr nach ihr sucht. Nehmt ihr jetzt die Firma *Wachtraum* auseinander?«

»Ja, aber ganz langsam«, entgegnete Kleist und goss sich ein Glas Apfelschorle ein.

»Warum langsam?«

»Die Firma *Wachtraum* hat ihren Sitz in England und Wales. Es laufen eine Anfrage und ein Amtshilfeersuchen. Aber man hat mir keine große Hoffnung gemacht, an die Betreiber heranzukommen. Wenn diese Leute Lunte riechen, machen die den Laden einfach zu – und fertig. Spurlos weg.«

»Aber *Wachtraum* verkauft die Filme doch auch. Irgendwo müssen DVDs oder andere Datenträger verpackt und verschickt werden. Nicht alle werden sich das Zeugs herunterladen. Wo werden die Dinger aufbewahrt?«

»Die Versandstelle zu finden, wird nicht helfen. Pornos zu verleihen oder zu verkaufen verstößt nicht gegen Gesetze.«

»Die Herstellung von Tötungs-Videos aber schon«, wandte ich ein.

»Stimmt. Aber es ist in vergleichbaren Fällen noch nie gelungen nachzuweisen, dass die Opfer in den Filmen real gefoltert und getötet wurden. Ein solcher Beweis ist nur möglich, wenn Cansu und Zita in den Filmen eindeutig zu identifizieren wären. Und wir haben einen solchen Film nicht. Und selbst wenn, dann wäre immer noch nicht klar, wer der Mörder ist. Der Kameramann, die Männer im Film oder wer?«

»Beihilfe zum Mord bringt auch einige Jahre«, erwiderte ich. »Körperverletzung mit Todesfolge oder was immer ein engagierter Staatsanwalt daraus macht. Das ist doch besser als gar nichts.«

»Auch damit hast du recht. Und deshalb habe ich einen Plan. Er wird dir nicht gefallen, weil du eine Tugend nicht hast: Geduld.«

»Ich kann mir deinen Plan ja mal anhören.«

»Eine Person unseres Vertrauens wird sich bei *Wachtraum* als neues Mitglied im Premiumklub anmelden. Und dann Hardcore bestellen und irgendwann nachfragen, ob es nicht noch was Schärferes gibt.«

»Hört sich gut an.«

»Das bedeutet aber, dass du *Wachtraum* in keinem deiner Artikel erwähnen darfst«, stellte Kleist fest.

Ich nickte. »Ja, die werden den Laden dichtmachen, wenn sie Lunte riechen. Und wer ist die Person deines Vertrauens?«

»Einer unserer ehemaligen verdeckten Ermittler. Inzwischen pensioniert. Er hat eine saubere und überprüfbare Vita. Wir werden ihm in den Akten noch eine kleine Vorstrafe verpassen wegen des Besitzes illegaler pornografischer Schriften. Er spielt den älteren, gut situierten Herrn, der seine geheimen Gewaltfantasien ausleben möchte und bereit ist, dafür zu zahlen. Das ist alles, was ich dir sagen kann.«

»Es kann Monate dauern, bis dieser Plan zum Erfolg führt«, grummelte ich nun doch. »Falls überhaupt.«

Kleist lächelte mich an. »Geduld, Maria!«

»Ich werde morgen über Zitas Tod schreiben und diesen Marko erwähnen, den sie angeblich geheiratet hat«, kündigte ich an. »Vielleicht meldet sich jemand, der ihn kennt.«

»Wir haben die IP-Nummer seines Rechners überprüft«, enthüllte Kleist. »Der Computer, von dem aus Marko den Blog bedient hat, steht in einem Internetcafé in der Nordstadt.«

»Es wäre ja auch zu schön gewesen«, seufzte ich enttäuscht.

Ohne Beine keine Flucht

Das Frühstück mit meinem gelegentlichen Liebhaber und guten Freund Dr. Friedemann Kleist bedeutete für mich fast immer einen entspannten Einstieg in den Arbeitstag. Ich stellte mich vor uns und sah ein friedliches Bild, das ein niederländischer Genremaler nicht besser hätte hinbekommen können: ein Paar älteren Datums, friedlich vereint im Garten sitzend, auf dem Holztisch ein Stillleben aus blauen Weintrauben, einem Apfel, dessen Schale wie eine Spirale vom Tisch hing, weißlich-grünem Käse und einem Krug Orangensaft.

Nur die Zeitung, die Kleist las, passte nicht ins siebzehnte Jahrhundert.

»Das ist ja interessant«, sagte er. »Ihr Frauen gebt doch

immer ein Heidengeld für Schönheitscremes aus. Und dieses Lebewesen hat den Dreh raus. Hör mal: *Die Qualle* Turritopsis nutricula *aus der Familie der Nesseltiere braucht keine Anti-Aging-Kuren und keine Faltencremes. Sie kann ihre Körperzellen verjüngen. Das Tier ist in der Lage, sich durch einen Zellwandlungsprozess in das Stadium der Kindheit zurückzuversetzen. Die meisten Medusen sterben direkt nach der asexuellen Fortpflanzung, nicht aber* Turritopsis nutricula*: Sie ist praktisch unsterblich und somit ein Phänomen in der Evolution.«*

»Nicht wirklich schön«, kommentierte ich. »Sex mit sich selbst, nur ein langweiliges Meer, weder Wein noch Käse. Ich möchte keine Qualle sein.« Ich schob mir eine Weintraube in den Mund.

»Musst du nicht«, beruhigte er mich. »Forscher wollen dem Geheimnis der *Turritopsis nutricula* auf die Spur kommen und es für die Menschheit nutzbar machen. Das dauert aber noch ungefähr zwanzig Jahre – die sind also genau dann so weit, wenn bei dir die ersten Fältchen kommen.«

Wir verließen das Haus gemeinsam. Kleist hatte auf der Straße geparkt, ich im Carport. Wir winkten uns zum Abschied zu und ich schloss die Fahrertür auf – wie jeden Morgen. Doch etwas war anders. Es roch nach Verwesung. Ich hielt mir die Hand vors Gesicht. Im Halbdunkel der Holzwände nahm ich etwas Langes, Pelziges wahr, das auf der Kühlerhaube meines Cabrios lag. Entsetzt wich ich zurück.

Der Motor von Kleists Wagen lief schon. Ich stürzte auf die Straße und sprang vor seine Motorhaube.

»Maria! Was ist los?«, fragte er. »Du bist ja weiß wie eine Wand.«

»Da liegt etwas auf meinem Auto«, krächzte ich. »Irgendwas Totes.«

Er ging in den Carport und schaute nach. Ich blieb zurück. In meinem Magen kämpfte der Kaffee mit den Brötchen darum, wer zuerst an die Luft durfte.

»Da hat dir jemand zwei Tierbeine aufs Auto gelegt«, erklärte er. »Ich tippe auf Pferd. Und darunter war dies.«

Er hielt ein verschmiertes Stück Pappe hoch. *Gruß von Milev* stand dort in ungelenk gemalten Buchstaben.

»Die Reaktion auf deinen Artikel«, stellte Kleist fest. »Ich ruf die Spurensicherung.«

»Ist es denn strafbar, jemandem zwei abgehackte Pferdebeine aufs Auto zu legen?« Ich schluckte immer noch Magensäure.

»Da finden wir schon was. Bedrohung, Nötigung, Erschrecken einer unschuldigen Person oder Verstoß gegen das Tierschutzgesetz – falls das Pferd, das an den Beinen hing, noch lebendig war.«

Kleist telefonierte.

»Heute Abend ist hier alles wieder sauber«, versprach er dann. »Und jetzt steig ein, ich fahre dich zur Arbeit.«

Die Sache hatte mich mitgenommen. Ich schwänzte die Redaktionskonferenz und verkroch mich in meinem Zimmer. Dimitar Milev würde sich nicht so einfach vom Thron stoßen lassen. Abgetrennte Pferdebeine. Zigeuneraberglaube. *Reite nicht weiter auf diesem Pferd!* Pferd als Metapher für den Weg, den man geht. All dies schoss mir durch den Kopf.

Ich rief Ivana an und berichtete ihr von Milevs Gruß. Sie zeigte sich entsetzt.

»Das ist nicht gut«, meinte sie. »Erst Beine, dann Kopf von Pferd, dann du.«

Eine gestaffelte Drohung also.

Für den Nachmittag luden Staatsanwaltschaft und Kriminalpolizei zu einer Pressekonferenz ein. Schnack hatte die Einladung an mich weitergeleitet mit dem Hinweis: *Die Bierstädter Polizei ist aufgewacht!*

Das Thema der Pressekonferenz lautete: *Ungeklärte Kapitalverbrechen: Identität der Opfer steht fest.*

Ich durfte eine halbe Seite mit dem Thema füllen. Langsam gewöhnte sich mein neuer Chef daran, dass unsere Abonnenten Blaulicht-Geschichten lesen wollten. Den Pfad zur bräsigen Familienzeitung hatte er verlassen.

Pöppelbaum und ich saßen in der Kantine beim Kaffee. Wayne hatte sich über Milevs Gruß an mich nicht besonders amüsiert gezeigt. Ich hingegen machte schon wieder Scherze. Cool bleiben, dachte ich, nur keine Schwäche zeigen.

»Der Kerl soll abhauen«, sagte Wayne. »Er versetzt seine Leute in Angst und Schrecken, wenn sie nicht spuren. Unfassbar, dass die deutschen Behörden so was zulassen.«

»Was soll die Polizei denn machen, wenn sich keins der Opfer über Milev beschwert?«, verteidigte ich die Exekutive. »Ich zeige ihn auf jeden Fall an – wegen Nötigung oder Ähnlichem.«

»Das ist gut, Grappa. Was für Fotos packen wir morgen in die Zeitung? Pressekonferenzbilder allein sind doof«, meinte er. »Bärchen Biber hat aus Stolipinovo Fotos mitgebracht. Und Zitas Familie haben wir auch im Bild.«

»Ja, sogar exklusiv«, nickte ich. »Mala sieht ja genauso aus wie Zita.«

»Zwillinge eben«, stellte er fest. »Diese Todesfälle gehen mir voll an die Nieren, Grappa. Ich glaube, ich werde alt und jammerlappig.«

»Ach, was«, widersprach ich. »Du schwächelst ein bisschen. Das passiert jedem mal. Erinnere dich, wie oft es mich schon aus den Schuhen gehauen hat.«

»Du findest also nicht, dass ich mich verändert habe?«

»Doch, doch«, antwortete ich. »Deine Kleidung ist flotter geworden und du achtest auch sonst mehr auf dein Äußeres. Und du denkst mehr nach über die Dinge, die uns jeden Tag begegnen.«

»Ich konnte ja nicht ein Leben lang mit Rasta-Locken und in schwarzem Leder rumrennen. Aber das meine ich nicht mit Veränderung.« Er zögerte und fuhr dann fort: »Ja, ich denke mehr nach. Ich hab mehr Verständnis bekommen für Leute, denen es nicht so gut geht wie uns.«

»Aha, Hinwendung zur Sozialromantik«, spottete ich.

»Nein, keine Romantik«, widersprach er ernst. »Ich verstehe die Zusammenhänge langsam besser. Als ich zum ersten Mal in eine dieser stinkenden Wohnungen im Norden ging, hab ich gedacht: Was wohnen hier denn für Dreckschweine! Ich hab meine Fotos geschossen und gut war es. Als ich das erste Mal davon hörte, dass Väter ihre Töchter auf den Strich schicken, hab ich gedacht, dass diese Leute moralisch absolut verkommen sind. Aber so einfach ist das alles nicht.«

»Na ja, einen Heiligenschein brauchst du aber auch nicht zu verteilen. Denk an Zar Dimitar, denk an Ivanas Familie, die sie mit Prügeln gezwungen hat, auf den Strich zu gehen. Mit Armut kann man nicht alles entschuldigen.«

»Natürlich nicht. Aber ich sehe es jetzt differenzierter.«

Bärchen Biber erschien an unserem Tisch. »Darf ich?«, fragte er, nachdem er sich auf den Stuhl hatte fallen lassen.

»Gut, dass du kommst, Carsten. Wir brauchen deine Fotos aus Stolipinovo und von Zitas Familie.«

»Kein Problem«, meinte er. »Ich lade sie in den aktuellen Foto-Ordner. Nehmt euch, was ihr braucht.«

»Willst du was von uns? Wir haben nicht mehr viel Zeit«, fragte ich. »Wir müssen bald los ins Präsidium.«

»Ich war heute früh bei einem Prozess im Landgericht. Angeklagt waren vier Frauen wegen Beihilfe zu schwerer räuberischer Erpressung. Nur eine Frau ist allerdings erschienen, die anderen drei sind schon wieder Richtung Heimat abgedüst.«

»Und wen haben die erpresst?«

»Straßenstrich-Mädchen«, erzählte Bärchen. »Das nette Quartett soll bulgarische Prostituierte mit Gewalt zur Zahlung von Schutzgeldern an einen Zuhälter gezwungen haben. Ein Mädchen hat für fünf Monate auf dem Straßenstrich fast siebentausend Euro hinlegen müssen. Fünfzig Euro pro Tag und Frau. Heute hat diese Frau den Namen dieses Zuhälters genannt. Und ratet mal, wer das ist.«

»Dimitar Milev«, meinte ich.

Bärchen nickte. »Genau. Und ich werde das genau so schreiben. Der Staatsanwalt hat direkte Ermittlungen gegen Milev angekündigt, wegen Zuhälterei und Schutzgelderpressung.«

Das passte doch.

»Dann wandert der Kerl erst mal in den Knast. Und wenn er verurteilt wird, kann er abgeschoben werden«, freute ich mich.

Ein Pate wird aus dem Verkehr gezogen

Kleist fehlte auf der Pressekonferenz. Ich war wie elektrisiert, denn es war noch nie passiert, dass der leitende Ermittlungsbeamte abwesend war.

Der Staatsanwalt, der Polizeipräsident und Kleists Vertreter informierten. Cansu Stojka und Zita Adonay waren demselben Mörder beziehungsweise denselben Mördern zum Opfer gefallen.

»Es scheint sich um mehrere Täter zu handeln, denn die Spuren sind mehreren Männern zuzuordnen«, teilte der Staatsanwalt mit. »Wir gehen von einer organisierten Bande aus, die systematisch Frauen entführt, foltert und tötet. Sie scheinen sich auf Frauen spezialisiert zu haben, die als Prostituierte arbeiten und in Deutschland nicht gemeldet sind.«

»Bulgarien?«, fragte ein Kollege.

»Ja. Bulgarien. Sie kennen das aktuelle Problem, das wir in Bierstadt haben. Kaum einer hat einen Überblick, wie viele Frauen in unserer Stadt der Prostitution nachgehen. Die Schließung des Straßenstrichs hat das Problem nicht gelöst, sondern nur verlagert.«

»Sie reden von einer organisierten Bande«, meldete ich mich zu Wort. »Können Sie dazu nähere Angaben machen?

Wer sind die Leute? Wie lange machen die das schon? Gibt es noch weitere Morde? Vielleicht in anderen Städten?«

Staatsanwalt und Polizeipräsident schauten sich kurz an. Dann antwortete der Staatsanwalt: »Wir stecken mitten in den Ermittlungen. Aber wir haben tatsächlich Hinweise auf ähnliche Morde in Holland und England. Auch dort sind Romafrauen die Opfer. Allerdings stammten sie aus Rumänien, nicht Bulgarien. Weitere Angaben kann ich aus ermittlungstaktischen Gründen nicht machen.«

»Wo haben Sie denn Ihren Kripochef versteckt?«, fragte der Blöd-Kollege.

»Herr Dr. Kleist führt zurzeit eine Aktion durch.«

Wayne und ich sahen uns an.

»Was für eine Aktion?«, hakte der Kollege nach.

»Wir werden Sie zu gegebener Zeit unterrichten«, meinte der Polizeipräsident. »Ich bitte um Verständnis.«

Am Nachmittag setzte die Staatsanwaltschaft eine Mitteilung an die Medien ab:

> *Im Zusammenhang mit ausgedehnten Ermittlungen wegen Menschenhandels, Zuhälterei, Erpressung, Nötigung, Schutzgelderpressung, Bedrohung und Bandenkriminalität ist der bulgarische Staatsangehörige Dimitar M., 57 Jahre, in seinem Haus verhaftet worden. M. werden außerdem Verstöße gegen das Geldwäschegesetz und Steuerdelikte vorgeworfen. Weiterhin entdeckten die Ermittler in seinem Haus illegal eingeführte Schusswaffen. Während der Verhaftung kam es zu handgreiflichen Auseinandersetzungen. Drei Personen wurden leicht verletzt, unter ihnen ein Polizeibeamter. Zur Personenfeststellung wurden acht Bulgaren vorläufig festgenommen.*

Kleist war also dabei, das Zuhälternest auszuräuchern und Milev die Machtbasis zu entziehen.

Ich musste mich dringend an meinen Artikel machen.

Über die Milev-Festnahme schrieb ich eine schmucklose Meldung, doch das schlimme Schicksal von Cansu und Zita wollte ich ausführlicher schildern.

Mordopfer identifiziert –
Sind sie Opfer einer grausamen Bande?

Die jüngst entdeckten toten Romafrauen heißen Cansu Stojka (22) und Zita Adonay (23). Der Polizei gelang es endlich, ihre Identität festzustellen. Beide gerieten in die Fänge einer international operierenden Bande, die Frauen entführt, sexuell missbraucht, foltert und schließlich tötet. Die Ermittlungen der Polizei laufen auf Hochtouren, Interpol ist eingeschaltet.

Cansu Stojka (22) wurde von ihrem Mann Timocin identifiziert. Der junge Bulgare arbeitet im Ausland und wollte seine Frau und das gemeinsame Kind in Bierstadt treffen. Doch dazu kam es nicht: Cansu wurde vor gut zwei Wochen im Hinterhof eines Hauses in der Juliusstraße ermordet aufgefunden.

Zita Adonays stark verweste Leiche wurde erst vor wenigen Tagen in einer Wohnung im Westen der Stadt entdeckt. Zita und ihre Zwillingsschwester Mala waren auf dem Straßenstrich als die Bulga-Twins bekannt. Doch die 23-Jährige hatte sich von ihrer Familie getrennt, als diese ins bulgarische Plovdiv zurückkehrte. Es hieß, Zita habe einen Freund und wolle heiraten. Durch eine Haaranalyse konnte sie nun eindeutig identifiziert werden.

Die Ermittlungen gestalten sich schwierig, denn niemand weiß, wie viele Menschen sich aus Plovdivs Elendsviertel Stolipinovo in Bierstadt angesiedelt haben und die Roma scheuen die Zusammenarbeit mit den Behörden.

Ich reicherte den Text mit schon bekannten Details an und garnierte ihn mit den zuvor ausgewählten Fotos.

Bevor ich nach Hause fuhr, rief ich Maxi Singer an. Noch immer wusste niemand, wer dieser Marko war, der sich als Zitas Ehemann ausgegeben hatte. Vielleicht hatten die Frauen auf dem Strich ja etwas beobachtet. Die Bulga-Twins waren schließlich auffällige Erscheinungen gewesen.

»Erhoffen Sie sich aber nicht zu viel«, meinte Maxi, nachdem sie versprochen hatte, sich umzuhören. »Die Fluktuation auf dem Strich war immer schon groß und die meisten, die Mala und Zita gekannt haben, dürften inzwischen weg sein.«

Marko schreibt:

An alle: Zita lebt noch. Wir sind glücklich verheiratet.

Das war der letzte Eintrag über die Zwillinge im Blog *billig-ficken-in-bierstadt.de.* Die Freier, die sich dort zu Wort gemeldet hatten, würden nun aus der Zeitung erfahren, dass Zita nicht *glücklich verheiratet*, sondern grausam getötet worden war. Vielleicht konnte man den Blog wiederbeleben.

Ich meldete mich auf *billig-ficken-in-bierstadt.de* an und gab mir den Namen ›Terminator‹.

Marko schreibt:

An alle: Zita lebt noch. Wir sind glücklich verheiratet.

Terminator schreibt:

Lüge, Marko! Zita lag verfault in deiner Wohnung. Zeig dich, du Feigling! Wir kriegen dich!

Der Pate macht Bekanntschaft mit dem Feuer

Schon am nächsten Morgen hatte der Terminator Antwort bekommen. Zwei frühere Freier hatten sich gemeldet.

Berliner schreibt:

Zita ist tot? Was ist das für ein Scheiß? Woher weißt du das? Wer bist du, Terminator?

Dr. Fist schreibt:

Berliner, du solltest Zeitung lesen. Da steht es heute drin. Das war's wohl mit den Bulga-Twins. An Terminator: Wenn du Marko aufgetan hast, dann sag Bescheid. Ich will den mal unverbindlich besuchen.

Gar nicht schlecht fürs erste Stochern im Nebel, dachte ich. Marko hatte seinen Eintrag vom Internetcafé aus geschrieben, die anderen saßen aber vielleicht an ihren heimischen Rechnern und konnten nötigenfalls identifiziert werden.

Terminator schreibt:

An Dr. Fist: Dann sind wir schon zwei, die Marko besuchen möchten. Wer macht noch mit oder hat eine Idee, wo Marko sich rumtreibt? Die Bullen kriegen den nie. Bin für jeden Hinweis zu haben. Rache für Zita!

Ich überlegte. Dass der Blog öffentlich war, war auch irgendwie blöd. Sollten wirklich Hinweise folgen, würde der Täter davon Kenntnis bekommen, wenn er die Postings mitlas.

In der Redaktion holte ich mir Rat bei Pöppelbaum.

»Macht doch nichts, Grappa«, meinte er. »Dein Satz: *Rache für Zita!*, wird den Mörder nervös werden lassen. Wenn er glaubt, dass eine Gruppe von Freiern wegen Zitas Tod hinter ihm her ist, macht er vielleicht Fehler. Du musst nur die Kontrolle behalten.«

Kontrolle behalten.

Am Nachmittag brannte das Haus des Romapaten Dimitar Milev lichterloh. Mehrere Löschzüge der Feuerwehr versuchten, den Brand zu löschen und das Übergreifen der Flammen auf die Nachbargebäude zu verhindern.

Pöppelbaum und ich machten uns auf den Weg.

»Rache der Roma an ihrem Ausbeuter oder deutsche Ausländerfeindlichkeit?«, sinnierte ich.

»Egal. Es trifft auf jeden Fall den Richtigen«, entgegnete der Bluthund. »Schade, dass er im Knast sitzt und die Show nicht live verfolgen kann. Guck mal, Grappa! Das qualmt ja ordentlich!«

Er hatte recht. Und es qualmte nicht nur, sondern stank auch.

Ein Einsatzwagen der Polizei überholte uns und Pöppelbaum klemmte sich dahinter. So kamen wir schnell ans Ziel, weil die Fahrzeuge auf der Straße brav rechts und links anhielten und warteten.

Natürlich war der Brandort abgesperrt, die Schaulustigen drängelten sich hinter dem rot-weißen Band.

Wir quetschten uns durch die Menge. Der Dachstuhl der Villa war nicht mehr zu erkennen, das Mauerwerk bröckelte in den Vorgarten und ab und zu waren kleinere Explosionen zu hören.

»Ob das Geknalle von Munition stammt?«, wunderte ich mich. »Die Kerle hatten hier ja wohl ein Waffenlager.«

»Es brennt an allen Ecken und Enden«, stellte Wayne fest. »Da hat mit Sicherheit jemand gezündelt.«

Inzwischen wurde das Haus mithilfe von vier C-Rohren gekühlt. Die Häuser nebenan waren noch unbeschädigt.

Mit gezücktem Presseausweis ging ich zum Einsatzleiter, der durch eine Armbinde gekennzeichnet war.

»Das Haus ist verloren«, teilte der Feuerwehrmann mit. »Da war ein Experte am Werk. An mehreren Stellen müssen Brandsätze deponiert worden sein. Elektronische Zündung. Prima Arbeit!«

Der Ton klang bewundernd. Feuerwehrleute haben vielleicht ein fast erotisches Verhältnis zu Flammen, überlegte ich. Es gab ja auch immer mal wieder einen, der selbst Hand anlegte, um sich beim anschließenden Löschen zu verwirklichen.

Pöppelbaum war ebenfalls fasziniert. Er fotografierte wie ein Wilder, zoomte auf den Funkenflug und verfolgte die herunterkrachenden Balken mit Engagement. Die Gaffer applaudierten, wenn ein Teil der Villa auf den Boden knallte.

»Sind Menschen verletzt worden?«, erkundigte ich mich.

»Es gibt nur leichte Rauchvergiftungen«, antwortete der Feuerwehrmann. »Zwei Frauen und ein Mann sind vorsorglich ins Krankenhaus gebracht worden.«

»Und wie hoch ist der Sachschaden?«

Er zuckte die Schultern. »Wir setzen nachher eine Mitteilung an die Medien ab.«

Pöppelbaum gesellte sich zu mir. Er hatte Ruß im Gesicht.

»Geile Bilder, Grappa«, jubelte er. »Haben wir alles?«

»Haben wir. Harte Fakten kommen später. Hast du die Schaulustigen abgelichtet?«

»Klar. Mitten im Applaus.«

Zurück in der Redaktion sichteten wir die Fotos. Den verbrannten Möbeln und der Kücheneinrichtung nach zu urteilen, lebte der Romazar in Saus und Braus.

»Guck mal, Grappa«, meinte Wayne und deutete auf einen Riesen-Designer-Kühlschrank. »Auf so ein Teil spare ich. Kostet über tausend Euro. Der stellt die Eiswürfel für die Drinks alleine her, so haste immer was da. Milevs Nachbarn besitzen solche Teile wohl eher nicht. Die haben die Einrichtung auch entsprechend kommentiert. Das macht böses Blut. Guck dir mal die schadenfrohen Gesichter an.«

Er schob mir ein paar Abzüge von Zuschauerbildern hin.

»Stimmt«, bestätigte ich nach einer Weile. »Besonders der hier sieht zufrieden aus.«

Ich tippte auf das Gesicht eines Mannes, der das Feuer mit einem leichten Lächeln betrachtete.

»Das ist doch …«, meinte Wayne verdutzt.

»Genau!«, nickte ich.

Rache ist nicht überall gleich

Ich überprüfte, ob meine Erinnerung korrekt war, und rief Ivana an. Sie bestätigte, dass Timocin Stojka von Beruf Feuerwerker war.

»Kein Problem für den, ein Feuer so zu legen, dass es an vielen Stellen zugleich ausbricht«, sagte Wayne. »Er macht Milev für den Tod seiner Frau verantwortlich. Von einem Zar erwartet man, dass er sich um seine Leute kümmert. Deshalb lassen sie sich so widerspruchslos von ihm ausbeuten. Milev hat seinen Job nicht ordentlich gemacht.«

»Raue Sitten«, stellte ich fest. »Wenn die allseits üblich wären, wäre das Regierungsviertel in Berlin schon mehrmals von Rachefeuern vernichtet worden.«

»Wir Deutschen haben halt kein Temperament und das Thema Rache hat für uns Mitteleuropäer einen primitiven Beigeschmack«, lächelte der Fotograf.

»Sag das nicht zu laut«, mahnte ich.

»Na ja, Grappa, für dich gilt das nicht. Bei dir sind schon noch Spuren archaischen Benehmens zu entdecken.«

»Archaisches Benehmen! Schöne Bezeichnung fürs Durchknallen«, grinste ich. »Werd ich mir merken. Was mich aber gerade viel mehr beschäftigt: Sollen wir der Polizei den Tipp geben, dass es Timocin gewesen sein könnte?«

»Schwierige Frage«, entgegnete Wayne und kratzte sich am Kopf. »Timocin kann auch zufällig da gestanden haben. Außerdem kennt Kleist dessen Beruf. Meinst du nicht, dass dein Hauptkommissar selbst draufkommt?«

»Wir nehmen ein anderes Foto für die Story und sagen nichts. Und wenn die Bullen wegen des Brandes nun erst mal die rechtsradikale Szene aufmischen, finde ich das auch in Ordnung. Die haben es immer verdient!«

Ich schrieb meinen Artikel und gab die Fakten aus der Pressemitteilung dazu, die die Redaktion wie angekündigt am frühen Abend per Mail erreicht hatte.

Der entstandene Sachschaden war erheblich – über zweihunderttausend Euro. Die Villa war unbewohnbar, nicht nur wegen des Brandes, sondern auch aufgrund der Wasserschäden. Und es lag eindeutig Brandstiftung vor.

Die Mitteilung endete mit den Worten:

Der Staatsschutz ist in die Ermittlungen mit einbezogen. Politische Motive können nicht ausgeschlossen werden.

Ich packte meine Sachen und machte mich auf den Heimweg. Ob Milevs Stern zu sinken begann? Erst die Frauen, die ihn vor Gericht als Zuhälterkönig entlarvten, dann der Brand heute. Vielleicht rüttelte das ja andere Roma auf, die Macht der Zaren einzuschränken.

Ich klingelte Maxi Singer an und wir verabredeten uns spontan in der Kaffeebude am Nordmarkt.

»Mobby kann ich leider nicht mitbringen«, kündigte sie an. »Er hat ein Magen-Darm-Problem.«

»Das ist aber schade«, log ich. Ein Köter mit Durchfall hätte diesem Tag die Krone aufgesetzt.

Der Wirt tischte uns kleine Snacks auf. Mit Schafskäse gefüllte Teigröllchen, eingelegte Paprika, scharf gebratene Hähnchenspieße und viele andere Leckereien, die die orientalische Küche hergab.

Ich schaute mich um. Das Publikum war gemischt, auch Damen des Gewerbes waren darunter. Einige Male klingelte ein Handy, eine der Frauen stand auf, zahlte und verschwand oder stieg in ein Auto, das vor dem Café wartete. Und es kamen auch Männer ins Café, die nicht lange blieben, sondern den Laden bald mit weiblicher Begleitung verließen.

Maxi Singer erriet meine Gedanken. »Genau, die Anbahnungen finden jetzt hier statt und nicht mehr auf der Straße. So kann die Stadt behaupten, dass es keinen Straßenstrich mehr gibt«, lächelte die Missionsfrau. »Auf diese Weise organisiert man sich die Welt schön. Jedenfalls für eine Weile.«

»Wie kommen die Freier damit klar?«

»Das interessiert mich weniger. Es gibt kein Recht auf öffentlich zugängliche Sex-Angebote. Man muss aber der Tatsache ins Auge sehen, dass alles so geblieben ist, wie es war. Nur die Logistik hat sich geändert. Manche Mädchen haben Stammfreier. Mit denen verabreden sie sich jetzt per Handy. Das können Sie hier beobachten. Und neue Freier gehen einfach in eine Kneipe und bahnen dort an. Jeder Taxifahrer in Bierstadt kennt die einschlägigen Adressen. Den Frauen geht es dadurch nicht besser, denn die Wirte vermieten in ihren Hinterzimmern die Matratzen für teures Geld. In den Kneipen müssen die Mädchen mindestens etwas zu trinken bestellen, was ja auch nicht umsonst ist. Das Leben ist für die Frauen teurer geworden und die Gewalt wird zunehmen.«

»Weil alles wieder im Verborgenen stattfindet?«

Maxi Singer nickte. »Der Überblick fehlt. Früher kannte ich hier jede Frau und konnte helfen, wenn eine Probleme hatte. Die Frauen sind in unsere Beratungsstelle und in unser Café gekommen.«

»Die Beratungsstelle gibt es doch noch«, entgegnete ich.

»Ja, aber die Polizeipräsenz ist zu groß. Jede Frau, die sich unserer *Mission* nähert, wird überprüft. Bald können wir den Laden dichtmachen.«

Es klang frustriert.

»Was macht eigentlich Donka?«, fragte ich, um Maxi aufzuheitern.

Doch der Schuss ging nach hinten los, denn sie antwortete: »Donka ist abgehauen. Wieder so ein Fall, bei dem Hilfe keinen Sinn macht.«

»Sie geht wieder anschaffen? Trotz Schwangerschaft?«

»Das weiß ich nicht«, antwortete Maxi. »Ich hab das Jugendamt informiert. Aber das hat nicht wirklich Interesse daran, eine minderjährige, schwangere Romaprostituierte in seine Obhut zu nehmen. Manchmal komme ich mir vor wie ein Hamster, der im Rad läuft und keinen Zentimeter vorwärtskommt.«

Sie bestellte einen doppelten Raki und kippte ihn sich gekonnt hinter die Binde – ohne zu husten oder überhaupt mit der Wimper zu zucken.

»Aber etwas Erfreuliches gibt es doch«, grinste sie dann. »Im Internet gibt es eine Initiative mit dem Namen ›Rache für Zita!‹ Da sucht ein Chatter namens ›Terminator‹ nach

Hinweisen zum Mord an dem Zwilling. Manche Freier sind schon ziemlich nervös – hörte ich.«

Ich schwieg.

Als ich zu Hause war, kontrollierte ich den Blog. Es gab wieder Einträge.

Berliner schreibt:

Also, ich war's nicht. Aber Zita hat mir mal was von einem Stammkunden erzählt, der hart drauf war. Hab auch Schrammen gesehen und blaue Flecke. Hab sie gefragt, warum sie das macht. Kohle eben. Der zahlte gut. Such weiter, Terminator!

Ringo schreibt:

Der Typ hat sie gemurkst. Den sie angeblich heiraten wollte. Wer heiratet schon 'ne Bulga-Nutte? Was hattest du denn mit der am Laufen, Terminator?

Namenloser schreibt:

Zita wollte nie nach Plovdiv zurück. Um in Bierstadt bleiben zu können, hätte sie alles gemacht. Wenn Marko der Mörder ist, hat er sich längst verpisst. Ist ja schade um das Mädel. FO war 'n Traum mit der. Vermisst du deine Blasmaus, Terminator? Grins

Ich überlegte. Sich bei dem Blog anzumelden, war eine Schnapsidee gewesen. Auf die Art würde ich keine brauchbaren Hinweise bekommen. Ich richtete mir einen neuen E-Mail-Account ein und trug dann in den Blog ein:

Terminator schreibt:

An alle. Für Hinweise auf Zitas Mörder gilt diese Mailaddy:
terminator@gmx.de
Bitte melden!

Alttestamentarische Sichtweisen

Am frühen Morgen weckte mich Kleist. Er stand vor dem Haus, eine Tüte Brötchen im Arm.

»Du?«, meinte ich verschlafen.

»Dein Handy war aus«, lächelte er. »Also dachte ich, dass du in Gefahr bist. Vielleicht entführt und in einem Zigeunerharem ...«

»Die hätten keine Freude an mir«, muffelte ich. »Jedenfalls nicht vor zehn Uhr morgens.«

Er folgte mir in die Küche.

»Ich muss duschen, sonst hast auch du keine Freude an mir. Zehn Minuten, okay?«

»Gut. Bis dahin hab ich das Frühstück fertig. Ein Ei?«

»Ja.«

»In welcher Form?«

»Fünf Minuten in Wasser gekocht. Und Kaffee – viel Kaffee.«

»Aye, aye, Madam.«

Als ich zwanzig Minuten später in die Küche zurückkehrte, dampfte das heiße Wasser um die Eier, der Kaffee duftete, der WDR-Klassiksender lief und der Tisch war gedeckt.

»Das gefällt mir«, strahlte ich. »Kann ich das jetzt jeden Morgen haben?«

»Wenn wir beide in Rente sind«, versprach Kleist. »Zuvor müssen wir noch ein paar Mordfälle lösen.«

Aha, dachte ich, es gibt etwas Neues. Die Eieruhr klingelte. Er goss das Wasser ins Becken, schreckte die Eier ab und stopfte sie in die Becher.

»Was macht Milev? Ist er kooperativ?«, begann ich.

»Nicht wirklich. Seine Anwälte versuchen, ihn aus dem Knast zu bekommen. Der Richter hat den Haftbefehl aber bestätigt. Fluchtgefahr. Die Bulgaren verlangen seine Überstellung nach Sofia. Dort liegt auch einiges gegen ihn vor. Der kommt so schnell nicht wieder auf freien Fuß.«

Um Milev geht es also nicht, dachte ich. Ich schlug dem Ei den Kopf ab.

»Genau richtig«, lobte ich und streute Salz auf das Gelbe.

»Donka Zima war in seinem Haus aufgetaucht. Sie gehört zu denen, die bei dem Brand verletzt wurden. Und noch ein Bekannter macht von sich reden.«

Ich wartete.

»Timocin Stojka. Er hatte sich bei Milev eingenistet, als der schon in Untersuchungshaft saß. Hat sich als Cousin aus Stolipinovo ausgegeben. Und weißt du, was Stojka von Beruf ist?«

»Keine Ahnung«, log ich.

»Feuerwerker. Doch leider kann ich Timocin nicht fragen, ob er die Villa abgefackelt hat. Inzwischen ist er nämlich wieder verschwunden – seinen Sohn hat er mitgenommen. Hast du vielleicht eine Ahnung, wo die beiden sein könnten?«

»Nein, wie sollte ich? Aber selbst wenn er die Hütte angezündet hat – er hat mit Milev ja den Richtigen getroffen«, entgegnete ich ungerührt und biss herzhaft in mein Marmeladenbrötchen.

»Deine Sicht auf die Dinge des Lebens ist häufig alttestamentarisch«, stellte Kleist fest. »Auge um Auge, Zahn um Zahn.«

»Stimmt. Ich halte niemandem die andere Wange hin«, bestätigte ich. »Kann ich noch etwas Kaffee bekommen?«

Er füllte den Becher. »Wir haben das Haus nun bis in den letzten Winkel durchsucht. Im Keller gibt es eine verborgene Tür, die zu weiteren Räumen führt. Darin befindet sich ein großes Lager mit Hehlerware aller Art. Und es gibt ein Regal mit rund fünfhundert Videofilmen.«

»Bitte? Ihr habt Snuff-Filme sichergestellt?« Ich war wie elektrisiert.

»Das wissen wir noch nicht«, erklärte mein Hauptkommissar. »Die Titel sind einigermaßen harmlos. Wir müssen die Filme alle einzeln anschauen und auf mögliche Straftaten überprüfen. Das dauert natürlich.«

»Gib die Filme doch deinen Polizeischülern«, schlug ich vor. »Die lernen dann was fürs Leben.«

»Nein, das machen die Beamten der Sitte. Und ich hab mir auch schon ein paar Streifen angesehen. Einer hieß *Ficky und die starken Männer*, ein anderer *Bernhard und Bianca, die Muschipolizei.* Hardcorepornos. Sadomaso, Fisting, Schwangeren-Sex und andere mehr oder weniger gewöhnungsbedürftige Praktiken. Viel Unappetitliches, aber nichts Illegales.«

»Habt ihr Hinweise auf die *Wachtraum*-Firma gefunden?«

»Nein. Und unser Undercover-Mann kommt nur langsam vorwärts.«

»Es muss Zusammenhänge geben«, sagte ich. »Romafrauen sind die besten Opfer für Snuff-Videos. Die sind schon in Deutschland und müssen nicht erst hergeschafft werden, sind nirgends gemeldet oder registriert. Und niemand geht zur Polizei, wenn sie verschwinden. Die idealen Hauptdarstellerinnen! Milev besorgt den Produzenten die Frauen. Ziemlich perfekt das Ganze!«

Kleist schaute skeptisch. »Die These ist gut, aber es fehlen Beweise. Wir brauchen einen Film, in dem Cansu oder Zita zu sehen sind. Und zwar nicht beim Sex mit Freiern, sondern als Opfer handfester Gewalttaten.«

»Dieser Sumpf ist nicht trockenzulegen«, orakelte ich. »Diese Leute werden immer behaupten, dass die Frauen freiwillig mitgemacht haben, dass die Schreie gespielt waren und dass alles nur eine aufregende und geile Show ist.«

»Du hast recht, es ist realistischer, wenn wir Milev und Konsorten wegen Zuhälterei, Geldwäsche, Hehlerei, Erpressung und ähnlichen Straftaten drankriegen. Das bringt immerhin auch ein paar Jahre hinter Gittern.«

»Vielleicht könnte Milev Mittäter verraten«, schlug ich vor. »Gibt es nicht die Möglichkeit eines Deals?«

»Und am Ende steht Aussage gegen Aussage. Außerdem widerstrebt es mir, mit Milev einen Deal zu machen. Der

Mann muss für erhebliche Zeit aus dem Verkehr gezogen werden. Sobald er bei uns verurteilt worden ist, können die Bulgaren ihn haben. Die freuen sich schon drauf.«

»Das kann ich mir vorstellen«, nickte ich. »In einem Bulga-Knast ist es bestimmt nicht so gemütlich wie in unseren Gefängnissen – mit Fernsehen, Besuchen, Zigaretten, Drogen und Beachtung der Menschenrechte.«

Die fehlende Aussicht auf eine befriedigende Lösung des Falles verdarb Friedemann Kleist nicht den Appetit. Er schmierte sich das letzte Brötchen, häufte Frischkäse mit mindestens sechzig Prozent Fettgehalt darauf und garnierte das Ganze mit Johannisbeermarmelade.

Großbordell am Wasser und Ivana zieht um

Redaktionskonferenz. Schnack war außer sich. Er hatte eine Pressemitteilung mit dem Logo der Investorengruppe *Amiga* vor sich liegen.

»Das ist ein Skandal«, motzte Schnack und wedelte mit dem Schreiben. »Die Stadt hat *Amiga* die Baugenehmigung für das Großbordell erteilt! Mehrere hundert Freier und hundertfünfzig Frauen. Hier steht es: ein riesiges Gebäude in der Weingartenstraße. Drei Etagen. Diskothek, Restaurant und Kontaktbereich. Ist das nicht widerlich?«

»Weingartenstraße? Da ist doch schon alles zugebaut«, wandte ich ein.

»Drei Häuser werden abgerissen und in diese Lücke kommt der Neubau. Ich werde dies in der morgigen Ausgabe anprangern. Warum hat unser Oberbürgermeister das nicht verhindert?«

Bei der letzten Frage warf Schnack mir einen Blick zu. Ich machte ein Pokerface. Nur weil ich OB Peter Jansen gut kannte, informierte er mich noch lange nicht über seine Pläne.

»Ich finde es toll, dass Sie sich selbst in das Thema einbringen«, sülzte ich. »Und ich frage mich, ob *Amiga* das alles richtig durchkalkuliert hat. Die Freier haben doch längst in den Nachbarstädten eine neue sexuelle Heimat gefunden.«

»Das schreiben die ja auch«, rief Schnack aus. »Hier: *Um die weitere Abwanderung der Freier zu verhindern und den Sex-Arbeiterinnen wieder Schutz und Geborgenheit zu geben, haben wir uns entschlossen, unseren Plan so schnell wie möglich zu verwirklichen. Ein Architekturbüro hat bereits Entwürfe vorgelegt.* Amiga *hat die maroden Häuser, an deren Stelle der Neubau in Kürze entstehen wird, gekauft. Eine Abrissgenehmigung liegt vor.*«

»In der Weingartenstraße ist eine Grundschule und einen Kindergarten gibt es dort auch«, erinnerte ich mich. »Die Eltern sind bestimmt entsetzt, dass ihre lieben Kleinen bald schon so früh mit der bösen Welt in Kontakt kommen.«

Berthold Schnack nickte heftig. Mit Kinderschutz konnte man ihm immer kommen.

In meinem Büro spielte ich den *Terminator* und überprüfte den neuen Account. Es waren tatsächlich einige Mails eingegangen – nicht mit Hinweisen auf den oder die Mörder von Zita, sondern mit Beschimpfungen. Ich richtete eine Umleitung zu meiner üblichen E-Mail-Adresse ein.

Ich freute mich auf einen gemütlichen Arbeitstag, als Wayne Pöppelbaum in mein Büro trat. Er sah übernächtigt aus und guckte verstört. Probleme mit Ivana, dachte ich und lud ihn zu einem Kaffee in der Kantine ein.

»Wie läuft das junge Glück denn so?«, kam ich gleich zur Sache.

»Irgendwas stimmt nicht«, antwortete er nach einer Weile des Nachdenkens.

»Was denn jetzt schon wieder?«

»Nerve ich dich?«, fragte er leicht eingeschnappt.

»Quatsch. Würden wir zwei sonst hier sitzen?«

Pause.

»Erzähl schon!«, verlangte ich.

»Sie wohnt ja jetzt bei mir«, begann er. »Und da sehen wir

uns zwangsläufig öfter. Also ... ich weiß nicht, wie ich es sagen soll ...«

»Sag es einfach«, ermunterte ich ihn.

»Sie telefoniert sehr oft. Das Handy klingelt mehrmals am Tag. Und sie sagt doch, dass sie kaum Kontakte hat.«

»Was stört dich denn daran? Es kann die *Mission* sein oder jemand aus ihrem Deutschkurs. Hast du sie mal darauf angesprochen?«

»Nein«, gestand er. »Ich will nicht, dass sie sich kontrolliert vorkommt. Du hast ja recht, Grappa. Vermutlich ist alles ganz harmlos. Obwohl ...« Wayne stockte erneut.

»Obwohl?«

»Sie geht beim Telefonieren immer aus dem Zimmer und senkt die Stimme. Das finde ich merkwürdig.«

»Sie will dich nicht stören.«

Wayne schien nicht überzeugt. »Einmal hab ich mitbekommen, dass sie einen Termin ausgemacht hat. Dabei hat sie Deutsch gesprochen.«

»Na und?«

»Geht sie vielleicht doch noch anschaffen?« Jetzt war es raus.

»Du spinnst!«, empörte ich mich. »Nach dem, was sie erlebt hat? Du hast vielleicht Ideen.«

»Ich bin eben verunsichert. Manchmal spricht sie auch Bulgarisch oder Roma, ich kann das nicht so auseinanderhalten. Und ich verstehe natürlich kein Wort.«

»Wayne! Sprich sie darauf an! Du machst dich fertig mit solchen Verdächtigungen.«

»Ich weiß.« Er knallte den Kaffeebecher auf die Tischplatte. »Neulich – als sie im Bad war –, da hab ich mir ihr Handy gegriffen und die Anruferliste durchgesehen und angefangen abzuschreiben. Fast hätte sie mich erwischt.«

»Und was willst du mit den Nummern?«, fragte ich.

»Sie überprüfen.«

»Hast du schon damit angefangen?«

»Nein.«

»Dann lass es«, seufzte ich. »Eifersucht ist ein schlimmes Leiden. Ich weiß, wovon ich rede.«

Als ich wieder hinter meinem Schreibtisch hockte, ließ mich die Unterhaltung nicht los. Ich hatte Pöppelbaums Beziehung zu Ivana Rose gefördert, weil ich die Geschichte mochte, die die beiden durchlebten. *Pretty Woman* für Arme. Hollywood. Aber hier war Bierstadt. Und Bierstadt war das reale Leben und keine klebrig süße Fiktion.

Woher kam Waynes plötzliches Misstrauen gegenüber Ivana? In Gedanken überprüfte ich alle meine Kontakte zu der jungen Roma. Aber ich fand nichts, was ich ungewöhnlich finden konnte. Ivana war hilfsbereit, sensibel und schien einfühlsam, wenn sie übersetzte.

Mein Handy klingelte. Kleist teilte mir mit, dass der verdeckte Ermittler der Polizei aufgeflogen war. *Wachtraum-Unterhaltungsmedien* hatte seinen Zugang zur Internetseite gesperrt. Und als der Mann aus seinem Haus trat, war er von unbekannten Typen übel zusammengeschlagen und als Bullenschwein beschimpft worden.

»Der Kollege liegt nun schwer verletzt im Krankenhaus«, berichtete mein Hauptkommissar. »Hast du jemandem erzählt, dass wir einen verdeckten Ermittler auf die Video-Firma angesetzt haben?«

»Nein, nicht dass ich wüsste.«

»Gut. Sei vorsichtig. Pass auf, was du tust und schreibst. Denk an die abgehackten Pferdebeine.«

Als ich abends nach Hause fuhr, sah ich mich um, doch niemand verfolgte mich. Bei meinem Haus angekommen, leuchtete ich die dunklen Stellen im Carport und hinter den Büschen ab, schloss auf und stürzte ins Haus. Ich verriegelte die Türen und traute mich nicht in den Garten. Dabei war es ein wundervoller Sommertag. Nach zwei Glas Prosecco wurde ich ruhiger.

Hatte ich den Undercoverbullen wirklich niemandem gegenüber erwähnt? Ich strengte mein Hirn an. Maxi Singer wusste von nichts, geschrieben hatte ich sowieso nichts darüber. Und Pöppelbaum? Er hing in der Geschichte genau so drin wie ich und ich war mir plötzlich nicht mehr sicher, dass ich ihm nichts erzählt hatte.

Nach dem dritten Glas Prosecco rief ich ihn an. »Kannst du reden?«

»Ja, Ivana ist beim Deutschkurs. Was gibt es denn?«

»Der verdeckte Ermittler ist aufgeflogen«, startete ich den Versuch.

»Der Bulle, der an *Wachtraum* dran war?«, fragte er.

»Genau der«, meinte ich ernüchtert. Der Bluthund wusste also Bescheid. »Sag mal, hast du Ivana erzählt, dass Kleist einen heimlichen Ermittler in die Szene eingeschleust hat?«

Pause.

»Ich habe es mal erwähnt, ja«, kam es dann. »Warum?«

»Was hast du ihr denn genau erzählt?«

»Dass jemand versuchen will, an die Snuff-Filme heranzukommen«, antwortete er. »Hab ich was falsch gemacht?«

»Du nicht«, sagte ich leise. »Aber ich.«

Schmerzhaftes Dunkel und ein Verdacht

Ich hatte keine gute Nacht. Pöppelbaum hatte ein Körnchen Misstrauen in mein Hirn implantiert und es keimte. Kleist hatte Ivana für Vernehmungen der Roma als Dolmetscherin engagiert, sie hatte für Maxi Singer übersetzt und auch ich vertraute ihr voll und ganz.

Spielte die schöne junge Frau ein doppeltes Spiel? Natürlich hatte ihr Vorleben Einfluss auf die Einschätzung der Person. Die *Mission* hatte sie aus einer lebensbedrohlichen Lage gerettet – so hatte es Maxi Singer erzählt. Und warum hätte Ivana mir den Tipp geben sollen, dass die verweste Leiche ihre alte Freundin Zita Adonay sein könnte, wenn sie uns alle hinterging? Immerhin hatte dieser Hinweis die Ermittlungen vorangebracht.

Mir fiel die Anruferliste ihres Handys wieder ein. Wenn ich Wayne um die Telefonnummern bäte, würde er wissen, dass ich sein Misstrauen teilte.

Ich schüttete den Kaffee literweise in mich hinein und mir wurde kotzübel. Mein Blut hämmerte in den Schläfen und ein Gewitter zog in meinen Kopf. Eine fette Migräne hatte mich erwischt.

Aber noch konnte ich einigermaßen denken. Ich nutzte diese Tatsache und rief Wayne an.

»Ich komme heut nicht zur Arbeit«, verkündete ich. »Migräne.«

»Du Arme«, entgegnete er. »Ich sag Bescheid. Soll ich irgendwas besorgen? Tabletten? Oder brauchst du einen Arzt?«

»Ich hab Tabletten und verzieh mich gleich ins Bett. Aber ich muss dich noch was fragen.«

»Ja?«

»Bist du den Telefonnummern aus Ivanas Handy nachgegangen?«

»Nein. Ich hab den Zettel zerrissen. Du hattest recht, Grappa. Ohne Vertrauen hat eine Beziehung keine Chance. Brauchst du wirklich nichts?«

Ich verneinte, verdunkelte den Raum, stellte Telefon und Handy ab, warf eine starke Pille ein und verzog mich ins Bett. Schon bald war ich ins Dunkel abgedriftet. Die Tablette wirkte nach zehn Minuten und das Kopfweh ließ mich aus den Krallen.

Gegen Mittag wachte ich auf. Schmerzfrei. Nur ein wenig langsam im Kopf und in den Bewegungen. Ich trank eine Flasche Wasser, duschte lange und mümmelte ein Stück Brot.

Das *Bierstädter Tageblatt* lag noch vor der Haustür. Berthold Schnack hatte in einem Leitartikel die Genehmigung der Stadt für das Großbordell gegeißelt und Albtraumbilder von Bierstadt als künftiger europäischer Sexmetropole heraufbeschworen. Er forderte die Bürger auf, gegen das Vorhaben mit allen Mitteln zu kämpfen.

Ich aktivierte mein Handy. Kleist bat um Rückruf.

»Was ist los?«, fragte mein Polizist. »In der Redaktion sagte man mir, dass du krank seist.«

»Migräne – ist aber schon wieder gut«, entgegnete ich. »Und bevor du fragst: Ich brauche keinen Arzt, keine Tabletten, kein Mitleid.«

»Tapferes Mädchen«, lobte er. »Ich habe eine Information für dich, die dich deine Migräne vergessen lassen wird. Wir haben herausbekommen, woher die Pferdebeine stammen, die man dir aufs Auto gelegt hat. Aus dem Schlachthof. Der Chef der Ausbeinerkolonne – so heißen die Leute wirklich – erinnerte sich, dass eine junge Frau zwei Pferdebeine gekauft hat. Das war so außergewöhnlich, dass er es sich gemerkt hat.«

»Konnte er die Frau beschreiben?«

»Er hielt sie für eine Ausländerin. Türkin. Aber es kann natürlich auch eine Roma gewesen sein. Jedenfalls ist der arme Gaul nicht wegen dir gestorben.«

In der Redaktion war ich entschuldigt, aber ich fühlte mich schon wieder recht gut. Eine gute Gelegenheit, meine E-Mails durchzusehen.

In dem neuen Mail-Account war eine Nachricht eingegangen – Terminator hatte Post bekommen!

Ich traute meinen Augen nicht, als ich die E-Mail geöffnet hatte.

> Hier ist Marko, der Mann von Zita. Ich war mit ihr zusammen, doch sie ist abgehauen. Ich bin nicht der Mörder. Hör auf, nach dem zu suchen. Das tut keinem gut.
> Marko

Ich mailte zurück:

> Hallo Marko. Ich will dich treffen. Sag mir, wann und wo.
> Terminator

Die Sache wurde heiß. Was sollte ich tun, wenn sich Marko wirklich mit mir treffen wollte? Vielleicht war die Mail eine Falle – oder der Weg zu einer neuen Spur. Jedenfalls musste ich Kleist einweihen. Allein würde ich Marko auf keinen Fall gegenübertreten.

Latte am Morgen und kein Brett vor dem Kopf

Kleist und ich hatten uns zum Einkauf auf dem Wochenmarkt verabredet. Treffpunkt war der italienische Kaffeestand. Er wurde von zwei jungen Frauen betrieben, die vor Jahren von der Stadt ein Kleindarlehen für Langzeitarbeitslose erhalten hatten. Der Kredit war längst zurückgezahlt, denn der Laden boomte. Die beiden Unternehmerinnen hatten Bistrotische vor dem Verkaufswagen aufgebaut, boten die besten Kaffeebohnen der Welt feil und bereiteten die schönsten Kaffeegetränke zu. Am Wagen prangte ein Blechschild mit der Aufschrift: *Das Schönste am Morgen ist die Latte.*

Kleist bestellte eine frische Waffel mit Sahne zur *Latte macchiato.* Ich verkniff mir die Waffel und orderte einen Milchkaffee.

»Ich freu mich, dass es dir besser geht«, meinte er und griff nach meiner Hand. »Du siehst allerdings noch ein wenig erschöpft aus.«

»Ich muss was mit dir bereden«, begann ich. »Ich hab Mist gebaut.«

»Schon wieder?« Er lächelte mild.

Ich berichtete ihm von meinem Terminator-Abenteuer.

»Was ist, wenn Marko einem Treffen zustimmt?«, fragte ich. »Der glaubt, dass ich ein Mann bin.«

»Vielleicht kriegst du dann was auf die Nase. Oder wirst umgebracht. Und ich habe den Mord an einer dritten Frau auf dem Schreibtisch. Wenigstens ist es nicht so kompliziert, den aufzuklären.«

»Nun mal nicht den Teufel an die Wand«, murrte ich. »Ich werde schon aufpassen. Vielleicht nehme ich Pöppelbaum mit.«

»Oder den Kampfhund deiner Freundin Maxi Singer«, schlug Kleist vor. »Und jetzt lass uns einkaufen. Ich freue mich auf eine Kochorgie mit dir.«

Es wurde wirklich eine Orgie. Kleist schnippelte das Gemüse. Ich legte den Rinderbraten in einen Sud aus Olivenöl, Rotwein, Pfeffer, Schalotten, Piment, getrockneten Steinpilzen und Kräutern aus dem Garten. Eine Stunde musste das Fleisch ziehen. Danach scharf anbraten und dann ab in den Ofen. Zweieinhalb Stunden bei hundert Grad und das Fleisch würde butterweich sein.

Die Zeit, bis der Braten gar war, verbrachten wir eng beisammen, auf dem Sofa liegend, bei klassischer Musik. Wir sprachen kaum etwas. Ich genoss die Stunden ohne das Grübeln über mörderische Zusammenhänge.

Bei Kerzenlicht und der Musik einer neuen Klassik-CD speisten wir.

»Du stehst doch eher auf Händel und Bach, wenn es um Vokalmusik geht«, wunderte sich Kleist. »Was hören wir denn da gerade?«

»Die *Zigeunerlieder* von Brahms«, bekannte ich. »Ich finde die Musik gar nicht so übel. Nur die Texte sind mal wieder an falscher Romantik nicht zu toppen. Hör mal!«

Ich griff zur CD-Hülle und las vor: *»Brauner Bursche führt zum Tanze, sein blauäugig schönes Kind. Schlägt die Sporen keck zusammen, Csardasmelodie beginnt. Küsst und herzt sein süßes Täubchen. Dreht sie, führt sie, jauchzt und springt, wirft drei blanke Silbergulden auf das Zimbal, dass es klingt.«*

»Irgendwie kommst du von dem Fall nicht los«, stellte Kleist fest.

Ich lachte. »Sei froh, dass es kein Zigeunerschnitzel zum Essen gibt.«

Jede Menge Bimmelkram

Kleist verließ mich am frühen Sonntagmorgen. Sex im fortgeschrittenen Alter hat seine Vorteile – er ist entspannter und entspannender. Kein Druck, Höchstleistungen in einem Kampfsport erzielen zu müssen.

Ich setzte mich an den Rechner. Keine Nachricht von Marko. Auch gut. So musste ich vorläufig nicht entscheiden, ob ich mich wirklich mit ihm treffen sollte.

Die Fotos, die mit dem Fall zusammenhingen, trug ich auf einem Stick bei mir. Pöppelbaum hatte während der Polizeiaktionen, bei denen Ivana als Dolmetscherin behilflich gewesen war, viele Fotos von ihr gemacht.

Ich schaute diese Bilder an und druckte mir ein paar aus. Zehn Minuten später startete ich.

Ich wollte mit dem Chef der Ausbeinkolonne des Schlachthofs reden. Kleist hatte mir den Namen genannt und es war kein Problem gewesen, eine dazugehörige Adresse herauszubekommen. Es konnte aber sein, dass es in Bierstadt mehr als einen Mann dieses Namens gab. Darum fuhr ich zuerst zum Schlachthof. Sonntags herrschte dort Ruhe, nur der Pförtner war da. Er bestätigte mir, dass Teddy wirklich in der Semerteichstraße wohnte.

Die Adresse befand sich ganz in der Nähe und ich nutzte die Gelegenheit, am Phoenix-See vorbeizufahren. Das Blau des Himmels spiegelte sich im Wasser. Erste Wasservögel hatten sich angesiedelt. Sogar Kanadagänse entdeckte ich.

Die Gebäude, die dem Bordell weichen sollten, waren bereits plattgemacht. *Amiga* war emsig. An den Häusern hatten Anwohner Plakate angebracht: *Kein Puff in unserer Straße,* und: *Schützt eure Familien.*

Das würde noch Ärger geben. Der Kampf zwischen Kapital und Bürgerwille war noch lange nicht entschieden.

Schlachthof-Teddy wohnte in einem hübschen Reihenhäuschen mit kleinem Garten und Laube. Auf einer Wäscheleine flatterten weiße Arbeitshosen und Jacken. Teddy wusste offensichtlich, wie man Blutflecken entfernt.

Nein, das Wissen hatte wohl Teddys Frau, denn sie öffnete mir.

»Guten Morgen«, begann ich. »Entschuldigen Sie die Störung. Mein Name ist Grappa vom *Tageblatt*. Könnte ich bitte mit Teddy sprechen? Es geht um die Pferdebeine. Ich bin das Opfer.«

Die Frau schaute irritiert auf meine Beine.

»Nein, nein«, lachte ich. »Man hat mir Pferdebeine vor die Tür gelegt, um mich zu erschrecken.«

»Ach ja, diese Sache«, sagte sie. »Und was wollen Sie von Teddy?«

Ich erklärte es. Während ich es tat, trat ein Mann hinzu. Er bat mich in die Wohnung.

»Ich will nicht lange stören. Die Polizei sagte mir, dass eine Frau die abgehackten Beine gekauft hat. War es diese Frau?«

Ich zeigte die Fotos. Er betrachtete sie und meinte dann: »Könnte sein. Sie trug eine Sonnenbrille und ein Kopftuch mit Blumen. Ja, das ist sie.«

»Aber sicher sind Sie nicht?«, hakte ich nach.

»Nee.«

»Ist Ihnen an der Frau noch irgendetwas aufgefallen? Sprach sie gut Deutsch? Hatte sie irgendein anderes Kennzeichen, dass Sie wiedererkennen würden?«

Teddy blickte noch mal auf die Fotos. »Ich hielt sie für 'ne Türkin oder so. Die sehen ja alle egal aus. Sie hat auch so gesprochen, konnte also kein richtiges Deutsch. Aber … sie trug so 'n Armband, das bei jeder Bewegung klapperte. Silber mit tausend kleinen Sachen dran. Herzken, Glöckchen … Bimmelkram ebend.«

Ich blätterte die Fotos noch einmal durch. Auf einem konnte man Ivanas linke Hand und ein Stück von dem Armband sehen.

»Könnte es das hier gewesen sein?« Ich hielt Teddy das Bild hin.

Er kratzte sich am Kopf. »Genau kann ich dat nicht sagen, aber so ähnlich war dat schon. Ich hab ihr die Beine dann eingewickelt und sie ist damit abgezogen.«

Ich brauchte ein paar Stunden, um zu kapieren, dass mir tatsächlich Ivana die Pferdebeine vor die Tür gelegt hatte. Welches Spiel spielte sie? Und vor allem: Warum?

Wem sollte ich davon erzählen? Wie würden Maxi Singer und Wayne reagieren?

Um meine Verwirrung an diesem Sonntag komplett zu machen, meldete mein PC den Eingang einer E-Mail in meinem Terminator-Postfach. Marko stimmte einem Treffen zu.

Auch das noch.

Die Chefvilla am See und ein Rüffel von oben

»Guck mal, Grappa«, meinte Susi verstohlen und reichte mir den Ausdruck einer E-Mail, die der Briefkopf der Stadtverwaltung Bierstadt zierte.

Ich war früher als sonst zur Redaktion gefahren, weil ich nicht gut geschlafen hatte.

»Ist Wayne schon da?«, fragte ich und nahm das Blatt.

Susi bejahte und quengelte: »Nun lies doch!«

Stellungnahme des Büros des Oberbürgermeisters zur Berichterstattung Ihrer Zeitung über das Bauprojekt der Amiga GmbH

stand dort.

Sehr geehrter Herr Schnack! Mit großer Verwunderung haben wir Ihre stark kommentierende Berichterstattung zum Thema ›Bau eines Großbordells‹ zur Kenntnis genommen.

»Klasse, was?«, krähte Susi.

»Nun lass mich doch mal zu Ende lesen«, entgegnete ich.

»Das Beste kommt am Schluss«, mischte sich Sarah ein, die mit dampfenden Kaffeebechern das Großraumbüro betreten hatte.

Sie hatte recht.

Wir können uns Ihre negative Berichterstattung, die die Bürgerinnen und Bürger nicht informiert, sondern hochgradig manipuliert, nur so erklären, dass Sie selbst, Herr Schnack, ein Baugrundstück am Ufer des Phoenix-Sees erworben haben. Ist es möglich, dass Sie Ihre privaten Interessen über eine sachliche und unabhängige Berichterstattung stellen? Ich bitte um Veröffentlichung meines Briefes in Ihrer Zeitung.
Mit freundlichen Grüßen,
Peter Jansen, Oberbürgermeister

»Autsch«, meinte ich. »Das tut aber weh. Kennt Schnack den Brief schon?«

»Na klar. Er hat die Tür hinter sich zugeschlagen und begonnen, wie wild rumzutelefonieren«, wusste Sarah.

»Klar, dass Chefchen keine Freier mag«, plapperte Susi. »Die stehen ja alle auf Frauen. Und die sind ja nicht seine Disziplin.«

»Ts, ts, ts«, machte ich. »Niemand sollte wegen seiner sexuellen Neigung diskriminiert werden. Bin gespannt, was Schnack gleich in der Konferenz über den Brief sagt. Wie groß ist denn der Verteiler?«

»Riesengroß!«, strahlte Susi. »Alle Zeitungen, alle Pressestellen und jede Menge Politiker. Unter den Tisch fällt der Brief nicht, das steht fest. Jedenfalls nicht bei der Konkurrenz.«

Endlich hatten auch die beiden Sekretärinnen mal wieder Spaß an ihrer Arbeit.

Ich machte mich auf die Suche nach Wayne und fand ihn in der Kantine – allein an einem Tisch sitzend. Prima!

»Alles gut?«, fing ich an.

»Eigentlich schon.«

Aha. Eigentlich. »Und uneigentlich?«

»Nur ein Gefühl, dass alles falsch ist«, murmelte Wayne.

»Die Telefonate? Oder ist da noch mehr?«

»Ich kann Ivana nicht mehr in die Augen sehen«, berichtete er. »Seitdem ich in ihrem Handy spioniert habe. Ich habe das Gefühl, dass sie es ahnt.«

»Das bildest du dir ein, weil du ein schlechtes Gewissen hast. Hast du die Nummern wirklich weggeworfen?«

»Das weißt du doch. Warum fragst du?«

Ich atmete durch. »Weil nun ich sie gern mal überprüft hätte«, gestand ich.

»Du spinnst, Grappa! Wer hält mir denn ständig Vorträge über Vertrauen?«

»Es hat sich da etwas ergeben.«

»Ergeben?«

»Es war Ivana, die mir die abgehackten Pferdebeine vors Haus gelegt hat.«

»Bitte?«

Ich erzählte ihm die Geschichte.

Wayne saß völlig verwirrt in der Redaktionskonferenz. So verwirrt, dass er gar nicht genießen konnte, wie peinlich Schnack das Schreiben des Oberbürgermeisters war.

»Der Verleger hat sich auch schon gemeldet«, raunte mir Harras zu. »Der alte Herr war *not amused.*«

»Mein Kampf gegen das Bordell hat nicht das Geringste damit zu tun, dass ich ein kleines Baugrundstück am See gekauft habe«, behauptete Schnack. »Diese Unterstellung ist ungeheuerlich. Jeder anständige Bürger muss sich gegen ein Projekt wie das Großbordell aussprechen.«

»Werden wir den Brief des OBs abdrucken?«, stellte Harras die Frage aller Fragen.

Alle Augen richteten sich auf Schnack.

»Natürlich werden wir das. Wir sind ein meinungsfreudiges Blatt. Aber es wird unter dem Brief eine Anmerkung der Redaktion geben, in der ich mich gegen die Verdächtigung des Herrn Oberbürgermeisters Jansen zur Wehr setzen werde.«

»Wie souverän«, strahlte ich. »Ist unsere Kampagne gegen das Bordell dann damit beendet?«

»Ich persönlich werde mich aus der Berichterstattung zurückziehen«, kündigte Schnack an. »Aber an der Sache ändert sich nichts. Kollege Biber wird Ihnen, Frau Grappa, zur Seite stehen. Sie bearbeiten in Ihrer Eigenschaft als Polizeireporterin den kriminellen Aspekt und Herr Biber wird sich um die stadtplanerischen und kommunalpolitischen Belange kümmern. Wir werden morgen über die Bürgerinitiative berichten, die gegen den Bordellplan kämpft.«

Bärchen griente. Das gefiel ihm. Ich als Mädel fürs Grobe und er für die filigranen Seiten des Themas. Abwarten, dachte ich.

»Gibt es eigentlich noch andere Themen in dieser Stadt als käuflicher Sex und dubiose Grundstückskäufe?«, meldete sich Margarete Wurbel-Simonis zu Wort.

Schnacks Oberlippe zitterte unter dem Schnurrbart. »Dubiose Grundstücksgeschäfte? Das verbitte ich mir!«

»Ich finde das schon dubios, Herr Schnack«, machte die Kulturkollegin weiter. »Und auch wenn ich Herrn Jansen nicht besonders mag, finde ich seinen Einwand nachvollziehbar. Besonders unter Berücksichtigung des Umstands, dass auf der Interessentenliste für das Gelände zehn Leute vor Ihnen standen. Und Sie haben den Zuschlag gekriegt. So was nennt man Filz.«

Die Ohren der Kollegen wurden immer größer. Auch ich konnte kaum glauben, was sich gerade abspielte. Wurbelchen wuchs über sich hinaus und demontierte den Chef.

»Was ist denn das schon wieder?«, fragte Schnack. »Wer behauptet denn so was?«

»Ein Bekannter, der in der Phoenix-See-Gesellschaft beschäftigt ist. Die ist für die Vergabe der Grundstücke zuständig. Ist der Chef ein Freund von Ihnen? Hat er Sie deshalb auf Platz eins gesetzt?«

»Davon weiß ich nichts. Und ich habe keine Lust, hier über Schwachsinn zu diskutieren.« Schnack knallte den Terminordner auf den Tisch. »Haben Sie sonst noch etwas zum journalistischen Tagesgeschäft beizutragen, Frau Dr. Wurbel-Simonis?«

»Immer gerne. Mein Artikel über die Auswilderung von Schleiereulen schlummert schon seit Tagen im Stehsatz«, antwortete Wurbelchen. »Es wäre mal an der Zeit, ihn zu veröffentlichen. Bevor die Vögel von heimischen Jägern wie Ihnen abgeknallt werden.«

»Liebe Kollegin«, meinte ich nach der Redaktionskonferenz zu Wurbel. »Das war ganz großes Kino.«

»Sie sind die Letzte, von der ich Anerkennung brauche, Frau Grappa«, blaffte sie.

»Ich weiß«, lächelte ich mild. »Ich wundere mich nur, dass Sie so auf Schnack losgegangen sind. Und dass er Jäger ist, war uns allen neu. Sie haben gut recherchiert.«

»Der Krug geht eben nur so lange zum Brunnen, bis er bricht. Das kulturelle Banausentum in dieser Redaktion nimmt Ausmaße an, gegen die man sich wehren muss! Siebzig Prozent meiner Themenvorschläge werden abgelehnt, sodass ich mich schon um die Auswilderung von dämlichen Flattermännern kümmern muss, um überhaupt was zu tun zu haben. Mir reicht es! Ich habe gekündigt.«

»Bitte?« Ich traute meinen Ohren nicht. Wurbel-Simonis stand ein paar Jahre vor der Rente und gab ihren sicheren Arbeitsplatz auf?

»Ja. Der Brief ist unterwegs. Sie sind die Erste, die es erfährt. Mein neuer Job wird mich endlich wieder fordern.«

»Und? Wo geht es hin?«

Wurbelchen drückte das Kreuz durch und wurde ein paar Zentimeter größer. »Ich werde in sechs Monaten in die Pressestelle der Kölner Philharmonie wechseln. Als stellvertretende Leiterin.«

»Dann viel Glück«, meinte ich. »Sie werden mir fehlen. Uns allen.«

Sie sah mich ungläubig an und suchte Spott in meinem Blick. Doch da war keiner. Wir hatten es einfach verpasst, uns zu mögen.

Hawaiihemd bringt Augenkrebs

Am Nachmittag meldete sich Marko. Er schlug ein Treffen noch am gleichen Tag vor. In einer Kneipe im Norden. Ich rief Friedemann Kleist an.

»Es gibt da nur ein Problem«, sagte ich. »Marko glaubt, dass ich ein ehemaliger Freier und ein Mann bin. Leider sehe ich aus wie eine Frau.«

»Zum Glück. Für mich jedenfalls. Und wie willst du bis heute Abend eine Geschlechtsumwandlung hinkriegen?« Sein Spott war greifbar.

»Ich suche einen Mann, der mich begleitet. Und dann schenke ich Marko reinen Wein ein.«

»Und wenn Marko der Täter ist?«

»Würde er sich in dem Fall mit mir treffen?«

»Vielleicht will er den Verdacht so von sich ablenken«, entgegnete Kleist. »Aber gut, ich werde mitkommen. Wo trefft ihr euch?«

Kleist kostümierte sich als Terminator. Jeans, bunt bedrucktes T-Shirt, verspiegelte Sonnenbrille und ein bestickter Gürtel. So hatte ich ihn noch nie gesehen und machte entsprechend große Augen.

Ich hatte Marko zurückgeschrieben, dass der Terminator

als Erkennungszeichen eine Baseballmütze mit Bier-Reklame tragen würde. Ich hatte so ein Teil mal auf einer Pressekonferenz geschenkt bekommen.

Kleist wehrte sich nur schwach. Er setzte die Kappe auf und wir machten uns auf den Weg. Er betrat die Kneipe zuerst, ich folgte kurze Zeit später. Natürlich taten wir so, als würden wir uns nicht kennen.

Kleist hatte sich auf einen Barhocker im Innenraum geschwungen und unterhielt sich mit dem Wirt. Ich suchte mir einen Platz im Außenbereich. Marko konnte kommen.

Im Norden der Stadt wurden die Kinder nicht gleich ins Bett verbannt, nur weil es dunkel wurde. Abends ging es erst richtig los mit dem Spielen und Schreien. Ein Ball flog knapp an meinem Kopf vorbei und erwischte ein Glas Bier am Nebentisch. Gelächter rundherum und kein empörtes Getue.

Der Kleine, der den Ball geworfen hatte, wischte das Bier vom Stuhl und benutzte dazu sein T-Shirt. Worte, die ich nicht verstand, wanderten von Tisch zu Tisch. Schließlich zog der Junge grinsend davon.

Ich trank einen Schluck Rotwein, streckte die Beine von mir und entspannte mich. Ich schloss kurz die Augen. Als ich das nächste Mal nach Kleist sah, saß ein Fremder neben ihm. Ein dicklicher Mann um die vierzig, mit schütterem Haar und teigiger Haut. Sein großblumiges Hawaii-Hemd verursachte bei längerfristigem Betrachten Augenkrebs. Die beiden sprachen freundlich miteinander. Von einer Bedrohung war nichts zu bemerken.

Endlich sah Kleist zu mir und winkte. Ich nahm mein Glas und trat zu den beiden.

»Guten Abend«, sagte ich. »Sie sind Marko?«

»Eigentlich Bernd«, entgegnete der Mann und hielt mir die linke Hand hin. Die rechte war verbunden. In Schwarz-Gelb, wie es sich für einen Bierstädter gehörte. »Und Sie sind die Journalistin.«

Kleist nickte unmerklich. Ich verstand – er hatte Bernd reinen Wein eingeschenkt.

»Herr Hohlkötter war der Verlobte von Zita«, erklärte mein Hauptkommissar. »Er hat Fotos dabei.«

Wie aufs Stichwort holte Bernd einen Umschlag aus einer Plastiktüte. Die Bilder zeigten eindeutig Zita. Auf manchen war Bernd mit ihr zusammen zu sehen.

»Das Foto hat ein Freund gemacht«, sagte Bernd und deutete auf eins der Doppelporträts. »Das war in meinem Kleingarten am Hafen.«

Das Paar saß an einem Holztisch unter einem Rosenbogen, hielt sich an den Händen und schien glücklich.

»Es war klar, dass sie aufhört mit dem Anschaffen«, erklärte er.

»Mal der Reihe nach«, bat ich. »Wie haben Sie sich kennengelernt?«

»Ich bin nach der Arbeit manchmal zum Straßenstrich gefahren«, meinte er leicht verschämt. »Ich hab keine Freundin und als Mann, da hat man eben manchmal ...« Er stockte.

»Sie waren ihr Freier«, stellte ich fest. »Und dann haben Sie beide sich verliebt, richtig?«

Er nickte.

»Was machen Sie eigentlich beruflich?«, fragte ich.

»Ich bin Automechaniker. In einem Laden am Hafen. Können wir uns nach draußen setzen? Ich hol mir eben Zichten. Muss eine rauchen.«

Bernd Hohlkötter bewegte sich Richtung Automat, Kleist und ich besetzten einen der Tische, die vor der Kneipe standen.

»Deine Verhörtechnik ist nicht gerade filigran«, diagnostizierte der Kommissar. »Geht es nicht etwas sanfter?«

»Der ist das gewöhnt«, antwortete ich unbeeindruckt. »Weiß er, dass du der Oberbulle der Mordkommission bist?«

»Ich habe mich ihm gleich vorgestellt.«

»Dann sei froh, dass er nicht getürmt ist.«

»Das hätte ich zu verhindern gewusst«, lächelte er. »Die Kollegen sind an den richtigen Stellen postiert.«

Bernd Hohlkötter nahm Platz und zündete sich hektisch einen Brennstab an.

»Was ist schiefgelaufen zwischen Zita und Ihnen?«, machte ich weiter.

Er nahm einen tiefen Zug Nikotin. »Sie hat nicht aufgehört. Mit dem Strich. Und mich belogen deshalb. Immer wieder. Ich verdien nicht so viel Geld. Das wusste sie aber vorher.«

»Und dann haben Sie sie rausgeworfen, oder was?«

»Erst als ich den Film sah. Da bin ich durchgedreht und hab ihr eine gelangt.«

»Ein Film?« Es wurde spannend. »Was war denn drauf?«

Er druckste und suchte nach Worten.

»Ein Porno?«, half ich.

Er nickte und seine Gesichtsfarbe wetteiferte mit dem Rot der Blüten auf seinem Hemd. Entweder Kreislauf oder Scham, dachte ich.

»Sie ist abgehauen«, berichtete er. »Ich hab sie überall gesucht, aber sie war weg. Und im Internet haben die Freier sowieso nach ihr gesucht, dann hab ich das mit der Hochzeit geschrieben, damit die endlich Ruhe geben. Und dann kam dieser Terminator.«

»Was war auf dem Film?«

»Zita und Kerle.«

»Sie wussten doch, dass sie eine Hure war«, wandte ich ein. »Warum war denn dieser Film so schlimm?«

»Weil sie versprochen hatte, das nicht mehr zu machen.«

»Vielleicht war es ein älterer Film, den sie gedreht hat, bevor Sie beide sich verlobt haben.«

»Nee!«, meinte er mit Nachdruck. »Ich hab ihr Schmuck geschenkt zur Verlobung. Eine Kette mit 'nem Herz dran. Die war gut auf dem Film zu erkennen.«

»Gibt es diesen Film noch?«, fragte Kleist.

»Ja. Ich hab ihn dabei.« Bernd kramte erneut in seinem Beutel, holte eine DVD heraus und legte sie auf den Tisch. »Den gucken Sie sich mal an, dann wissen Sie, was ich meine.«

Kleist und ich schauten gleichzeitig auf den Titel des Streifens: *Gipsy Kill.* Das Cover zeigte gefesselte Frauenhände.

Wir verzogen keine Miene.
»Hat Zita erzählt, wie der Film zustande gekommen ist? Wo er gedreht wurde?«, fragte Kleist.
»Nee. Aber ich bin ihr mal nachgegangen. Wollte wissen, wo sie sich rumtreibt.« Bernd trank sein Bier aus und wischte sich den Mund mit dem Handrücken ab. »Im Bus hat sie mich bemerkt. Das war's dann. Als sie abends nach Hause kam, hab ich ihr eine geschallert. Sie ist dann weg. Danach hab ich sie nicht mehr gesehen.«
»Sie haben also keine Ahnung, zu wem sie Kontakt hatte?«, fragte ich. »Überlegen Sie doch mal genau! Diese Leute haben sie gequält und verhungern lassen.«
»Ich würd es sagen, wenn ich was wüsste.« Bernd Hohlkötter hatte feuchte Augen. »Es tut mir alles so leid.«
Wir schwiegen.
»Was passiert jetzt?«, fragte Bernd-Marko nach einer Weile.
»Vielleicht finden wir in dem Film Hinweise, die uns weiterbringen«, sagte Kleist. »Halten Sie sich bitte zu unserer Verfügung, Herr Hohlkötter.«

Gipsy-Kill und die sieben Zwerge

Wir fuhren zu mir nach Hause und legten die DVD ein. Der Hersteller war eine Firma namens *Nightmare-Entertainment.* Im Impressum stand wieder nur eine Firmennummer und der Zusatz: *Eingetragen im amtlichen Firmenbuch für England und Wales.*
Den Spruch kannte ich schon.
»Das steht auch auf den Streifen, die die *Wachtraum*-Firma verkauft. Sogar die Firmennummer stimmt.«
Kleist sah mich erstaunt an.
»Ja, ich bin ein Zahlen-Genie«, lächelte ich.
»Du kannst dir doch nicht mal die Geheimnummer für deine EC-Karte merken.«
»Stimmt. Aber die Firmennummer enthält alle Ziffern

meiner Personalnummer beim Verlag. Nur in umgekehrter Reihenfolge.«

»Also doch kein Genie.«

Er legte den Film ein. »*Gipsy Kill* hört sich nicht besonders harmlos an. Willst du dir das wirklich antun, Maria?«

Wer Pornofilme schaut, dem sind Spannungsbögen, Erzählstränge und logischer Aufbau ziemlich egal. Es geht nur um das Eine. Und das kommt in fast jeder Szene vor.

Den ersten Porno hab ich mir angesehen, als ich schon weit über vierzig war. Er hatte den hübschen Titel *Schneefickchen und die sieben Zwerge* und die Handlung war sogar an das Märchen angelehnt. Ein auf Mädchen getrimmter Pornostar flüchtet – vor wem auch immer. Im tiefen Wald entdeckt sie ein Häuschen, tritt ein und schläft vor Erschöpfung ein. Als sie aufwacht, stehen die sieben Zwerge über ihr. Und zwar im Wortsinn. Den Rest kann man sich denken. Ich fand den Film eher komisch und hab herzhaft gelacht.

Dass es bei *Gipsy Kill* nicht um ein verhunztes Märchen ging, deutete der Filmtitel ja schon an. Kulisse war ein verliesähnlicher Raum mit Geräten, die aus einem Foltermuseum stammen konnten. Männer mit Masken probierten diese Geräte an einer Frau aus und vergewaltigten sie. Schreie, Bitten, Betteln, Wimmern. Gelächter der Täter. Nahaufnahme des Gesichts der gequälten Frau. Entsetzte Augen.

»Das ist wirklich Zita«, sagte ich leise. »Und sie trägt das Goldkettchen, von dem Hohlkötter sprach. Kannst du den Ton leiser drehen?«

Die Kamera fuhr lüstern über den geschundenen Körper. Zitas Hände waren gefesselt und an den Metallösen einer Pritsche befestigt.

Kleist stoppte den Film, klickte ein paar Bilder zurück und startete in verlangsamter Geschwindigkeit.

»Achte mal auf die Arme und Hände«, bat er. »Da!« Wieder Stopp.

Jetzt sah ich es auch. Zita trug ein Armband. Ein Bettelarmband, das dem Ivanas sehr ähnlich war!

»Wir haben bei Zitas Leiche weder eine Goldkette noch ein solches Armband gefunden. Das wird Frau Rose erklären müssen.«

Er beschleunigte den Abspielmodus und hielt den Film erst kurz vor dem Ende wieder an.

Die Männer hatten ihr »Werk« fast vollendet. Das letzte Bild zeigte Zitas blut- und spermaverschmiertes Gesicht. Dann Dunkel.

»Das war's«, meinte Kleist.

Eine Schrift erschien:

Wir danken den Schauspielern und dem Regisseur. Alle Szenen sind gestellt. Die Darsteller sind wohlauf.

»Wohlauf?« Ich lachte hysterisch. »Ja, besonders Zita. Was passiert jetzt?«

»Die Herstellung solcher Filme und ihr Besitz sind nicht verboten«, antwortete Kleist. »Wir leben in einem freien Land, in dem jeder Erwachsene die Filme sehen kann, die ihm gefallen.«

»Aber was sind das für Menschen, die so was gerne sehen?«

»Menschen wie wir«, behauptete er. »Menschen, die jeden Tag zur Arbeit gehen, die ihre Kinder lieben und der Oma über die Straße helfen.«

»Ich will solche Filme nicht sehen«, widersprach ich.

»Ich hab ja auch übertrieben. Deine Zeitung bringt doch auch Fotos von schweren Unfällen, oder? Fängt es da nicht schon an mit dem Voyeurismus? Oder denk an die Gaffer bei Autobahnkarambolagen.«

»Vielleicht hast du recht«, räumte ich ein.

»Der Hardcoremarkt ist riesengroß und wird immer größer. Vor einigen Jahren kursierte mal ein Bild im Web, das japanische Geschäftsleute beim angeblichen Verspeisen eines Babys zeigte. Alle Welt fand das abstoßend und widerlich, aber Tatsache ist auch, dass die Seite damals die mit Abstand populärste im Web war. Die Bilder wurden von Büro zu Büro geschickt. Und im Mittelalter waren Hinrichtungen und Hexenverbrennungen sogar Volksfeste.«

»Sensationsgier und die Lust am Gruseln«, meinte ich. »Aber nicht jeder, der diesen japanischen Film gesehen hat, schnappt sich danach ein Baby und isst es auf.«

»Natürlich nicht. Doch steter Tropfen höhlt den Stein. Denk an die Amokläufe an Schulen – fast immer ist jahrelanger Konsum von Gewaltvideos vorausgegangen. Diese Machwerke verletzen gezielt Grundwerte unserer Kultur.«

»Trotzdem bin ich gegen Zensur«, sagte ich.

»Ich ja auch. Es geht aber um Verbrechen und nicht um die Freiheit, sich zu informieren.«

Kleist blieb über Nacht. Heute war mein Schlaf trotzdem nicht entspannt. Schreie, Wimmern, Blut und schreckensgeweitete Augen begleiteten mich bis ins Morgengrauen. Inwieweit Menschen wohl abstumpfen, wenn sie jeden Tag solche Filme sehen?, fragte ich mich.

Ein starker Kaffee brachte mich wieder in eine einigermaßen stabile Seelenverfassung.

Auch Kleist hielt es nicht lange im Bett. Er nahm sich einen Becher und setzte sich zu mir in die Küche.

»Ich werde Frau Rose für den Nachmittag vorladen«, kündigte er an.

»Und vorher greife ich sie mir«, grummelte ich. »Die Sache mit den Pferdebeinen muss geklärt werden.«

»Auch dazu werde ich sie befragen. Kannst du deine Füße so lange unter dem Tisch halten, bis ich mit der Vernehmung fertig bin?«

Sein Handy meldete sich, bevor ich etwas versprechen konnte. Er hörte dem Anrufer zu und sagte dann: »Ich bin schon auf dem Weg, Herr Kollege.«

Eine Frau fällt aus dem Fenster

In der Redaktion erwartete mich folgende E-Mail:

> *Gemeinsame Presseerklärung der Staatsanwaltschaft und der Polizei Bierstadt:*
> ***Versuchtes Tötungsdelikt***
> *In den frühen Morgenstunden des heutigen Tages um 4:47 Uhr kam es in der Straße Nordmarkt zu einem versuchten Tötungsdelikt. Lebensgefährlich verletzt wurde eine noch nicht eindeutig identifizierte Frau, die zum jetzigen Zeitpunkt in einem Krankenhaus notoperiert wird. Zeugen beobachteten, wie ein bislang nicht identifizierter Mann die Frau aus einem Fenster im ersten Obergeschoss warf. Mehr ist über den Tathergang nicht bekannt. Die Mordkommission hat Ermittlungen wegen versuchter Tötung aufgenommen. Wir berichten nach. Von telefonischen Anfragen bitten wir derzeit abzusehen.*

Ich stutzte. Was bedeutete: *noch nicht eindeutig identifizierte Frau?*

Ich schob die Frage zunächst beiseite, denn es war Zeit für die Redaktionskonferenz. Der Brief des Oberbürgermeisters war tatsächlich veröffentlicht worden – mit einem sogenannten ›Redaktionsschwanz‹.

> Aus Gründen der Meinungsvielfalt veröffentlicht unsere Zeitung die Stellungnahme des Bierstädter Oberbürgermeisters, widerspricht aber in aller Schärfe den darin geäußerten Behauptungen.

Das klang lahm. Unsere Leser würden sich schon ihren Teil denken. Schnack war angeschlagen – das war klar.

Er bemühte sich, die heutige Konferenz knappzuhalten. Die aktuelle Tagesarbeit wurde verteilt. Bärchen Biber wurde mit einem Bericht über die Bürgerinitiative *Gegen Großbordell am See* beauftragt, ich bekam vierzig Zeilen für den Fenstersturz, Wurbel-Simonis erhielt ein Ja für ihren Vorschlag, die Videoinstallation in einem Bierstädter Kulturzentrum zu verdammen. Simon Harras beobachtete die Auslosung der Fußballrunden in der Champions-League und hatte danach einen Termin bei Trainer Peter Mopp.

Ich kam mir vor wie in dem Film *Und täglich grüßt das Murmeltier,* in dem der Held in einer Zeitschleife festsitzt und albtraumhaft wieder und wieder denselben Tag durchlebt.

Ich bin zu lange in diesem Job, dachte ich, ich sollte mal was anderes machen. Aber was?

Ich dachte den Gedanken nicht bis zu einer Antwort. Wayne zog mich nach der Konferenz beiseite.

»Ivana ist verschwunden«, teilte er mir mit.

»Was bedeutet: ›verschwunden‹?«, hakte ich nach. »Habt ihr euch getrennt, oder was?«

»Nein. Ihre Sachen sind noch da.«

»Du machst dir Sorgen?«

»Ja.«

»Warum?«

»Sie bekam gestern Abend einen Anruf und zog anschließend ihren Mantel an. Ich fragte sie, wo sie hinwollte, und sie antwortete, dass eine Freundin Hilfe bräuchte. Aber ich sah in ihren Augen die Lüge. Ich ließ sie trotzdem gehen. Grappa, ich komme mir vor wie der Hauptdarsteller in einer Schmierenkomödie!«

»Du übertreibst!«, entgegnete ich.

»Sie hat ihr Handy liegen lassen«, sagte der Bluthund leise. »Und ich hab wieder nachgesehen. Alle Nummern aus der Anruferliste sind gelöscht, die Mailbox hat keine Nachrichten mehr. Was bedeutet das, Grappa?«

»Dass sie gemerkt hat, dass du ihr misstraust«, antwortete ich. »Aber du hast auch allen Grund dazu. Sie hat uns nicht die Wahrheit gesagt.«

Ich erzählte ihm von dem Hardcorepornofilm mit Zita und dem Bettelarmband.

»Ich werde sie mir greifen, wenn sie wieder auftaucht«, kündigte ich an. »Ich will wissen, warum sie mir die Pferdebeine vors Haus gelegt hat und warum sie ein ähnliches Armband trägt wie die ermordete Zita. Ivana ist leider nicht das, was sie vorgibt zu sein.«

»Es kann doch für alles noch eine einfache Erklärung geben«, widersprach Wayne.

Es war schon merkwürdig. Wenn ich Ivana verteidigte, suchte Wayne nach Argumenten gegen sie, wenn ich sie beschuldigte, kramte er Argumente für sie zusammen.

»Immerhin hat sie uns auf die richtige Spur gebracht«, wandte Pöppelbaum ein. »Als die Leiche über dem *Türmchen* gefunden wurde, hat sie eine mögliche Verbindung zu Zita hergestellt. Das hätte sie doch niemals gemacht, wenn sie mit den Morden etwas zu tun hätte, oder?«

»Keine Ahnung. Wir werden sie fragen, wenn sie wieder auftaucht.«

Und Ivana tauchte wieder auf. Aber nicht so, wie wir es uns erhofft hatten. Kleist teilte mir wenig später mit, dass sie lebensgefährlich verletzt im Krankenhaus lag. Sie war die Frau, die am frühen Morgen aus dem Fenster geworfen worden war und jetzt um ihr Leben kämpfte. Der Täter war spurlos verschwunden. Zeugen hatten einen heftigen Streit gehört. Aufschlussreich war, dass der Mieter der Wohnung, aus der Ivana gestoßen worden war, Dimitar Milev hieß. Allerdings konnte er selbst die Tat nicht begangen haben, denn er befand sich noch in Untersuchungshaft.

Zuerst musste ich mal meine Arbeit machen.

Versuchte Tötung in der Nordstadt – Mann stößt Bulgarin aus Fenster – Opfer schwebt in Lebensgefahr

Beim Sturz aus dem ersten Stock eines Hauses am Nordmarkt ist die 25-jährige Dolmetscherin Ivana R. lebensgefährlich verletzt worden. Ein Mann soll sie aus dem Fenster gestoßen haben. Das

Opfer wurde ins Krankenhaus gebracht und musste sofort notoperiert werden. Auch nach der OP besteht laut Polizei noch Lebensgefahr. Die Frau stammt aus Bulgarien und gehört zu den Romafrauen, die zur Prostitution gezwungen wurden. Sie konnte jedoch aus dem Milieu aussteigen und arbeitet heute als Dolmetscherin bei der *Mission.*

Der Tathergang ist noch völlig unklar. Die Mordkommission hat Ermittlungen aufgenommen.

Ein einziges Rein und Raus

Ich steckte mir eine kleine Kollektion von Fotos ein: Ivana, Zita, Milev, POM Krüger, Phil Sikowitz, Kalo und Donka Zima.

Wayne saß im Großraumbüro vor einem Rechner. Er sah nicht gut aus.

»Na, du?«, begann ich. »Wie geht es dir?«

»Könnte besser sein. Ich war in der Klinik«, berichtete Wayne. »Ivana liegt noch immer auf der Intensivstation und niemand darf sie besuchen. Vor der Tür sitzt ein Bulle.«

»Was hast du erwartet? Lass uns in den Norden fahren«, forderte ich Pöppelbaum auf. »Ich schau mir das Haus an und frage ein bisschen herum. Und dir tut Abwechslung gut.«

Unwillig folgte er mir.

Das Haus war einst hübsch gewesen. Ein Gründerzeitgebäude mit Stuckverzierungen unter den Fenstern – auch unter dem Fenster, aus dem jemand Ivana Rose geworfen hatte. Auf der Straße war Blut. Schwarz und eingetrocknet.

»Schau mal nach oben«, sagte ich. »Auch auf der Stuckrosette klebt Blut. Der Täter muss Ivana schon in der Wohnung verletzt haben. Und dann hat er sie aus dem Fenster gestoßen.«

Ich ging zum Klingelschild und drückte einen Knopf in der unteren Reihe. Nach einer Weile wurde geöffnet. Ein Mann wankte uns entgegen.

»Grappa vom *Tageblatt*. Es geht um den Mordversuch über Ihnen«, begann ich. »Die Frau, die heute früh aus dem Fenster gestürzt ist. Es soll einen Streit gegeben haben. Haben Sie etwas gehört oder gesehen?«

Der Mann starrte mich an. Ich war mir nicht sicher, ob er mich verstanden hatte. Vielleicht sprach er kein Deutsch. Auf jeden Fall hatte er getrunken.

Pöppelbaum zog einen Zwanzigeuroschein aus der Jackentasche und steckte ihn dem Mann entgegen. Nun konnte er Deutsch.

»Das war laut da oben. Der Kerl brüllte und sie schrie auch rum. Er schrie ›Schlampe‹ und ›Dreckshure‹.«

»Das war also ein Deutscher?«, schlussfolgerte ich.

»Klar war der deutsch. Und sie so 'ne Romanutte.«

Pöppelbaums Blick wurde leer. »Wieso glauben Sie, dass die Frau eine Hure ist?«

»In die Bude da oben gehen nur Nutten«, antwortete er. »Das ist ein einziges Rein und Raus.« Er kicherte über sein Bonmot.

»Haben Sie den Mann gesehen?«

»Nur flüchtig. Der ging die Treppe hoch, als ich zum Kiosk wollte. Hatte es eilig.«

»Ich würde Ihnen gern ein paar Fotos zeigen«, sagte ich. »Vielleicht erkennen Sie jemanden darauf.«

Ich zog die Fotos, die ich eingesteckt hatte, aus der Handtasche. Als Erstes zeigte ich ihm das Foto von Dimitar Milev, um zu testen, ob er sich wirklich anstrengte. Aber der Mann zuckte nicht mit der Wimper.

»Das isser!«, sagte er dann und deutete auf das nächste Foto.

»Sind Sie sicher?«

»Aber so wat von.«

Kleist reagierte sofort und kam persönlich zum Haus. Er ließ die Aussage des Mannes protokollieren und der Mann blieb dabei, dass er POM Lothar Krüger im Hausflur gesehen hatte. Kleist veranlasste sofort eine Fahndung nach Krüger.

»Herr Kleist?«, begann Pöppelbaum.

»Womit kann ich behilflich sein?«

»Ich muss Ihnen etwas beichten.«

Kleist hob die Brauen. »Nur zu.«

»Ivana Rose übernachtet seit einigen Tagen bei mir im Gästezimmer. Ich glaube, Sie wissen das gar nicht.«

»Das ist ja ein Ding! Da werden wir Ihnen aber auf der Stelle einen Besuch abstatten.«

Pöppelbaum lotste uns zu seiner Wohnung. Ivanas Zimmer wurde durchsucht, ihr Handy und der Laptop beschlagnahmt.

»Sie hat das Handy gesäubert«, sagte ich zu Kleist. »Du wirst nichts finden.«

»Doch, werde ich«, widersprach er.

»Und wenn es ein Prepaidhandy ist?«

»Das ist auch bei Prepaidkunden möglich. Der Handyanbieter stellt uns auch hier die Einzelverbindungsnachweise zusammen. Das dauert zwar etwas, aber das macht nichts. Wir haben lange auf eine greifbare Spur gewartet. Wenn Krüger mit ihr telefoniert und sie – aus welchen Gründen auch immer – in diese Wohnung bestellt hat, ist er dran.«

»Der Laptop ist mit einem Benutzerkennwort gesperrt. Ich hab schon versucht reinzukommen«, gestand Wayne.

»Das schaffen wir schon. Unsere PC-Experten sind nicht auf den Kopf gefallen. Wir würden auch gern den anderen Rechner überprüfen.«

»Das ist meiner.«

»Sie kann ihn nicht benutzt haben?«

»Sie hat hin und wieder dran gesessen«, räumte Wayne ein. »Ihr Lap hatte nicht immer ein Netz. Altes Möhrchen eben.«

Er stimmte zu, dass auch sein Computer mitgenommen wurde. Kleist und seine Kollegen zogen ab.

Ich musterte Wayne. Er hielt sich erstaunlich gut.

»Dann machen wir es uns mal gemütlich«, meinte Wayne sarkastisch. »Willst du einen Wein, Grappa?«

»Nur ein Glas – ich muss ja noch fahren«, entgegnete ich. »Hübsche Wohnung übrigens. Und so ordentlich.«

»Das ist Ivanas Handschrift«, gestand er. »Früher sah es hier anders aus, das kannst du mir glauben.«

»Vermutlich wie bei mir«, grinste ich.

Er schenkte uns Wein ein. »Vielleicht hat Krüger Ivana wirklich unter irgendeinem Vorwand in die Wohnung gelockt.«

»Bestimmt«, erwiderte ich lahm. »So wird es gewesen sein. Auch für das Armband gibt es sicher eine Erklärung. Zita und Ivana waren schließlich befreundet. Freundinnen kaufen sich manchmal die gleichen Sachen.«

»Hast du so was auch gemacht?«

»Nicht wirklich. Ich bin nicht der Typ dafür.«

»Hast du etwa keine Freundinnen?«

»Jedenfalls nicht solche, die den gleichen Schmuck tragen wie ich. Und schon gar nicht so einen albernen Bimmelkram. Mit meinen Freundinnen habe ich die gleichen Bücher gelesen.«

»Schon klar, Grappa«, lächelte er ironisch. »Du bist ja auch keine dumme Zigeunerin.«

»Das war überflüssig, Wayne. Ich hab nur auf deine Frage geantwortet.«

Ärger stieg in mir hoch. Wayne projizierte seinen Frust auf mich. Ich musste entweder verschwinden oder noch ein Glas Wein trinken.

Er nahm mir die Entscheidung ab und schenkte nach. Stumm trank ich das Glas leer.

»Du kannst im Gästezimmer schlafen«, meinte Wayne nach einem dritten Glas Wein. »Und ich hole jetzt noch eine Flasche.«

Manchmal sind Abende unter Freunden so, dachte ich. Wayne wollte nicht allein sein, würde es aber niemals zugeben. Männer sind ja so stark!

Die katholische Kirche und ihre hohe Moral

Früh schlich ich von dannen, duschen und frühstücken wollte ich zu Hause. Der Bluthund schnarchte und lag noch im Tiefschlaf – er war im Laufe des Abends noch zu härteren Alkoholika übergegangen und hatte dann Bier nachgekippt. Diese Kombination hätte bei mir ins Koma geführt.

Mein Autoradio verriet mir während der Heimfahrt, dass man den Verdächtigen im Mordversuch an einer 25-jährigen Bulgarin kurz vor der österreichischen Grenze verhaftet hatte.

Es soll sich um einen vom Dienst suspendierten Polizeibeamten handeln, dem bereits eine andere Straftat gegen Bulgaren in der Bierstädter Nordstadt vorgeworfen wird. Der leitende Hauptkommissar des Morddezernates Dr. Friedemann Kleist bestätigte diese Information. Er kündigte für den Nachmittag eine Pressemitteilung an. Alles Weitere zu der Gewalttat hier bei uns in Ihrem Lokalradio.

Zufrieden registrierte ich, dass Ivana nicht mehr als Prostituierte bezeichnet wurde.

Zu Hause war mir dann doch nicht nach Frühstück. Ich duschte, wechselte die Kleidung und ging arbeiten. Im Verlag steuerte ich als Erstes die Kaffeeküche an. Die weinselige Nacht mit Pöppelbaum zeigte Nachwirkungen. Mir war flau im Magen und ich hatte Kopfschmerzen.

Ich setzte mich auf einen Klappstuhl und sah der Kaffeemaschine bei der Arbeit zu. Sie stöhnte, als habe ihr letztes Stündlein geschlagen. Aber sie hieß nicht Uschi, immerhin. Die Redaktionsküche war chronisch versifft. Der EHEC-Alarm war schon vor einiger Zeit beendet worden, dabei hatte man die Quelle der Keime nicht gefunden. Aber die Forscher kannten diese Kaffeeküche ja auch nicht.

Wie fremdgesteuert griff ich zu einem graubraunen Lappen, machte ihn nass und gab Spülmittel darauf. Langsam und gründlich säuberte ich die Küchenplatte, rieb die Ringe der Legionen von Kaffeebechern weg, entfernte die Brotkrumen aus den Ritzen der Küchenplatte und schrubbte die Tomatensoßenreste von den Innenwänden der Mikrowelle.

Ich war so auf mein Tun konzentriert, dass ich Simon Harras erst bemerkte, als er loslachte. »Grappa putzt!«

»Na und?«, blaffte ich. »Bei solch tumben Verrichtungen kann ich am besten nachdenken. Kennst du das nicht?«

»Doch«, gab er nach kurzer Überlegung zu. »Ich arbeite im Garten, wenn ich mich sammeln will. Blumen pflanzen und Unkraut jäten. Du tust etwas Mechanisches und das macht dir das Hirn frei.«

»Na siehst du!«

Er betrachtete das Innere der Mikrowelle. »Ich wusste gar nicht, dass die von innen weiß ist«, staunte er. »Gut gemacht, Grappa, du Küchenfee. Wenn deine Rente nicht reichen sollte, kannst du dir locker was dazuverdienen.«

»Guter Plan«, stimmte ich zu. »Ein Vierhundert-Euro-Job.«

»Darf ich dich mal was ganz anderes fragen?«, druckste Simon.

»Sicher.« Ich wusch den Lappen aus und seine Farbe wurde tatsächlich eine Nuance heller.

»Lebt Wayne wirklich mit der Zigeunernutte zusammen, die aus dem Fenster geflogen ist? Das erzählen hier alle.«

»Die ›Zigeunernutte‹ ist Dolmetscherin und sie wurde lebensgefährlich verletzt«, antwortete ich. »Die genauen Hintergründe sind noch unklar, aber der Täter wurde ja festgenommen.«

»Und leben die beiden nun zusammen oder nicht? Und war sie eine Nutte oder nicht?«

»Simon – Wayne hat sich in Ivana Rose verliebt und der Ausgang dieser Geschichte ist noch völlig unklar.«

Auf der Redaktionskonferenz heimste Bärchen Biber viel Lob ein. Er hatte hundert Zeilen über die Bürgerinitiative *Gegen das Großbordell am See* geschrieben und sich von den beiden Vorsitzenden, einem katholischen Pfarrer und einer pensionierten Realschullehrerin, den Notizblock volljammern lassen.

»Gute Arbeit, Kollege Biber«, lächelte Schnack sein Bärchen an. »Besonders die Argumente des Geistlichen sind nachzuvollziehen.«

»Die katholische Kirche ist ja für ihre Sittenstrenge und hohe Moral bekannt«, warf ich ein. »Wenn man an die zahlreichen Missbrauchsfälle in katholischen Einrichtungen denkt.«

»Aber diese Täter waren ja meistens schwul«, grinste Harras. »Die können sich prima über Männer aufregen, die auf Frauen stehen.«

»Finden Sie es etwa in Ordnung, wenn Männer Frauen sexuell ausbeuten, Kollege Harras?«, machte Margarete Wurbel-Simonis mit.

»Ich habe nichts dagegen, wenn die Frauen sich freiwillig anbieten und die Männer dafür bezahlen, Kollegin Wurbel.«

»Das Niveau an diesem Tisch ist wieder mal ganz unten«, mopperte Wurbelchen.

»Schluss jetzt«, zischte Schnack. »Diese Konferenz ist wohl kaum der richtige Ort für eine Grundsatzdiskussion über Sinn und Zweck der Prostitution. Können wir bitte zum Tagesgeschäft kommen? Frau Grappa, von Ihnen erwarte ich eine Fortsetzung zum Fenstersturz. Das Lokalradio meldete die Festnahme des mutmaßlichen Täters. Langsam hat unsere Polizei ja ein paar kleine Erfolge aufzuweisen.«

Frau Schmitz will in Rente

POM Krüger behauptete gegenüber der Polizei, Ivana Rose sei seine ›Stammnutte‹ gewesen. Und dass der Kontakt zu ihr nie abgebrochen sei, auch nicht, als sie bei der *Mission* als Dolmetscherin anheuerte. Das war starker Tobak.

Pöppelbaum las die Pressemitteilung mit unbewegtem Gesicht. Ich hatte ihn in mein Zimmer gebeten, damit er früh Bescheid wusste.

Der Beschuldigte gibt an, dass es in der Wohnung mit der geschädigten Ivana R. (25) zu einem heftigen Streit über die Entlohnung der sexuellen Dienstleistung gekommen sei. Die Frau habe ihm gedroht, die Behörden über seine Verbindungen zu Dimitar M. (60) zu informieren. Lothar K. räumte ein, mit dem derzeit in Untersuchungshaft befindlichen bulgarischen Staatsangehörigen in Kontakt zu stehen und ihn über polizeiliche Ermittlungsergebnisse und Termine von Razzien in der Nordstadt informiert zu haben. Die Ermittlungen werden fortgesetzt.

»Ich glaube diesem Kerl kein Wort. Wir werden beweisen, dass seine Aussage nur eine Schutzbehauptung ist«, sagte ich. »Wenn Ivana nur endlich aufwachen würde, damit man sie befragen kann.«

»Ja, es ist einfach, jemanden zu beschuldigen und zu verleumden, der sich nicht wehren kann«, entgegnete Wayne gefasst.

Mein Telefon klingelte. Es war Kleist. Ich hörte nur zu. Was er berichtete, war mindestens erstaunlich.

»Du behältst das vorläufig für dich, Maria?«, fragte mein Hauptkommissar am Ende der Form halber.

»Gibt es etwas Neues?«, wollte Pöppelbaum wissen, nachdem ich Kleist weggedrückt hatte.

»Nein. Es ging nicht um den Fall«, log ich. »Und jetzt schreibe ich vierzig Zeilen über Ex-POM Krüger und seine Aussage.«

Ich machte meine Arbeit und meldete mich dann bei den Redaktionssekretärinnen ab. Recherche vor Ort. Ich wollte Pöppelbaum an diesem Tag nicht mehr begegnen, sonst wäre ich schwach geworden und hätte ihm erzählt, was ich nicht erzählen sollte. Außerdem hatte ich ein Date.

Frau Schmitz freute sich, mich zu sehen, denn sie hatte mir etwas mitzuteilen.

»Ich geh in Rente«, kündigte sie an. »Die Bäckerei wird verkauft.«

»Das geht nicht«, widersprach ich entsetzt. »Ich brauche meine Mandelhörnchen.«

»Ich lern der Birsen das«, versprach sie.

»Birsen?«, war ich noch entsetzter.

»Ja, die Birsen. Die kennst du doch, Frau Grappa! Die kleine Türkin aus dem Haus, in dem ich wohne. Sie hat endlich gerafft, dass es mit der großen Karriere auf der Schaubühne nicht klappen tut. Ihr Papa kauft mir den Laden ab.«

Birsen. Ja. Das hübsche Ding, das in Pitt Bretts Castingshow so gnadenlos untergegangen war.

»Schön, dass sie wieder auf dem Boden der Tatsachen angekommen ist«, meinte ich. »Hoffentlich kann sie besser backen als singen.«

»Das schafft die schon. Sie hat ja schon eine Ausbildung als Bäckereifachverkäuferin abgebrochen.«

»Abgebrochen?«, fragte ich leicht verwirrt.

»Sie macht se ja weiter«, beruhigte mich Anneliese Schmitz, »und zwar bei mir. Und ihre Mutter hilft erst mal im Laden mit. Das wird schon klappen. Auch mit deinen Hörnchen, Frau Grappa.«

»Das glaube ich erst, wenn ich das erste gegessen habe, das nicht von dir stammt«, muffelte ich.

»Frau Grappa, ich werd bald siebzig. Ich will nicht mehr jeden Tag hier rumackern. Ich will auch mal im Sessel sein.«

»Dann stell den Sessel in die Backstube, Frau Schmitz.«

»Du bist knochenhart, Frau Grappa«, maulte sie. »Freust du dich denn nicht auf deine Rente?«

»Nein, ich arbeite, bis ich tot umfalle.« Ich schaute auf die Uhr.

»Sag mal, wartest du noch auf wen, Frau Grappa?« Mein Blick war ihr nicht entgangen.

»Ja. Auf meinen Freund«, gestand ich.

»Den Herrn Doktor?«
»Genau den.«
»Da kommt er ja«, meinte sie und schaute durch die Scheibe nach draußen.
Friedemann Kleist überquerte die Straße mit federnden Schritten. Ich betrachtete ihn wohlwollend. Im Dienst trug er oft einen leichten Wollanzug und ein einfarbiges Hemd, so auch heute. Privat mochte er es etwas rustikaler.
»Gut sieht er aus … dein Freund.«
»Behalt das bitte für dich, Frau Schmitz«, warnte ich sie. »Er weiß das nämlich noch nicht.«
»Gebongt.«
»Guten Tag, die Damen«, begrüßte uns der schönste aller leitenden Hauptkommissare mittleren Alters.
»Tach, Herr Doktor. Was darf ich bringen?«, fragte die Bäckerin.
»Was empfehlen Sie denn?«
Anneliese Schmitz zeigte ein Jungmädchenlächeln. »Ich hab frischen Zwiebelkuchen. Noch lauwarm.«
»Das hört sich gut an. Dazu eine Apfelschorle, bitte.«
Ich bestellte das Gleiche und Frau Schmitz verzog sich.
»Ivana ist also Milevs Tochter. Das gibt der Sache eine Wendung, ich weiß nur nicht, ob zum Guten oder Schlechten«, meinte ich. »Und warum darf Pöppelbaum nichts davon erfahren?«
»Ich möchte verhindern, dass er Ivana erzählt, dass wir es wissen.«
»Die berühmten ermittlungstaktischen Gründe«, seufzte ich. »Seitdem ich mit dir liiert bin, verschweige ich das meiste. Das gefällt mir nicht.«
»Du würdest das meiste aber gar nicht kennen, wenn wir nicht liiert wären«, entgegnete er. »Du kannst also so oder so nichts mehr schreiben.«
Das klang leider logisch.
»Außerdem – was bedeutet es schon, dass Milev Ivanas Vater ist?« Ich dachte an das Zusammentreffen von Ivana

und Milev vor dessen Villa. Durch nichts hatten sie erkennen lassen, dass sie sich kannten. Aber angebrüllt hatten sie sich. Zum Inhalt der Auseinandersetzung konnte ich nichts sagen.

»Was habt ihr auf den beschlagnahmten Rechnern gefunden?«, fragte ich.

»Mit Ivanas Laptop wurde eine bestimmte Seite aufgerufen. Unter Angabe von Pöppelbaums Namen und seiner Personalausweisnummer. Auch über den Rechner deines Kollegen wurde die Seite besucht. Aber ich gehe nicht davon aus, dass er sich selbst dort rumgetrieben hat.«

»Was ist das für eine Seite?«

»Sie heißt *wachtraum-das-spiel.com.*«

»Und was wird da gespielt?«

»Qual- und Todesspiele. Das ist eine Website mit Live-Streaming-Videos. Am Ende steht der Exitus.«

»Gespielt oder echt?« Langsam kroch mir das Grauen den Rücken herauf.

»Wenn wir das wüssten! Die Video-Streams zeigen das Geschehen zeitgleich und live. Die Kunden sitzen zu Hause und sehen zu. Sie können sich aber auch aktiv beteiligen und mitbestimmen, was in dem Film geschieht. Dafür bezahlen sie dann.«

»Snuff-Filme – live!«, rief ich aus. »Und wir dachten, es würden Filme vertrieben über den *VideoClub 69.*«

»Filme gibt es auf der Seite nicht. Und man kann das Video auch nicht mitschneiden«, machte Kleist weiter. »Wer mehr sehen will, muss neu bezahlen. Bis zum Tod des Opfers. Wir – das heißt der Staatsanwalt und ich – waren wie Ivana mit Pöppelbaums Namen und seiner Personalausweisnummer auf der Seite. Die Ausweisnummer ist das Passwort. Die Kunden müssen sich übrigens mit ihren Klarnamen anmelden. Damit sie so zu Komplizen werden und dichthalten.«

»Was habt ihr gesehen?«

»Das willst du nicht wissen.«

»Doch!«

»Es ist unglaublich! Die Kunden dürfen sich wünschen, was dem Mädchen angetan wird. Sobald zu wenige Nutzer online sind, ist der Film zu Ende. Mit dem beruhigenden Hinweis, dass die nächste Folge des Spiels vorbereitet werde.«

Frau Schmitz brachte den Zwiebelkuchen und die Getränke. »Is was, Frau Grappa? Du siehst so käsig aus.«

»Ach, Frau Schmitz«, winkte ich müde ab. »Ich bin grad nicht so gut drauf.«

»Du hast Hunger«, behauptete sie und deutete auf den Zwiebelkuchen, der verführerisch duftete. »Wollt ihr saure Sahne dazu?«

Wir verneinten. Sie verstand, dass sie unsere Unterhaltung störte, und verdrückte sich wieder.

»Wer steckt hinter diesen Filmen?«, fragte ich. »Wer greift die Kohle ab?«

»Lothar Krüger will einen Deal. Keinen Prozess, eine neue Identität und die Möglichkeit, sich ins Ausland abzusetzen. Dann nennt er die Hintermänner.«

»Aber dieser Dreckskerl darf nicht davonkommen!«, rief ich aus.

»Keine Sorge, das werde ich zu verhindern wissen«, meinte Kleist grimmig. »Wir brauchen ein Opfer, das überlebt hat und aussagt!«

Wer zahlt, darf quälen

»Und jetzt noch deine Personalausweisnummer«, sagte ich. Wayne und ich saßen vor meinem Rechner. Es war kurz vor Mitternacht – zu dieser Uhrzeit hatte sich Ivana laut Kleist gewöhnlich in das Spiel eingeloggt.

Wayne tippte die Nummer ein und wir erhielten Zugang.

Wachtraum – das Spiel – Kapitel 6 – erschien in weißen Lettern auf dem Monitor.

»Außer uns sind noch dreißig weitere Kunden online«, stellte Wayne fest und deutete auf eine Zahl rechts unten auf dem Bild, die sich in dem Moment erhöhte. »Jetzt zweiunddreißig.«

Eine martialische Musik erklang. Die Kamera zoomte auf ein Eisenbett, auf dem eine Frau lag.

»Das Spiel startet – gebt eure Gebote ab!«, forderte eine Stimme. »Wer nur zuschauen will, hat das mit dem Monatsbeitrag beglichen. Besondere Wünsche kosten wie immer extra.«

Eine Tabelle erschien. Auf ihr waren verschiedene Folterarten und sexuelle Quälereien mit Gegenständen aufgeführt. Daneben standen Preise.

»Unfassbar!«, stieß ich hervor. »Wie krank ist das denn?«

Während die Kunden boten, zeigte die Kamera genüsslich den Körper des Opfers: ein schmal gebautes, offenbar sehr junges Mädchen, das stark zitterte. Die Haut wies frische und ältere Wunden auf.

Jetzt erfasste die Kamera das Gesicht. Weite, angsterfüllte Augen. Wimmern unter einer Mundbinde. Eine Männerhand kam ins Bild und zog das Tuch weg. Sie spuckte die Kamera an, schrie und erhielt einen Schlag ins Gesicht.

»Das ist Donka«, stotterte ich.

»Was sagst du da?« Wayne schaute genau hin und meinte dann: »Du hast recht, Grappa!«

»Sie wird live gequält. In dieser Minute«, rief ich. »Wir müssen sie da rausholen. Ich rufe Kleist an.«

Ich rannte zu meiner Handtasche, die auf einem Stuhl im Flur lag. Meine Finger wollten mir kaum gehorchen. Natürlich war Kleist ausgerechnet jetzt nicht erreichbar, nur die Mailbox war geschaltet.

»Er geht nicht ran«, krächzte ich.

»Irgendwas läuft da nicht nach Plan. Guck mal, Grappa«, murmelte Pöppelbaum, die Augen auf den Monitor gerichtet.

Ich guckte hin. Die Kamera war jetzt auf das Gitter des Bettes gerichtet und bewegte sich nicht mehr. Stimmen waren zu hören, Gepolter und der Befehl: »Aufmachen, Polizei!«

Donka Zima schrie laut auf.

»Die Bullen sind da! Sie haben sie aufgespürt!«, jubelte ich.

Die Zahl der Online-Kunden verringerte sich im Eiltempo. Nach dreißig Sekunden waren nur noch wir auf der Seite eingeloggt.

Gebannt starrte ich auf das Bild. Noch immer hatte sich der Ausschnitt nicht geändert – der Kameramann schien vor der Polizei geflüchtet zu sein.

Lärm, als würde mit einem Riesenhammer die Tür aufgeschlagen. Holz splitterte. Jemand stieß gegen das Stativ. Die Kamera kippte langsam zur Seite. Den Bruchteil einer Sekunde erblickte ich Friedemann Kleist, wie er sich über Donka Zima beugte. Die tödliche Show war zu Ende.

Füße unter dem Tisch

Kleist hatte die Nacht durchgearbeitet und sich dann mal wieder zum Frühstück eingeladen.

»Wie habt ihr rausbekommen, wo sich der Folterkeller befindet?«, fragte ich. »Hast du doch einen Deal gemacht mit POM Krüger?«

»Nein. Ivana Rose ist wieder bei Bewusstsein. Durch sie haben wir die richtige Spur gefunden.«

»Dann hast du mit Ivana einen Deal gemacht?«

»Nein. Es ist alles ganz anders, als wir gedacht haben. Lässt du mich erst mal eine Tasse Kaffee trinken? Danach erfährst du alles.«

Er sah müde aus. Die Bartstoppeln standen ihm gut. Ganz langsam trank er den Kaffee aus und aß noch ein halbes Brötchen mit Frischkäse und Marmelade. Endlich lehnte er sich zurück und erzählte.

Ivanas Geschichte ging so:

In Wirklichkeit war sie nie auf den Strich gegangen. Sie hatte Maxi diese Geschichte erzählt, weil sie auf diese Weise

Zugang zu der *Mission* und damit zu den Damen des Gewerbes bekommen konnte. Ihr Motiv war, dass sie Angst um ihren Vater hatte. Milev hatte seine Hände ziemlich tief in der Prostitution und der Ausbeutung der Romafrauen und Ivana suchte einen Weg, ihren Vater so zu beeinflussen, dass er sich von diesem Milieu trennt. Darum wandte sie sich auch an ihn, als Donka nach ihrer Rückkehr nach Bierstadt verschwunden war. Ivana suchte ihren Vater auf und verlangte Donkas Freilassung. Natürlich tat Milev zunächst unwissend, doch Ivana ließ sich nicht beeindrucken. Schließlich telefonierte Milev im Beisein seiner Tochter mit Krüger und wies ihn an, das Mädchen laufen zu lassen.

Ivana war jedoch misstrauisch. Sie wollte Donka selbst in Empfang nehmen, um sicherzugehen, dass sie wirklich freikommen würde. Krüger versprach, dass er Donka in einer bestimmten Nordstadt-Wohnung übergeben würde.

Ivana fuhr zu dieser Wohnung. Doch sie traf dort nur Krüger an. Es gab einen heftigen Streit, denn Krüger dachte überhaupt nicht daran, das Mädchen freizulassen. Ivana drohte ihm mit der Polizei, aber er lachte sie nur aus.

»Hat Ivana wirklich geglaubt, dass sie allein gegen eine dreckige Bande von Frauenschindern ankommt?«, rief ich aus. »Warum hat Ivana nicht sofort die Polizei alarmiert?«

»Das wollte sie ja, aber dazu kam es nicht mehr«, antwortete Kleist. »Als Ivana die Wohnung verlassen wollte, hielt Krüger sie zurück. Es kam zu einer Prügelei. Dabei warf er Ivana aus dem Fenster.«

»Dann war sie eine lange Zeit ohne Bewusstsein und niemand forschte weiter nach Donka «, nickte ich.

»Als sie im Krankenhaus wieder zu sich kam, galt Ivanas erster Gedanke dem jungen Mädchen. Sie rief Maxi Singer an und erfuhr, dass Donka immer noch verschwunden war. Zum Glück hat sie sich dann sofort direkt an mich gewandt. Ich bin zu ihr ins Krankenhaus gefahren und sie hat mir diese ganze Geschichte erzählt.«

»Und wie hast du herausbekommen, wo das Studio ist?«

»Ivana wusste es nicht. Aber durch ihren Bericht war mir klar geworden, dass Dimitar Milev enger mit den Videos verbunden war, als wir bis dahin annehmen konnten. Ich hab dann im Gefängnis mit ihm gesprochen und Druck gemacht. Ich führte ihm vor Augen, dass er tief in die Snuff-Morde verstrickt ist, wenn er doch wusste, dass Krüger Zugriff auf Donka hatte. Daraufhin gab er die Adresse des Studios preis – und den Rest kennst du. Wir konnten Donka befreien.«

»Habt ihr auch die Männer gefasst?«

»Leider nein. Als wir reinkamen, waren sie schon weg.«

»Und wo befindet sich das Studio?«

»In einem Industriegebiet. Getarnt als Import-Export-Firma. Dort fällt nicht auf, wenn nachts Betrieb herrscht.«

»Ein Mädchen ist gerettet, doch es bleiben zwei Frauen, die zu Tode gequält worden sind. Wer sind die Mörder von Cansu Stojka und Zita Adonay?«

»Indirekt die Kunden des *Wachtraum*-Spiels«, antwortete Kleist. »Wer die Taten real ausgeführt hat, wird ermittelt. Wir sichten die Unterlagen und schauen uns die Filme an. Ich hoffe, dass wir einen Hinweis finden.«

»Und wenn nicht?«

»Irgendetwas muss es geben. Die Kollegen gucken sich schreckliche Filme an und machen Stimmanalysen. Vor Ort haben wir jede Menge Spuren gesichert. Es wird kompliziert werden, sie Tätern zuzuordnen. Aber unsere Kriminaltechniker sind sehr engagiert in diesem Fall.«

»Was ist mit Krüger?«, fragte ich.

»Er bleibt in Haft. Und er wird singen, glaub mir. Auch ohne Deal.«

Am Nachmittag las ich die Pressemitteilung. Mit wenigen Worten wurde von der Befreiung einer sechzehnjährigen bulgarischen Frau berichtet, die gegen ihren Willen festgehalten und misshandelt worden war. Der Text endete mit dem Satz, den Journalisten so mögen:

Die Geschädigte befindet sich zurzeit in ärztlicher Behandlung. Sie war offensichtlich schwanger und erlitt infolge der brutalen Gewalt eine Fehlgeburt. Die Ermittlungen dauern an. Presseanfragen werden aus ermittlungstaktischen Gründen nicht beantwortet.

Der Pate verabschiedet sich

Wayne freute sich sehr darüber, dass Ivana wieder bei Bewusstsein war. Ich berichtete ihm von ihrer Aussage – unter dem Siegel der Verschwiegenheit. Er war sehr erleichtert, dass die junge Frau niemals anschaffen musste.

»Warum hat sie mir das alles nicht erzählt? Das hätte die Sache viel einfacher gemacht.«

»Weil sie damit ihre Geschichte gefährdet hätte«, antwortete ich. »Aber sie wird dir sicher alles erklären – schätze ich.«

»Sie hat sich bestimmt nur mit mir beschäftigt, um an Informationen zu kommen«, grübelte Wayne weiter.

»Ja, klar. Du bist ja auch so ein ekliger Typ, dass keine Frau dich gut finden kann!«, entgegnete ich genervt. »Kannst du deine Selbstgeißelung vorläufig aufschieben, bis wir mehr Fakten kennen?«

»Aye, aye, Grappa!«, salutierte er grinsend.

»Rühren«, schnarrte ich.

Doch auch ich konnte das Grübeln nicht lassen. Warum hatte mir Ivana die abgetrennten Pferdebeine vors Haus gelegt?

Am Abend – ich war bereits zu Hause – meldete das Lokalradio den Überfall auf einen Polizeitransporter und eine Gefangenenbefreiung.

Kleist war nicht erreichbar. Und der diensthabende Beamte in der Leitstelle wollte keine weiteren Angaben machen. »Informationssperre.«

Prompt rief Pöppelbaum an.

»Milev ist weg. Geklaut!«, berichtete er. »Die Nordstadt wird komplett abgeriegelt und die Häuser werden durchsucht. Ich versuche trotzdem, hinzukommen. Treffpunkt Nordmarkt, Grappa?«

Ich kramte meinen Presseausweis aus der Handtasche und steckte ihn in die Jacke – das vermied umständliche Wühlerei, wenn es darauf ankam. Presseschild ins Autofenster und los.

Auf dem Weg in den Norden begleiteten mich zahlreiche Polizeiwagen mit lautem Tatütata. Ich klemmte mich hinter einen von ihnen, konnte die Geschwindigkeit aber nicht halten. Die Jungs hatten es wirklich eilig.

Milev geklaut. Eine Befreiung oder ein Racheakt? Die Romaszene in Bierstadt war eine komplizierte Sache.

Ich parkte den Wagen etwas abseits und ging das letzte Stück zu Fuß. Es waren unglaublich viele Leute auf den Straßen. Ich drängelte mich zwischen den Menschen hindurch und da war auch schon Pöppelbaum.

»Was weißt du?«

»Nichts Offizielles«, antwortete der Bluthund. »Die mobile Pressestelle rückt erst noch an. Aber ich hab einen Zeugen aufgetrieben. Er hat alles mit angesehen. Muss großes Kino gewesen sein. Ich hab dem Typen einen Zehner gegeben, damit er auf dich wartet. Komm, er ist in der Kneipe da hinten.«

Den Zehner hatte der Zeuge bereits investiert. In Bier. Aber er war wohl gut im Training und noch in der Lage, einigermaßen sinnvolle Wortkombinationen zu bilden.

»Da fuhr das Auto. Also ich mein, der Polizeiwagen. Ich stand am Kiosk und guckte so rum. Dann rollte ein Ball auf die Straße. Die Bullenkarre bremste. Und dann passierte es.«

Der Mann nahm einen Zug von seiner Zigarette und spülte mit einem Schluck Bier nach.

»Das Auto tat anhalten. Und dann rollte ein Bulli auf die Straße, direkt vor den Polizeiwagen. Und zwei Typen kamen raus. Voll maskiert mit so schwatten Sturmhauben. Mit Em-

Pis im Anschlach. Die Bullen zuckten nicht weiter und die Typen zerrten den Opa aus dem Auto. Das ging allet ganz zügig. Und schon waren se wieder wech.«

»Waren es zwei oder drei? Wer saß am Steuer?«

»Zwei kamen hinten aus dem Wagen. Der hatte 'ne Klappe«, lautete die Antwort.

»Einer muss hinter dem Lenkrad gesessen haben«, stellte ich fest. »Also drei Typen. Und die Polizisten haben sich einfach so überfallen lassen? Ohne Gegenwehr?«

»Die hatten die Em-Pis vor der Nase. Da wär ich auch stille geblieben.«

»Hat sich der alte Mann gewehrt?«, fragte ich.

»Nee, hatter nicht. Der lachte sogar. Als hätter dat allet erwartet.«

Also hat Milev seine Befreiung vielleicht sogar selbst in Auftrag gegeben, dachte ich.

»Was für einen Wagen fuhren die Entführer?«

»Hab ich doch gesacht, 'nen Bulli.«

Ich steckte dem Zeugen einen weiteren Zehner zu. »Schönen Abend noch«, wünschte ich.

Draußen fragte Pöppelbaum: »Was ist, wenn Milev zu Ivana will?«

»Dann wäre er schön blöd«, beruhigte ich ihn. »Und wenn doch, wird er sofort von den Bullen kassiert. Der will sich bestimmt nur absetzen.«

I shot the sheriff …

Das Lokalradio machte sich am Morgen über die Bierstädter Polizei lustig, weil sie sich den Romaboss hatte klauen lassen. Auch ich fand die Sache ziemlich peinlich für die Exekutive.

Zu der dramatischen Flucht des Romapaten Dimitar Milev hören Sie nach dem folgenden Musiktitel ein Live-

Interview mit dem leitenden Hauptkommissar der Bierstädter Mordkommission Dr. Friedemann Kleist.

Ich stellte das Radio lauter und bereitete mir einen doppelten Espresso. Aus dem Radio dröhnte der Rock-Klassiker von Bob Marley: *I shot the sheriff, but I didn't shoot no deputy ...*

Moderator: *Im Studio begrüße ich jetzt Dr. Friedemann Kleist, den leitenden Ermittlungsbeamten der Mordkommission. Wie konnte es passieren, dass ein Untersuchungsgefangener, gegen den wegen erheblicher Straftaten bis hin zum Mord ermittelt wird, fliehen konnte?*

Kleist: *Der Häftling befand sich auf dem Weg in ein Gefängniskrankenhaus. Ein Arzt hatte Herzrhythmusstörungen festgestellt. Der Transport war durch Polizeibeamte abgesichert. Der Wagen musste stoppen, weil ein Ball auf die Straße rollte. Der Fahrer konnte nicht ausschließen, dass dem Ball ein Kind folgen würde. Darum bremste er. Ein Transporter stellte sich dem Polizeifahrzeug in den Weg und zwei maskierte und bewaffnete Personen zerrten die Beamten auf die Straße. Ein dritter Beamter, der sich im vergitterten Teil des Polizeifahrzeugs befand, entschloss sich, von seiner Dienstwaffe keinen Gebrauch zu machen, weil der Überfall von mehreren Schaulustigen beobachtet wurde. Es hätte eine Schießerei geben können, bei der Unschuldige verletzt worden wären. Meine Kollegen haben sich völlig korrekt verhalten.*

Moderator: *Wer steckt hinter dem Überfall?*

Kleist: *Da der Beschuldigte Milev den Männern freiwillig gefolgt ist und die Polizeibeamten mit Gesten verspottet hat, gehen wir davon aus, dass Milev von seinen Anhängern befreit wurde. Er wollte vermutlich einer Überstellung nach Sofia entgehen. Der Auslieferungsantrag der bulgarischen Behörden wird zurzeit im Justizministerium bearbeitet.*

Moderator: *Was unternehmen Sie, um Herrn Milev wieder festzusetzen?*
Kleist: *Wir werden alles unternehmen, was möglich ist.*
Moderator: *Und das wäre?*
Kleist: *Einzelheiten dazu gebe ich aus ermittlungstaktischen Gründen nicht bekannt. Ich gehe davon aus, dass Sie dafür Verständnis haben.*
Moderator: *Das war Dr. Friedemann Kleist, der Leiter der Mordkommission. Danke für das Gespräch und viel Erfolg beim Wiederfinden des Flüchtigen, der als Romapate für zahlreiche Straftaten verantwortlich sein soll.*

Musik folgte. Steppenwolf: *Born to be wild … Get your motor runnin', head out on the highway, lookin' for adventure and whatever comes our way …*

Knapp daneben ist auch vorbei, dachte ich. Der Sehnsuchtssong der Alt-68er, die heute ihr Rentendasein auf Malle fristen, passt nicht wirklich zu einem Schwerkriminellen auf der Flucht.

Ein Abschiedsgeschenk von Zita

Kleist hatte sich gut geschlagen. Dass die Polizisten auf einer belebten Straße keine Schießerei riskieren wollten, war nachvollziehbar.

Ich saß in meiner Einzelzelle und las die eingegangenen Mails. Der Pressebericht deckte sich mit dem, was ich eben im Lokalradio gehört hatte.

Es klopfte. Wayne stürmte mit wütender Miene in den Raum.

»Die wollen mich nicht zu ihr lassen«, tobte er.

»Ivana?«

Er nickte. »Nur Angehörige. Und ich bin ja keiner. Milev dürfte eher zu ihr als ich.«

»Quatsch. Soll ich mal fragen?«

»Versuch es bitte, Grappa.«

Natürlich konnte Kleist helfen. Ich beschloss, Wayne zu begleiten.

Ivana lag nicht mehr auf der Intensivstation, sondern in einem Einzelzimmer. Vor der Tür saßen zwei bewaffnete Beamte.

Als wir an ihr Bett traten, schlief sie. Der Kopf war verbunden und sie war an einen Tropf angeschlossen. Ivana sah unschuldig und gebrechlich aus – und war doch eine brillante Lügnerin und Manipulatorin. Auch wenn sie mit den Morden nichts zu tun hatte – sie hatte Maxi Singers Vertrauen missbraucht und auch Wayne und mich an der Nase herumgeführt. Und uns alle ausspioniert.

»Tja, da liegt dein Unschuldslamm«, meinte ich ironisch.

»Geh nicht zu hart mit ihr um, Grappa«, sagte Wayne. »Sie ist noch schwach und braucht Schonung.«

»Ist ja gut«, knurrte ich. »Ich tu ihr schon nichts.«

Prompt öffnete sie die Augen.

»Hallo, Cissi«, sagte Wayne sanft.

O je, er nannte sie Cissi. Ich verdrehte die Augen. Zum Glück sprach er den Namen vorne mit scharfem Z aus und nicht mit weichem S, sonst wäre mir wohl übel geworden.

»Wie geht es dir, Cissi?« Er nahm ihre Hand. Ich hielt mich zurück, wollte das junge Glück nicht gleich stören.

»Besser, jeden Tag besser«, flüsterte Ivana. »Danke, dass du hier bist. Ich habe viel gelogen. Werde alles erklären.«

»Das hat Zeit«, entgegnete Wayne. »Einiges wissen wir sowieso schon. Dass Milev dein Vater ist. Dass du nie auf den Strich gegangen bist.«

»Dass du mir Pferdebeine vor die Tür gelegt hast«, vervollständigte ich die Aufzählung.

»Die waren für Papa. Von mir. Aber nachdem er die Beine gefunden hat, hat er sie zu dir bringen lassen.«

»Warum legst du deinem Vater Pferdebeine vor die Tür?« Ich war irritiert.

»Als Warnung. Aber er hat nur gelacht.«

»Warum hast du das alles mitgemacht?«, fragte ich. »Du hättest dich doch einfach raushalten können.«

»Er sollte aufhören mit allem«, murmelte sie. »Ich hab Filme gesehen, und was die Männer mit den Mädchen machen.«

»Verstehe. Wie kommt es, dass du plötzlich viel besser Deutsch sprichst als noch vor eine Woche, Ivana?«, erkundigte ich mich.

»Ich hab in Plovdiv die Fremdsprachenschule besucht und ein Diplom gemacht. Als klar war, dass Papa nach Deutschland will.«

Ich bemerkte das silberne Bettelarmband. Es lag auf dem Nachttisch. »Hübsch. Woher hast du das, Ivana?«, ich nahm das Schmuckstück in die Hand und klingelte ein wenig damit.

»Von Zita«, lächelte sie. »Sie hat es mir geschenkt. Zum Abschied.«

»Wann war das?«

»Als sie wegging, um Marko zu heiraten.«

»Das kann nicht sein. Sie trägt es in einem Film. Als der gedreht wurde, war sie schon mit Marko zusammen.«

»Nein, nein. Sie gab es mir zum Abschied.«

»Lass gut sein, Grappa«, bat Wayne. »Das können wir doch alles später mal klären. Wir sollten jetzt gehen.«

»Nur noch eins«, meinte ich. »Dein Papa ist wieder auf freiem Fuß, Ivana. Er ist gestern Abend mit Gewalt befreit worden. Hast du irgendeine Idee, wohin er will?«

Sie verneinte. Und ich glaubte ihr sogar.

»Diesmal hat sie nicht gelogen«, sagte Pöppelbaum erleichtert, nachdem wir die Klinik verlassen hatten. »Sie hat doch alles gut erklärt – sogar die Sache mit den Pferdebeinen.«

»Die Sache mit dem Armband ist noch offen«, wandte ich ein. »Da stimmt was nicht mit dem zeitlichen Ablauf.«

»Ich bin wirklich froh, dass sie keine Hure war«, strahlte Wayne. »Das macht plötzlich alles leichter.«

Ich verfasste sechzig Zeilen über Milevs Flucht und hielt dabei – wie Kleist es nannte – die Füße unterm Tisch. Wohl war mir dabei nicht. Ich hätte nur allzu gern über die Verbindung zwischen dem Romapaten und der *Missions*-Dolmetscherin berichtet.

Ich musste zugeben, dass Ivanas Geschichte nicht schlecht klang. In Plovdiv gab es tatsächlich ein Fremdsprachengymnasium mit dem Namen *Ivan Vasov*, an dem man Deutsch lernen und ein Diplom ablegen konnte. Auch die Pferdebein-Geschichte hörte sich plausibel an.

Aber das Armband irritierte mich. Wie hatte Zita es in dem Film tragen können, wenn sie es Ivana geschenkt hatte – und zwar vor ihrer Flucht aus der Romagemeinde hin zu Bernd Hohlkötter alias Marko.

Der behauptete, dass der Film gedreht worden sei, nachdem er mit Zita eine eheähnliche Beziehung eingegangen war. Da Zita die Kette in dem Film getragen hatte, die Marko/Bernd ihr zur Verlobung geschenkt hatte, log Ivana. Oder sie verwechselte etwas. Du hast noch Schonfrist, Cissi, dachte ich, aber nur solange du im Krankenhaus liegst.

Mandelhörnchen oder Tabledance

Frau Schmitz ließ bitten. Mit den Worten, sie habe Birsen nun in die Geheimnisse der Herstellung meines Lieblingsgebäcks eingeweiht, hatte sie mich zum Mandelhörnchentest eingeladen.

Ich alarmierte Friedemann Kleist, doch der ließ mich abblitzen. Keine Zeit.

»Milev kommt aber auch«, versprach ich.

»Haha«, machte er.

»War nur ein Versuch. Meine Reize reichen wohl nicht mehr, dich aus deinem Büro herauszulocken …«

»Zurzeit bin ich mehr unterwegs als du«, behauptete mein Lieblingskommissar.

»Auch heute am Samstag?«

»Verbrechen kennt kein Wochenende. Wir vernehmen Milevs Mitarbeiter. Ich muss los. Viel Spaß beim Test und Grüße an Frau Schmitz.« Er beendete das Gespräch.

Eine halbe Stunde später betrat ich die Bäckerei. Es war seltsam, Birsen Aslan hinter dem Tresen zu sehen.

»Hallo, Birsen, schön, dass du jetzt was Vernünftiges machst«, begrüßte ich sie. »Dieser Beruf hat ja Zukunft. Brot brauchen die Leute immer. Hast du das Singen denn ganz aufgegeben?«

»Ich singe weiter«, gab sie mit einem Anflug von Trotz Auskunft. »Für Freunde und Familie. Und ein bisschen für Pitt Brett. Dafür mache ich eine Showtanz-Ausbildung. Mein Vater darf nichts davon wissen.«

»Showtanz? Tabledance oder an der Stange?«, fragte ich.

»Beides«, strahlte sie. »Und irgendwann, da werde ich es allen zeigen. Auch Pitt. Das Showbiz ist meine Welt.«

Diese junge Dame ist für einen ordentlichen Beruf verdorben, dachte ich. »Wo ist denn die gute Frau Schmitz?«, wechselte ich das Thema.

»Hinten. Sie macht die belegten Brötchen fertig. Für die Versicherungsleute. Die haben eine Tagung zwei Straßen weiter in einem Hotel.«

Doch da kam sie schon. »Tach, Frau Grappa!«, strahlte Anneliese Schmitz – in der Hand das Tablett mit den Brötchen. »Wie isses dir?«

»Muss. Und selbst?«

»Muss. Geh schomma durch. Bin gleich da. Kommt noch wer?«

Ich verneinte.

»Kann er nich oder will er nich?«

»Er hat zu viel zu tun. Das Verbrechen kennt kein Wochenende.«

»Wohl wahr«, nickte sie. »Birsen, machste der Frau Grappa ma 'nen Milchkaffee?«

Ich übte mich in Geduld, studierte die ausliegenden Illustrierten und schaute in mein Tageshoroskop:

Heute pulsiert das Blut in Ihren Adern etwas heftiger als sonst. Die konkreten Auswirkungen können von kraftvollen Auseinandersetzungen, von einem unbedachten Liebesabenteuer bis zu erfüllender Sexualität alles beinhalten. Eine erhebliche Spannung liegt in der Luft. Vielleicht wird Ihnen der Alltag zu eng, vielleicht überstürzen sich die Ereignisse. In der hektischen Stimmung neigen Sie dazu, unüberlegt zu handeln.

Das klingt nicht so übel, dachte ich. Birsen brachte den Milchkaffee. Er war nur lauwarm und der Kaffeeanteil war zu gering. Nach drei Minuten pulsierte das Blut in meinen Adern – wie im Horoskop vorhergesagt. Vor Wut.

»Birsen!«, rief ich. »Was ist das denn für eine ekelhafte Plörre? Das ist kein Kaffee, das ist Spülwasser.«

»Immer haben Sie was zu meckern«, maulte sie. »Sind Sie auch mal mit irgendwas zufrieden?«

»Wenn du mir zeigst, dass du wirklich was gut kannst.«

Kraftvolle Auseinandersetzung – so hatte es das Horoskop beschrieben. Jetzt musste ich nur warten. Die *erfüllende Sexualität und ein unbedachtes Liebesabenteuer* waren als Nächstes dran. Dafür würde ich die Bäckerei aber hoffentlich verlassen dürfen.

Birsen holte schmollend den Kaffee wieder ab. Auf ihren Fingernägeln prangten rote Herzchen, die in der Mitte noch mit einem glitzernden Glasstein versehen waren. Die richtigen Werkzeuge zum Teigkneten.

»So, da bin ich wieder.« Anneliese Schmitz hatte die Brötchen zu ihrem Kunden gebracht. Neuerdings besaß sie einen kleinen Lieferwagen, mit dem sie ihre Waren ausfuhr.

»Der Milchkaffee war nichts«, petzte ich. »Zu wenig Kaffee, zu viel Milch und kalt.«

»Das werd ich ihr schon noch lernen«, meinte die Bäckerin mit Blick auf die Türkin, die keine Anstalten machte, einen neuen Kaffee zuzubereiten.

»Birsen, dann bring ma die Mandelhörnchen!«

Birsen gehorchte. Sie rückte mit einem Tablett an, auf dem die halbmondförmigen Dinger brav nebeneinander lagen.

»Und jetzt probier, Frau Grappa«, befahl Frau Schmitz. »Die Kleine hat den ganzen Morgen dran getöpfert.«

Mit spitzen Fingern griff ich eins und drückte es. Die Masse gab ein wenig nach. Nicht schlecht. Die beiden Enden hatten ordnungsgemäß in Schokolade gebadet. Die Mandeln waren von schöner mittelbrauner Farbe.

Beherzt biss ich in das Gebäck. Birsens dunkle und stark bewimperte Augen fixierten mich, auch Frau Schmitz guckte interessiert.

Die Dinger schmeckten passabel, aber ich zögerte, mein Urteil bekannt zu geben.

»Wie hast du die gemacht, Birsen?«

»Wie Frau Schmitz mir das gelernt hat.«

»Sach der Frau Grappa mal das Rezept«, forderte die Bäckerin ihren Lehrling auf. »Dann weiß ich gleich, dass du es nicht vergessen hast.«

»Marzipan, Zucker, Eiweiß, Zitronenschale und Bittermandelaroma zu einem glatten Teig verarbeiten. Ich nehme die Hände, das geht am schnellsten«, erklärte Birsen. »Aber mit Handschuhen. Den Teig zu einer Rolle formen und in Scheiben schneiden. Die dann zu Hörnchen formen, anschließend in vorher gerösteten Mandelblättchen wälzen. Dann braten ...«

»Backen«, unterbrach Frau Schmitz. »Bei 175 Grad.«

»Ja, doch!«, meinte Birsen unwillig. »Und wenn die Teilchen fertig sind, werden sie noch in flüssige Schokolade getaucht. Und fertig. Ich kenne die Dinger aus der Türkei, da werden sie in Pinienkernen gewälzt. Das Zeug macht übrigens fett.«

Ich hatte inzwischen eins verdrückt. Es war essbar, hatte allerdings bei Weitem nicht die gewohnte schmitzsche Qualität. »Hast du ja einigermaßen hinbekommen, Birsen«, kaute ich. »Mal gucken, was in einer Stunde ist. Wie mein Körper auf die Umstellung reagiert.«

»Das überlebst du schon, Frau Grappa. Die anderen packste der Frau Grappa ein, Birsen«, ordnete Frau Schmitz an. »Bis Montag halten die sich locker.«

Männer mit unverwechselbaren Kennzeichen

Mit schwerem Magen und Sodbrennen zog ich von dannen. Die eingepackten Mandelhörnchen entsorgte ich im nächsten öffentlichen Abfalleimer.

Wieder zu Hause genehmigte ich mir einen doppelten Espresso – Koffein pur. Kaum hatte ich ihn getrunken, klingelte mein Handy.

»Ist deine Mandelhörnchen-Orgie vorbei?«, fragte mein gelegentlicher Liebhaber.

»Ja. Und jetzt ist mir übel.«

Zehn Minuten später stand er vor meiner Tür. Er sah überarbeitet aus. Der Grauschimmer des Bartes sprach nun schon von mehr als drei Tagen. Die Falten von der Nase zu den Mundwinkeln schienen tiefer als sonst.

»Habt ihr eine Spur von Milev?«, fragte ich, als auch er einen Espresso vor sich stehen hatte.

»Nein. Aber wir haben eine interessante Aussage von Donka Zima. Sie konnte die beiden Männer recht genau beschreiben, die sie gequält haben.«

»Hat sie die Kerle denn ohne Masken gesehen?«, fragte ich.

»Das nicht. Aber sie hat ganz spezielle körperliche Merkmale gesehen. Einer von ihnen hat nur einen Hoden. Und der zweite hat auf vier Fingern der rechten Hand jeweils einen Buchstaben tätowiert. K – I – L – L. *Kill.*«

»Prima. Dann musst du die Verdächtigen ja nur dazu bringen, die Hosen runterzulassen. Und vorher guckst du dir deren rechte Hand an. Der mit der Tätowierung dürfte doch recht einfach zu finden sein.«

»Falsch. Den mit dem fehlenden Hoden habe ich schon.«

Ich traute meinen Ohren nicht.

»Siggi Lenz. Der Cousin von Lothar Krüger. Der war ja auch mal auf der richtigen Seite des Gesetzes beschäftigt. Ich habe mir seine Akte angesehen. Darin gibt es einen medizinischen Bericht, wie es ihn von jedem Polizisten gibt. Lenz hatte als junger Polizist einen – sagen wir mal – Unfall. Da diese Sache im Prozess zur Sprache kommen wird, kann ich es auch erzählen: Eine Prostituierte hatte ihm in die Hoden gebissen, eine schwere Infektion folgte und letztendlich eine Amputation.«

»Sein Anwalt wird das nutzen, um ein fettes Trauma zu konstruieren«, seufzte ich. »Ein pathologischer Hass auf alle Nutten. Er konnte nichts dafür – der Arme.«

»Das werden wir sehen.«

»Was darf ich schreiben von dem, was du mir erzählt hast?«

»Es ist Samstag und eure Zeitung erscheint erst am Montag wieder. Ich werde mich mit der Staatsanwaltschaft abstimmen. Warte auf die Pressemitteilung.«

»The same procedure as every day«, maulte ich.

»Können wir jetzt schlafen gehen?«, fragte er. »Ich bin todmüde.«

»Aber gerne. Und ich hoffe, du hast kein Trauma wie dieser Lenz.«

»Zumindest nicht an der gleichen Stelle.«

Kleists Handy weckte uns. Nach dem Telefonat kehrte er nicht ins Bett zurück, sondern duschte.

»Was ist denn passiert?«, blinzelte ich, während er in seine Hose sprang.

»Krüger ist tot. Er hängt am Fensterkreuz seiner Zelle.«

Mobby erhält einen neuen Namen

Nach Cansu und Zita war POM Krüger der dritte Tote in dieser Geschichte. Ich konnte mir nicht vorstellen, dass er sich selbst erhängt hatte – und ich lag richtig. In der Sonntagmorgensendung des Lokalradios meldete der Nachrichtensprecher den Tod eines Untersuchungshäftlings durch Erhängen im Duschraum der Justizvollzugsanstalt:

> *Die Polizei spricht von Fremdverschulden. Bei dem Opfer handelt es sich Gerüchten zufolge um einen suspendierten Polizeibeamten, gegen den im Zusammenhang mit dem Fenstersturz einer 25-jährigen Bulgarin wegen schwerer Körperverletzung ermittelt wird.*

POM Krügers Tod ließ mich kalt. Ein paar Sekunden schämte ich mich deshalb. Dann bereitete ich mir ein opulentes Frühstück.

Wer hatte Grund, POM Krüger zu beseitigen? Milev fiel mir als Erster ein.

Krüger hatte dessen Tochter fast getötet und er wusste sicherlich einiges über die Geschäfte des Romapaten, was der Polizei noch nicht bekannt war. Neben Milev waren auch die Männer verdächtig, die am Todesspiel mit Donka teilgenommen hatten. Vor der Kamera hatten sie zwar Masken getragen, aber es war mehr als wahrscheinlich, dass sie sich gegenseitig kannten.

Oder ein Online-Teilnehmer? Nein, denen konnte man nichts anhaben, weil sie sich dem Gesetz nach nichts hatten zuschulden kommen lassen.

Kleist hatte mir erzählt, dass die bislang vernommenen Kunden, die ja anhand ihrer Personalausweisnummer identifiziert werden konnten, natürlich davon ausgegangen waren, dass alles nur gestellt sei. Ein nächtliches Spiel für Vati, während Mutti und die lieben Kleinen nebenan in ihren Betten friedlich schliefen. Und damit Vati niemanden störte, trug er Kopfhörer und legte die Küchenrolle griffbereit neben sich.

Das Wetter war prima. Ich schwang mich auf mein Fahrrad und radelte zum Phoenix-See, dessen blaue Farbe ich von meinem Balkon aus sehen konnte. Der Bau der Einfamilienhäuser hatte Fortschritte gemacht. Viele Bauherren hatten schon Richtfest gefeiert, wie die Kränze mit den bunten Flatterbändern zeigten. Die neuen Häuser versperrten sich leider gegenseitig die Sicht aufs Wasser und standen sehr dicht beieinander. Ein beschauliches und ruhiges Leben am See dürfte für die Eigentümer ein Wunschtraum bleiben.

Das schöne Wetter hatte viele Bierstädter Kleinfamilien ins Freie gelockt. Vater, Mutter und zwei Kinder. Solche Gruppierungen beherrschten das Bild. Der Spaziergang am Sonntagnachmittag schien noch immer zum bürgerlichen Familienritual zu gehören.

Ich radelte die Weingartenstraße entlang. Die alten Gemäuer, an deren Stelle das Großbordell errichtet werden sollte, waren bereits abgerissen worden. Sogar der Schutt war schon weg. In der Mitte des Geländes hatte der Bauträger auf einem Gerüst ein Schild installiert, auf dem zu lesen war:

Hier entsteht in Kürze ein Eros-Center in dreigeschossiger Bauweise mit 30 Zimmern, Diskothek, Restaurant, Freiluftbar und Kontaktbereich. Behindertengerechte Ausstattung. Bauherr: Amiga-Investment

Die Bürgerinitiative hatte wohl aufgegeben, denn ihre Plakate hingen – von Regen und Sonne zerstört – in Fetzen an den Bauzäunen.

Ein Auto mit dem *Amiga*-Logo stoppte vor dem Baugelände. Ihm entstiegen Phil Sikowitz und eine aufgerüschte Blondine. Ich schob meinen Drahtesel ein paar Meter weiter.

Mit großen Gesten erklärte Sikowitz der Frau, was hier entstehen sollte. Ich schnappte ein paar Satzfetzen auf, in denen es um Investitionen, Beteiligungen und Rendite ging. Es gab viele, die mit Sex Geld machten, ohne die Beine breit machen zu müssen. Sikowitz erkannte mich unter meinem Strohhut und hinter der Sonnenbrille nicht.

Ich schwang mich wieder auf mein Rad und entfernte mich. In einem kleinen Biergarten kehrte ich ein – und traf auf Maxi Singer. Sie winkte mir zu, auch der entzückende Mobby freute sich, mich zu sehen, wackelte mit dem Stummelschwanz und leckte meine nackten Beine. Ich ließ es über mich ergehen, denn Maxi Singer ließ mich nicht aus den Augen.

»Wissen Sie, wie es Ivana geht?«, fragte sie. »Die Polizei gibt mir keine Auskunft. Ich kann mich gar nicht darüber beruhigen, dass sie Milevs Tochter ist.«

»Das hat schon seine Richtigkeit«, bestätigte ich.

»Warum hat sie uns alle belogen?«

»Sie hatte ihre Gründe«, antwortete ich. »Aber das soll sie selbst erzählen.«

»Gut. Dann warte ich«, seufzte Maxi. »Falls sie das alles übersteht.«

»Das wird sie. Es geht ihr besser«, antwortete ich.

Die Kellnerin brachte einen großen Eisbecher. Mobby hatte das Bestellte voll im Blick. Er schnaufte und trippelte von einem Fuß auf den anderen. Maxi häufte die Sahne auf einen Teller und stellte ihn auf den Boden. Mobby schlabberte umgehend den weißen Schaum auf – lustvoll stöhnend.

Maxi sah ihm zu und meinte: »Ich bin froh, dass es Bobby wieder besser geht. Er hatte psychosomatische Bronchitis.«

Bobby? Ich musste was an den Ohren haben. »Wieso Bobby? Er heißt doch Mobby!«

»Ich habe Mobby in Bobby umgetauft. Seitdem hustet er weniger«, lachte Maxi.

»Muss ich das jetzt verstehen?«

»Bobby ist seelisch nicht mehr damit klargekommen, dass

er nach dem Bierstädter SPD-Parteichef benannt worden ist. Ich bin fest davon überzeugt, dass ihn das krank gemacht hat. Aber noch ein Wort über Ivana. Sie hat alle unsere Fälle gekannt, weil sie die Romasprache spricht. Viele Mädchen haben Milev belastet. Hat sie für ihn spioniert?«

»Eher umgekehrt. Sie hat ja sogar die Polizei auf seine Spur gesetzt. Erinnern Sie sich eigentlich an Ivanas Armband?«

»Das silberne Ding, das immerzu klimpert?«

»Genau.«

»Sicher, das ist ja nicht zu übersehen und vor allem zu überhören«, antwortete die Missionsfrau. »Mobby ... Bobby wurde immer ganz Ohr, wenn sie es trug. Sie hat ihn damit gefoppt. Nicht wahr, Männlein?«

Männlein. Ich schluckte meine Bemerkung runter. Bobby war durch die direkte Ansprache seines Frauchens aus dem Schlummer geweckt worden, erhob sich aber nicht, sondern blinzelte nur zustimmend.

»Seit wann trug sie das Armband, wissen Sie das?«, fragte ich.

»Sie hatte es schon, kurz nachdem sie den Honorarvertrag als Übersetzerin bei uns bekommen hatte«, erinnerte sich Maxi. »Das Geschenk einer Freundin zum Abschied – so sagte sie.«

»Wann war das genau?«

Maxi nannte mir ein ungefähres Datum. »Ist das wichtig?«

»Zita trug auch so ein Armband. In einem Pornofilm.«

»Dann war Zita diese Freundin. Und hat Ivana das Armband geschenkt, bevor sie angeblich heiratete.«

»Ja, das erzählt Ivana. Aber ... irgendwas stimmt nicht an der Geschichte.«

»Was meinen Sie?«

»Ich krieg es noch nicht zu fassen«, murmelte ich. »Der Mann, der Ivana aus dem Fenster geworfen hat, ist übrigens tot. Er hat sich erhängt.«

»Ich weiß. Der Polizist. Ich hab's im Radio gehört.«

»Die Polizei sucht dringend einen zweiten Mann«, verriet ich. »Er hat das Wort *Kill* auf den Fingern der rechten Hand tätowiert. Kennen Sie vielleicht jemanden, der so was hat?«

Sie schüttelte den Kopf. »Aber ich werde die Frauen fragen, die wir betreuen.«

Ein bekannter Knoten und eine Klimaanalyse

POM Krüger war mit gefesselten Händen erhängt worden. Zuvor hatte man ihm einen Schlag auf den Hinterkopf gegeben, um die Sache weniger kompliziert zu machen.

Staatsanwaltschaft und Polizei teilten weiterhin mit, dass drei bulgarische Staatsangehörige, die sich im selben Gefängnis befanden, vernommen worden waren. Bisher ohne Ergebnis. Die drei leugneten standhaft, etwas mit der Hinrichtung zu tun zu haben, und gaben sich gegenseitig Alibis.

Ich rief Kleist an und fragte: »Müssen es denn unbedingt Bulgaren gewesen sein, die Krüger vom Leben zum Tod befördert haben? So, wie der Typ getickt hat, hat er sich bestimmt auch unter den Deutschen jede Menge Feinde gemacht!«

»Ich wusste, dass diese Frage früher oder später von dir kommt, Maria. Zumal …« Er zögerte.

»Nun sag schon«, bat ich.

»Also gut. Krügers Hände waren auf die gleiche Art gefesselt wie die Cansus und Zitas.«

»Ein Webeleinstek!«, rief ich aus. »Das ist ja der Hammer!«

»Ja. Knoten kann zwar jeder lernen, aber zur See gefahren sind die drei Bulgaren jedenfalls nicht«, erklärte Kleist. »Aber es ist gut, dass sie offiziell als Verdächtige gelten.«

Dr. Berthold Schnack hatte schlechte Laune. Wurbel-Simonis hatte einen Krankenschein und Resturlaub genommen – bis zu ihrem Ausscheiden aus der Redaktion. Bevor sie ihre Sachen genommen und gegangen war, war sie beim Betriebsrat aufgelaufen und hatte ordentlich über Schnack und deinen Führungsstil hergezogen. Die Arbeitnehmervertretung und auch der Redakteursausschuss waren aufmerksam geworden und hatten uns allen einen Fragebogen geschickt, der mit *Klimaanalyse* überschrieben war.

»Schnack kommt grad von einem Gespräch mit dem Verleger«, flüsterte mir Susi schadenfroh zu.

»Nach seiner Gesichtsfarbe zu urteilen, war das Gespräch tief und gründlich«, flüsterte ich zurück.

»Störe ich die Damen bei wichtigen Verrichtungen?«, fauchte Schnack uns an. »Sagen Sie doch bitte Bescheid, wenn ich mit der Konferenz beginnen darf.«

»Huch«, wisperte Susi.

»Ich habe zunächst eine Information in eigener Sache«, verkündete Schnack. »Betriebsrat und Redakteursausschuss haben sich auf die Seite einer hysterischen Kollegin geschlagen und eine Klimaanalyse initiiert. Dieser Begriff ist für mich nichts anderes als ein Angriff gegen mich und meinen Führungsstil. Aber, bitte schön! Füllen Sie den Fragebogen meinetwegen aus. Ob dies dem Redaktionsfrieden dient, wird sich herausstellen.«

»Wir antworten einfach nach bestem Wissen und Gewissen, Herr Dr. Schnack«, strahlte ich. »Was ja sicherlich in Ihrem Sinn ist.«

»Der Meinung bin ich auch«, lächelte Bärchen Biber. »Ich schreib bestimmt die Wahrheit rein.«

»Ich auch«, schloss sich Pöppelbaum an.

»Genau!«, tönte Simon Harras. Die drei Sekretärinnen nickten heftig und der Volontär setzte ein Pokerface auf.

Damit war das Thema erledigt. Die wichtigen Termine des Tages wurden besetzt. Ich schlug zwanzig Zeilen zum Tod von POM Krüger vor. »Es war definitiv Mord. Man verdächtigt drei Bulgaren, die auch gerade einsitzen.«

»Hört das denn nie auf?«, fragte Schnack. »Ich würde gern mal einen Artikel in unserer Zeitung lesen, der sich damit beschäftigt, dass es in Bierstadt einen sprunghaften Anstieg der Straftaten gibt, seit unsere lieben EU-Mitglieder aus Bulgarien hier eingetroffen sind.«

Es sollte ironisch klingen, doch wir verzogen nur partiell unsere Gesichter. Bärchen Biber fühlte Schnacks Blick auf sich ruhen und rutschte fast unter die Tischplatte.

Doch prompt kam: »Kümmern Sie sich doch bitte darum, Kollege Biber.«

»Das hast du davon«, stichelte ich, als ich Bärchen am Kaffeeautomaten erwischte.

»Wovon?«

»Dass du den Chef privat kennst«, antwortete ich. »Dafür musst du für ihn die Kohlen aus dem Feuer holen. Viel Freude bei der Kriminalstatistik.«

»Wie kommst du darauf, dass ich Schnack privat kenne?«, fragte er unschuldig.

»Nennt er dich nicht ›Bärchen‹?«

»Ja, leider.« Biber schüttete sich Kaffee ein. »Ich hab ihm tausend Mal gesagt, dass er das lassen soll.«

»Und wie sagst du zu Schnack, wenn ihr alleine seid? Schnacki-Maus?«

»Hör mal zu, Grappa!« Er knallte den Becher auf die Küchenplatte. »Ich bin zwar schwul, aber nicht mit Schnack. ›Bärchen‹ nennt er mich, weil meine Mutter seine Cousine ist. Das stammt noch aus meiner Kindheit.«

»Wir dachten alle, dass ihr beiden …«

»Falsch gedacht.«

»Aber ich hab euch gesehen, da habt ihr Händchen gehalten.«

»Geht's noch, Grappa? Er spielt den väterlichen Onkel. Da gehört das dazu.«

»Und warum macht ihr so ein Theater? Warum siezt ihr euch?«

»Berthold ist ein Hundertfünfzigprozentiger. Er will nicht, dass ihr glaubt, dass ich den Job nur bekommen hab, weil er mein Onkel ist.«

»Hast du doch aber, oder?«

»Ja. Aber ich hab die Chance genutzt und was draus gemacht. Hat dir noch nie jemand beruflich weitergeholfen, Grappa? Und jetzt kümmer ich mich um die Straftaten der Bulgaren.«

Donka wurde aus dem Krankenhaus entlassen und in Maxi Singers Obhut gegeben. Die *Mission* besaß ein Haus, das ihr von einer alten Frau vererbt worden war. Darin wurden Opfer von Menschenhandel vorübergehend untergebracht. Selbst ich wusste nicht, wo sich das Haus befand.

Maxi Singer überbrachte mir diese gute Mitteilung telefonisch am Nachmittag.

»Sie hat alles überraschend gut überstanden«, berichtete die Missionsfrau. »Sie will immer noch auf keinen Fall nach Plovdiv zurück. Das Jugendamt sucht jetzt einen Vormund für sie. Sie ist ja erst siebzehn. Sobald der Fall geklärt ist, könnte sie allerdings schnell abgeschoben werden.«

»Noch ist der Kerl mit dem Tattoo ja nicht gefunden«, entgegnete ich.

»Übrigens erinnert sich keines meiner Mädchen an einen Freier mit so einer Tätowierung.«

Hitparade der schönsten Delikte

Bärchens Artikel führte ich mir beim Frühstück zu Gemüte.

Bulgarische Einwanderer lassen Gewalttaten drastisch ansteigen

Eln Anstieg der Raubdelikte um zwanzig Prozent, immer mehr Taschendiebstähle, Überfälle und Straßenraub – insgesamt musste die Polizei im vergangenen Jahr über 80.000 Straftaten bearbeiten.

Eine Analyse im Bereich Straßenraub ergibt, dass 70 Prozent der Täter unter 21 Jahre alt sind. Und von diesen wiederum stammen

60 Prozent aus der Altersgruppe der 15- bis 17-Jährigen. Der überwiegende Teil der jugendlichen Täter hat einen Migrationshintergrund. Es handelt sich laut Polizei um Türken, Marokkaner, aber auch um Rumänen und Bulgaren.

Die EU-Ost-Erweiterung bereitet der Polizei große Probleme – besonders wegen der Bulgaren in der Nordstadt, von denen immer mehr nach Bierstadt einreisen und hier leben.

Bärchen hatte noch eine Hitparade der »schönsten« von Ausländern und Deutschen begangenen Straftaten zusammengestellt. Interessant war, dass die Ausländer im Bereich der Kleinkriminalität besonders emsig waren, die Deutschen dagegen in der Rubrik Gewaltdelikte gegen Personen vorne lagen.

Mein Artikel mit weiteren Infos zu POM Krügers Tod und den verdächtigen Bulgaren schien die xenophobische Tendenz unseres Blattes noch zu bestätigen. Ich legte die Zeitung beiseite.

Immer wieder musste ich an diesem Tag an das Armband denken. Die zeitlichen Abläufe der Schenkung an Ivana Rose und Markos Aussage wollten einfach nicht zusammenpassen.

Ich machte mir eine Zeittabelle, um mehr Klarheit über die Abläufe zu gewinnen.

Ivana Rose behauptete, das Bettelarmband von Zita als Abschiedsgeschenk bekommen zu haben, als sie mit Marko alias Bernd Hohlkötter zusammenzog und sich aus der Szene löste. Das war vor fünf Monaten.

Maxi Singer erinnerte sich, dass Ivana das Armband getragen hatte, als sie als Dolmetscherin in der *Mission* anheuerte. Das war vier Monate her.

Marko hatte Zita vor zwei Monaten rausgeworfen – so behauptete er. Wegen des Pornofilms, in dem sie – neben dem Armband – auch jene Goldkette trug, die er ihr zur Verlobung geschenkt hatte. Er hatte sich daraufhin verraten gefühlt.

Wie konnte Zita in dem Film also ein Armband tragen, das sie seit fünf Monaten nicht mehr besaß?

Der Zeitpunkt, zu dem der Film gedreht worden war, konnte nicht exakt bestimmt werden. Er musste allerdings nach der Verlobung angefertigt worden sein, denn Zita trug ihr goldenes Geschenk um den Hals. Das Armband ums Handgelenk passte dagegen einfach nicht in diesen Film.

Hatte uns Bernd Hohlkötter belogen? Und wenn ja, warum? Er hatte sich ohne Not bei mir gemeldet, nachdem ich im Blog nach ihm gesucht hatte. Den Film hatte er Kleist und mir freiwillig gegeben, und auch die Geschichte mit der Goldkette hätte er uns nicht erzählen müssen. Vielleicht hatte ich aber auch etwas missverstanden.

Ich wählte die Nummer von Hohlkötter, aber niemand meldete sich. Der Mann arbeitete in einer Autowerkstatt – aber in welcher, das wusste ich nicht. Er hatte von »einem Laden im Hafen« gesprochen.

Ich schaute in den Gelben Seiten und im Internet nach, telefonierte die Werkstätten ab. Bei einer war Bernd Hohlkötter bekannt.

Grubenpony und Graupensuppe

Car-Profi befand sich zwischen einem Automatenhersteller und einer Spedition. Einige Autoskelette und Einzelteile lagen im Hof. Hammergeräusche und Motorengeheul. Ich schob eine Tür auf und erntete ungläubige Blicke von den hier werkelnden Männern – Frauen verirrten sich wohl selten her. Auf die Frage nach Hohlkötter erhielt ich die Auskunft, dass er schon Feierabend habe. Ich fragte nach der Adresse – Fehlanzeige. Offenbar kannte man sogar hier schon den Begriff ›Datenschutz‹. Aber ich wusste einen Trick, wie man die Sache aushebelt: ein Zwanziger – dezent in den ölverschmierten Blaumann eines Kerls gesteckt.

Hohlkötter hatte anscheinend nicht sein ganzes Leben in der Klitsche gearbeitet, denn er wohnte in einem netten Eigenheim im Westen der Stadt. Klinkerbau, Vorgarten, Garage und eine Wäscheleine im Garten hinter dem Haus. Es waren zwei Klingelschilder angebracht: *Bernd Hohlkötter* und *Amalie Hohlkötter. Amalie* klang schön antik und ich tippte auf mindestens die Mutter. Bestimmt gehört Mama das Haus – dachte ich.

Ich drückte die Klingel und wartete. Hinter der Tür rührte sich etwas, dann öffnete sie sich. Eine alte Frau in Puschen und Schürze machte: »Häh?«

»Ich will zu Bernd Hohlkötter«, sagte ich. »Ist er da?«

»Der Junge is in seinem Gaaten.«

»Hier? Hinterm Haus?«

»Nee, gleich umme Ecke und dann geradeaus, so zwei Kilometer.« Sie deutete nach rechts.

Ich erinnerte mich an das Foto, das Hohlkötter und Zita in einem Schrebergarten zeigte.

»Der heißt *Zechenglück«*, verriet die Frau mir weiter. »Parzelle 128. Am Vereinsheim vorbei und dann die erste rechts. Mit 'ner roten Laube.«

Ich startete den Motor meines Autos und folgte der Wegbeschreibung. Die Zechenhäuschen waren schmuck herausgeputzt. Das sogenannte ›Negerdorf‹ hatte einige Preise vom Denkmalschutzamt eingeheimst, weil hier die Struktur alter Bergbausiedlungen bewahrt worden war. ›Negerdorf‹ hieß das Viertel, weil die angrenzende Zeche Tremonia keine eigene Waschkaue besessen hatte. Deshalb mussten die Bergleute schwarz und ungewaschen den Heimweg antreten.

Kleingartenverein Zechenglück e. V. prangte in altdeutschen Lettern über dem Eingangstor der Gartenanlage und darunter in kleinerer Schrift: *Wer mit seinem Garten schon zufrieden ist, verdient ihn nicht.* Das hörte sich nach immerwährender Arbeit an.

Das Tor schwang auf. Rote Steine knirschten unter meinen Schuhen. Tatsächlich war hier alles geschniegelt und gestriegelt. Die Begrenzung des Weges zu den einzelnen Parzellen schien mit dem Lineal gezogen, die Rasenkanten mit der Nagelschere gestutzt. *Achtung Rattengift* – warnte ein Schild.

Die Parzellengärtner, die zu sehen waren, beachteten mich nicht. Sie waren in die Pflege ihrer Gärten vertieft. Ich sah gebückte Rücken, Hände, die mit Messern Löwenzahn ausstachen, und chemisch riechende Nebel, die aus Dosen auf Stauden gesprüht wurden. Nur wenige Gartenbesitzer lagen dösend im Liegestuhl und erfreuten sich an der Idylle.

Die Kneipe neben dem Vereinsheim hieß *Zum Grubenpony* und hatte noch geschlossen. Leere Bierkästen stapelten sich neben der Tür. Die knappe Speisekarte verhieß Magengrimmen: Graupensuppe, Pfefferpotthast, dicke Bohnen mit Mettenden. Neben der Speisekarte hing ein Glaskasten mit der Kleingartensatzung. Sie umfasste vierzig Seiten und fünfunddreißig Paragrafen. Ich verzichtete auf die Lektüre.

Parzelle 128. Hohlkötter drehte mir den Rücken zu. Er beugte sich über eine große, viereckige Tonne und hielt zwei kleine Eimer in den Händen.

»Hallo, Herr Hohlkötter!«

Er drehte sich um.

»Darf ich reinkommen? Ihre Mutter sagte mir, dass ich Sie hier finde.«

»Nur rein mit Ihnen«, rief er. »Ich hab aber grad was zu tun.«

»Kein Problem.«

Hohlkötter trug eine grüne Latzhose, ein verwaschenes Shirt, Gummistiefel und Arbeitshandschuhe.

»Ich muss die Würmer reintun«, erklärte Hohlkötter. »Damit der Kompost gut wird.«

Er öffnete einen der Eimer. Ich sah nur schwarze Erde. Mit einem Finger wühlte er sie um. Wie von Zauberhand begann die Erde lebendig zu werden. Die rosafarbenen Leiber der Regenwürmer wanden sich und suchten wieder Schutz im Dunkel.

»Licht is nix für die«, erklärte Hohlkötter. »Das können se nicht ab.«

»Mir ist klar, dass sie nützlich sind«, meinte ich. »Aber sie sind trotzdem komisches Zeugs und irgendwie eklig.«

»Sind die nicht«, widersprach er. »Ein Wurm hat fünf Herzen und sechs Nieren und schlafen tut er auch nicht.«

Er schüttete die wabernde Masse in den Komposter und klappte den Deckel zu. »Und jetzt sagen Se mir, was Se wollen. Bierchen dabei?«

»Nee. Zu früh.«

»Setzen Se sich wacker dahinten hin.« Er deutete auf eine rustikale Holzmöbelkombination. »Ich hol das Bier.«

Damit verschwand er in der Gartenlaube. Ein Korken ploppte und er kehrte mit der Bierflasche in der Hand zurück. »Also, wat gibbet?«

»Es geht noch mal um Zita«, begann ich. »Erinnern Sie sich an ein silbernes Armband mit Klimperzeug dran?«

Hohlkötter überlegte. »Sie hatte einiges an Klimperzeug. Hab das nicht mehr so auffem Schirm.«

Er hob die Bierflasche, genehmigte sich einen tiefen Schluck und stellte die Pulle anschließend auf den Tisch – die Hand noch immer um den Flaschenhals gelegt. Ich erstarrte. Schloss die Augen. Öffnete sie wieder, doch es war immer noch da. Auf Bernd Hohlkötters Hand waren Buchstaben tätowiert – die zusammengesetzt das Wort *Kill* ergaben.

»Was ist mit Ihnen? Sie sind ja weiß wie 'ne Wand?«

»Mir ist übel. Zu viel Sonne. Kann ich bitte ein Glas Wasser haben?«

Ob Bernd Hohlkötter mit einem Glas Wasser zurückkehrte, erfuhr ich nicht mehr. Kaum hatte er mir den Rücken zugedreht, da nahm ich meine Beine in die Hand und verließ den Kleingarten fluchtartig.

Der Gärtner ist nicht bei Mutti

»Ich habe den Killer mit der Tätowierung gefunden«, teilte ich aufgeregt mit. »Es sitzt in der Kleingartenanlage *Zechenglück* und trinkt Bier.« Ich war einige Straße weiter gefahren und hatte Kleist angerufen.

»Okay«, meinte dieser. »Dann ist es mal wieder der Gärtner. Schön. Geht es dir gut, Maria?«

»Es geht mir bestens. Kommst du und nimmst ihn fest oder soll ich mich an die örtliche Polizeiinspektion wenden?«

»Erzähl.«

Als ich mit meinem Bericht fertig war, fragte Kleist: »Wieso ist uns das nicht bei dem ersten Treffen aufgefallen?«

»Er hatte die rechte Hand verbunden. Erinnerst du dich? Ein schwarz-gelber Verband mit dem Logo der Borussia. Ich hab mich heimlich darüber amüsiert, wie weit die Liebe der Fans zum Klub geht.«

Eine halbe Stunde später fuhr ein Polizeiwagen vor dem Kleingartengelände *Zechenglück* vor. Bernd Hohlkötter hatte seine Laube von außen mit einem Vorhängeschloss gesichert und war ausgeflogen. Auch bei Mutti war er nicht zu finden. Eine Fahndung wurde eingeleitet.

In der Nacht hatte ich Albträume, in denen Frauen schrien, um Gnade flehten, Blut floss und Männer stöhnten. Bernd Hohlkötter, der liebe Marko, der eine Prostituierte selbstlos aus der Szene befreit hatte. Ich war auf dieses sentimentale Rührstück reingefallen. Es wäre ein so schönes Happy End gewesen für eine Frau, die nie auf Rosen gebettet war. Kein Wunder, dass ich es hatte glauben wollen.

Die Türklingel riss mich aus den bedrückenden Träumen. Ich tippte auf Kleist, öffnete und erhielt einen Schlag in die Magengrube. Mit einem Schrei stürzte ich zu Boden.

»Die Bullen suchen mich, und das hab ich dir zu verdanken, du Miststück!«, brüllte mich Hohlkötter an.

Er zerrte mich hoch, griff unter mein Kinn und zog mein Gesicht zu seinem hin. »Was hab ich falsch gemacht?«

Hatte ich in meinen Frauengruppen nicht gelernt, wie man solche Angriffe abwehrt? Versuch macht kluch, dachte ich und trat mit dem Knie zu. Leider traf ich daneben und er mich ins Gesicht. Mein Hirn schepperte gegen die Schale.

»Vorwärts!« Er schob mich Richtung Küche.

Angst kroch in mir hoch. Niemand würde darauf kommen, dass Hohlkötter ausgerechnet mich ›besuchte‹. Ich war dem Frauenquäler ganz allein ausgeliefert.

Quatsch ihn tot, riet ich mir, jede Minute, die du am Leben bleibst, ist eine gute Minute.

»Du willst wissen, was du falsch gemacht hast, Bernd?«, krächzte ich. Meine Lippe blutete und die Wange war geschwollen.

Er hatte mich in einen Stuhl gedrückt und sah sich in der Küche um. Sein Blick blieb wohlwollend an der Magnetleiste mit den zwanzig Messern hängen. Japanische Gemüse- und Ausbeinmesser, Fleischmesser, Obstmesser, Kochmesser, Schälmesser und mein Lieblingsmesser, das Santoku. Kleist sorgte dafür, dass die Klingen immer scharf waren.

»Du darfst dir eins aussuchen«, grinste er. »Für später.«

»Du bist ein Scheißtyp, Bernd«, sagte ich ruhig. »Was ist so schön daran, Frauen zu quälen? Was ist schiefgelaufen in deinem kleinen, miesen Leben?«

»Das geht dich einen feuchten Dreck an.«

»Hat deine Mama dich in Frauenkleider gesteckt? Oder ist es ein Minderwertigkeitskomplex, weil du so scheiße aussiehst? Oder hast du nur ein Ei wie dein Kumpel Siggi Lenz?«

»Such dir schon mal ein Messer aus.«

»Ich werde dir sagen, was du falsch gemacht hast.« Ich machte eine Pause. Das Sprechen schmerzte. »Darf ich mir ein Glas Wasser holen?«

»Du bleibst sitzen!« Hohlkötter nahm ein Glas, das zufällig neben der Spüle stand, und drehte den Hahn auf. Ich blickte durch die Balkontür nach draußen. Kein Mensch da – nur Krähen und andere frühe Vögel kreisten über dem abgeernteten Feld.

Er reichte mir das Glas und ich trank in kleinen Schlucken. Zeit gewinnen.

»Du warst perfekt, Bernd«, nuschelte ich. »Der unscheinbare Freier, der sich in eine Nutte verliebt und sie erlöst. Leider hast du deine Rolle so gut gespielt, dass dir alle glaubten. Glauben wollten. Ist ja auch eine schöne Geschichte.«

Hohlkötter lächelte. Mein Lob gefiel ihm.

»Und dann die Fotos von dir und Zita im Kleingarten. Zum Herzerweichen. Die Enttäuschung, die sie dir angeblich bereitet hat. Du befreist sie vom Strich und sie hintergeht dich. Als Beweis, dass der Film entstanden ist, nachdem sie versprochen hat, nichts mehr zu machen, dient die Kette, die du ihr angeblich geschenkt hast. Dummerweise hast du aber das Armband übersehen, das sie vor fünf Monaten einer Freundin geschenkt hat. Zita besaß es längst nicht mehr, als sie mit dir zusammenzog. Der Film ist nicht entstanden, als sie bei dir wohnte. Der Film ist viel älter, als du behauptet hast.«

»Nicht schlecht«, murmelte er.

»Warum hast du dich überhaupt bei mir gemeldet, Bernd?«

»Krüger hat mir dazu geraten, damit du aufhörst, im Internet nach mir zu suchen. Oder vielmehr Terminator. Dass du das warst, wusste ich ja nicht.«

»So schlecht war die Idee ja nicht«, gab ich zu.

Im Augenwinkel bemerkte ich ein Licht im Garten und eine Gestalt. Ich zuckte nicht mit der Wimper, obwohl ich Hoffnung schöpfte. Hohlkötter saß mir gegenüber, konnte also nicht nach draußen sehen. Ich musste ihn weiter beschäftigen.

»Und dann deine Tätowierung. *Kill.* Donka hat sie gesehen, als du sie gequält hast. Und als du gestern die Flasche

Bier auf den Tisch stelltest, war mir alles klar. Wer hat Zita umgebracht?«

»Es war das Spiel. Irgendwann war sie eben tot.«

»Und ihr habt sie in der Wohnung verrotten lassen.«

Schatten auf dem Balkon, direkt vor der Glastür. Rede weiter, Grappa!

»Und die andere? Cansu?«, quatschte ich. »Und wer war noch dabei? Siggi Lenz? Sein Cousin POM Krüger? Wer sind die anderen Kerle? Wer hat die ganze Kohle abgegriffen, die von den Internetspielern gezahlt wurde? Mach endlich dein verfluchtes Maul auf, Marko!«

Er sprang vom Stuhl auf, der umfiel, und hob den Arm, um mich zu schlagen, doch er kam nicht dazu. Glas splitterte und zwei Polizisten mit Sturmhauben griffen zu.

Ich sprang auf und trat Bernd Hohlkötter mit Wucht zwischen die Beine. Diesmal saß der Tritt und er stimmte ein infernalisches Geheul an. Memme!

Der Notarzt sprühte eine antiseptische Lösung auf meine offenen Wunden und reichte mir ein eisgekühltes Gel-Päckchen für meine geschwollene Wange. So derangiert hatte mich Kleist noch nie gesehen, aber er ertrug es mannhaft.

Hohlkötter war schon auf dem Weg in den Knast. So schnell würde ich ihm nicht mehr begegnen.

Kleist blieb, und das war gut so. »Wie bist du drauf gekommen, dass Hohlkötter bei mir war?«, fragte ich.

»Wir haben Hohlkötters Laube und das Haus seiner Mutter durchsucht. Sein PC lief noch, und als ein Kollege nachschaute, fand er das Online-Telefonbuch mit deiner Nummer und deiner Adresse auf dem Schirm. An dein Handy bist du nicht gegangen, das hat mich dann nervös gemacht. Und dann sah ich euch in der Küche sitzen.«

»Ich danke dir«, murmelte ich. »Du hast mir das Leben gerettet. Er wollte mich umbringen – mit einem unserer schönen japanischen Messer.«

»Etwa mit dem Kasumi?«, fragte Kleist mit Entsetzen im Gesicht.

»Ich sollte mir eins aussuchen«, grinste ich. »Das Santoku wäre doch okay gewesen, oder?«

Mörder sind sie alle

Am nächsten Tag meldete ich mich krank. Den Artikel über die Festnahme eines weiteren Verdächtigen in den Mordfällen Cansu Stojka und Zita Adonay sollte jemand anders schreiben.

Die Schwellung in meinem Gesicht war zurückgegangen, doch ich hatte Kopfschmerzen. Ich warf zwei Pillen ein und legte mich wieder hin. Mir war alles egal. Nein, mehr als das. So musste man sich fühlen, wenn man sich gerade einen Schuss gesetzt hatte: total entspannt und glücklich.

Abends las ich den Online-Artikel. Bärchen Biber hatte ihn geschrieben.

> Das Gericht hat gegen den festgenommenen Bernd H. einen Haftbefehl wegen des Verdachtes der mehrfachen Vergewaltigung, der schweren Körperverletzung mit Todesfolge, der Bedrohung, Nötigung, Zuhälterei, Erpressung und der Entführung erlassen.

Von Mord war nicht die Rede. Aber auch so würde Hohlkötter einige Jahre im Knast verbringen. Dennoch war ich nicht zufrieden. Die wahren Mörder von Cansu und Zita würden nie ermittelt und verurteilt werden. Denn Mörder waren sie alle – die Männer, die im Film folterten, und die zahlenden Kunden, die per Mausklick die Quälereien bestellten.

Einen Monat später. Meine Wunden waren vergessen, der Polizeiapparat arbeitete immer noch auf Hochtouren. Es war kompliziert und zeitraubend, Licht ins Dunkel des Porno- und Gewaltsumpfes zu bringen. Die Kunden des *Wachtraum*-Todesspiels konnten strafrechtlich nicht belangt werden. Aber sie hatten die Rechnung ohne einen Mann gemacht, der eine salomonische Idee hatte, und das war ausgerechnet Schnack.

Schnack wandte sich an den Weißen Ring und richtete ein Sonderkonto für Opfer von Sexualstraftaten ein. Dann nahm er die ganze erste Seite für einen Leitartikel. Darin beschrieb er das Todesspiel genau. Am Ende wandte er sich an die Kunden und nannte sie die *Spielergemeinschaft.* Natürlich hätten sie nicht wissen können, dass die Quälereien, die sie bestellt und bezahlt hatten, tatsächlich ausgeführt worden waren und zwei Frauen ermordet wurden. Da nun aber erwiesen sei, dass das Filmgeschehen real passiert war, hätten sie doch sicher das Bedürfnis, eine Art Buße zu leisten. Dazu wolle ihnen das *Tageblatt* Gelegenheit geben. Sie könnten ja zum Beispiel ganz freiwillig je 8.000 Euro auf das Sonderkonto spenden. Er erinnerte sie daran, dass der Staatsanwaltschaft ihre Personalausweisnummern bekannt waren. Dann erwähnte er die vorzüglichen Kontakte zu den Ermittlungsbehörden. Er versprach, dass das *Tageblatt* bei denjenigen Spielern, die ihre Spende unter Angabe ihrer Identität einzahlten, ganz bestimmt weder den Namen noch die Anschrift noch die Ausweisnummer veröffentlichen werde.

»Das ist mutig von Schnack«, kommentierte Kleist, nachdem er den Aufruf gelesen hatte. »Aber es wird ihn wohl niemand wegen Nötigung anzeigen.«

Er hatte recht. Anzeigen gab es keine, aber viele Mitglieder der Spielgemeinschaft folgten dem Spendenaufruf.

Maxi Singer freute sich über eine großzügige Spende und baute davon das Haus für die Opfer von Menschenhandel aus.

Weniger erfreulich endeten die anderen losen Enden der Ermittlungen. Dass man Cansu Stojka, Zita Adonay und POM Krüger auf dieselbe Art gefesselt hatte, ließ keine Schlussfolgerungen zu. Der Webeleinstek gehört zum Grundwissen von Sado-Maso-Liebhabern und hatte mit der Seefahrt wohl nichts zu tun.

POM Krügers Tod wurde nicht aufgeklärt. Die Polizei ging davon aus, dass sich Dimitar Milev für Krügers Angriff auf Ivana gerächt hatte.

Dimitar Milev wurde nicht gefunden. Die Spuren führten nach Südeuropa.

Ivana Rose hatte das Krankenhaus verlassen und ihre Sachen bei Wayne abgeholt. Und sich von ihm verabschiedet. Sie wollte zurück nach Bulgarien.

»Weißt du, was das Merkwürdige am Verliebtsein ist, Grappa?«, fragte der Bluthund.

»Keine Ahnung«, log ich.

»Dass man den anderen nicht so sieht, wie er ist, sondern wie man ihn sich wünscht«, klärte er mich auf. »Und wenn man merkt, dass er nicht so ist, wie man sich das wünscht, macht man ihm das zum Vorwurf. Obwohl er gar nichts dafür kann.«

»Mit dem schönen Wort *man* meinst du dich«, stellte ich fest. »Und der andere oder die andere ist Ivana Rose.«

»Ja. Ich war verliebt und gleichzeitig zerrissen. Ich hab gespürt, dass ich noch fühlen kann, auch wenn es nicht immer positive Gefühle waren«, gestand er. »Ich werde Ivana nicht vergessen.«

Dann kam der Tag, an dem das Eros-Center am Phoenix-See seine Eröffnung feierte. Die Investoren hatten dem Großbordell den Namen *Fick und Fertig* gegeben. In rotgoldenen Buchstaben blitzte er über dem Haupteingang.

Phil Sikowitz ließ es richtig krachen. Er organisierte ein Bürgerfest mit Gewinnspielen und Gutscheinen für Erwachsene. Kinder konnten Riesenrad fahren, Kettenkarussells besteigen und Clowns bewundern. Für die Väter der Kleinen gab es Zehnerkarten für Afterjobpartys im Kontakthof. Die künftigen Sexarbeiterinnen waren auch anwesend und konnten begutachtet werden. Den Höhepunkt des Ganzen bildete die Uraufführung einer Musik-Revue mit dem Titel *Zum nackten Rüssel am Phoenix-See.* Regie führte der bekannte Medienstar Pitt Brett.

Die Bürgerinitiative hatte ihren Widerstand aufgegeben, denn er war von der Begeisterung der Menschen überrollt worden. Die Menschen im Stadtteil hatten sich wieder lieb.

Nagelstudio – nein danke!

Am nächsten Tag erreichte mich ein Hilferuf in Form einer SMS: *Ich brauch deine Hilfe, Frau Grappa! Kannst du in den Laden kommen?*

Zehn Minuten später stand ich in der Bäckerei.

»Gleich ist der Notar-Termin«, empfing mich Anneliese Schmitz. »Mit dem Herrn Aslan.«

»Und?«, fragte ich.

»Ich will das nicht mehr, Frau Grappa!« Die Bäckerin begann zu schluchzen.

»Du willst nicht mehr verkaufen, Frau Schmitz?« Irgendwie gefiel mir der Gedanke.

»Gestern war die Birsen hier mit 'ner Freundin«, heulte Frau Schmitz. »Und ich hab gehört, was die geredet haben. Die wollen aus der Bäckerei ein Nagelstudio machen, sobald der Laden dem alten Aslan gehört.«

»Nagelstudio?«, rief ich entsetzt aus. »Igitt!«

»Ja, Nagelstudio!«

»Das geht nicht«, entschied ich. »Du lässt den Termin beim Notar sausen, Frau Schmitz!«

»Der Vorvertrag ist schon gemacht«, schniefte sie.

»Das bedeutet nichts. Da kommst du locker wieder raus. Wegen Vorspiegelung falscher Tatsachen oder so. Soll ich den Termin für dich absagen?«

Ja, ich sollte und ich tat es.

»Und was ist jetzt?«, fragte Frau Schmitz glücklich, aber auch ein wenig hilflos. »Muss ich jetzt hier backen, bis ich tot umfalle?«

»Lass uns das Problem langsam angehen, Frau Schmitz«, entgegnete ich. »Erst mal nimmst du dir eine Hilfe für die schweren Arbeiten. Und dann bildest du eine Nachfolgerin aus. Nicht so eine wie Birsen, sondern eine, die Spaß an der Arbeit hat.«

»Und wie soll ich die finden, Frau Grappa?«

»Ich hab eine Idee. Muss mal eben telefonieren. Bringst du mir einen Milchkaffee?«

Sie nickte und entfernte sich. Ich rief Maxi Singer an und ließ mir die Handynummer von Donka Zima geben. Sie lebte noch immer in der Wohnung der *Mission.* Sie ging sofort ans Telefon.

»Ich hab eine Hilfe für dich und vielleicht einen Lehrling«, erklärte ich, als mir Frau Schmitz den Kaffee brachte.

»Und wen?«

»Ein junges Mädchen. Sie ist siebzehn Jahre alt und heißt Donka Zima.«

»Also, das klingt ja schon wieder ausländisch«, wandte sie ein.

»Das ist ja auch ausländisch«, gab ich zu. »Donka kommt aus Bulgarien. Willst du es nicht mal mit ihr versuchen? Schlimmer als Birsen kann sie nicht sein.«

»Da haste auch wieder recht, Frau Grappa.«

»Sie kommt morgen bei dir vorbei und stellt sich vor«, kündigte ich an. »Aber …« Ich zögerte.

»Was?«

»Etwas solltest du noch wissen, Frau Schmitz. Das Mädchen hat mal auf dem Straßenstrich gearbeitet.«

Frau Schmitz guckte verstört, doch dann entspannte sich ihre Miene. »Na ja, solange se sich immer schön die Hände wäscht.«

Mehr Krimis mit Maria Grappa

Grappas Versuchung, ISBN 978-3-89425-034-8
Reporterin umkreist charmanten Bösewicht.

Grappas Treibjagd, ISBN 978-3-89425-038-6
Wer ist der geheimnisvolle »Onkel Herbert«?

Grappa macht Theater, ISBN 978-3-89425-042-3
Geheimbund kontrolliert Kulturleben in Bierstadt.

Grappa-Baby, ISBN 978-3-89425-207-6
Die menschliche Reproduktion zwischen Himmel und Hölle

Zu bunt für Grappa, ISBN 978-3-89425-224-3
Provence: Ein Toter im Melonenfeld

Flieg, Grappa, flieg!, ISBN 978-3-89425-256-4
Wilde Tiere, tote Callboys und aggressive Neonazis

Grappa und die acht Todsünden, ISBN 978-3-89425-267-0
Tödliches Festmahl für sieben Männer und Frauen

Grappa im Netz, ISBN 978-3-89425-278-6
Der OB ist verschollen und untreue Ehemänner werden entsorgt.

Grappa und der Tod aus Venedig, ISBN 978-3-89425-290-8
Grappa und ein Mörder auf den Spuren Thomas Manns

Rote Karte für Grappa, ISBN 978-3-89425-318-9
Wer killte den brasilianischen Stürmerstar Toninho?

Grappa und die Nackenbeißer, ISBN 978-3-89425-335-6
Tote Kitschromanautorin und magische Momente

Es muss nicht immer Grappa sein, ISBN 978-3-89425-355-4
Eine zu früh verstorbene Rentnerin und 35 kg Kaviar

Grappas Gespür für Schnee, ISBN 978-3-89425-359-2
Wer bezahlt die Kokspartys im Bierstädter Rathaus?

Grappa und die keusche Braut, ISBN 978-3-89425-372-1
Ein Amoklauf an einer Schule erschüttert Bierstadt.

Grappa und die Seelenfänger, ISBN 978-3-89425-385-1
Wer hat den WSDS-Chefjuror Pitt Brett entführt?

Grappa lässt die Puppen tanzen, ISBN 978-3-89425-395-0
Ein Karussell des Elends – und am Ende wartet der Tod.